ET SI FINALEMENT, C'ETAIT POSSIBLE ?

CAMILLA SERRANA

ET SI FINALEMENT, C'ETAIT POSSIBLE ?

Roman

Mentions légales

© Camilla SERRANA, 2022

Édition : BoD – Books on Demand,
12/14 rond-point des Champs-Élysées, 75008 Paris
Impression : BoD - Books on Demand, Norderstedt, Allemagne
ISBN : 9782322412419
Dépôt légal : Février 2022

Introduction

J'ai souvent entendu parler de ces enfants qui ont grandi avec des mères destructrices. Je n'avais alors qu'une vague idée de ce qu'une telle enfance pouvait entraîner chez un être en construction et des dégâts qu'elle occasionnerait à l'adulte qu'il deviendrait quelques années plus tard.

A dire vrai, je n'en avais même aucune idée avant de rencontrer mon mari. Pour ma part, j'ai eu une enfance tout à fait banale : j'ai grandi dans un village en banlieue d'Orléans, dans une maison plein pied des années 80 au papier peint fleuri et aux lourds meubles en bois ciré. Mon père, Christian, était ouvrier dans une usine d'armement. Il a été licencié à l'aune de sa retraite après plus de 40 ans passés au même poste. Il est arrivé au travail par un matin qui ressemblait à tous les autres, sauf que ce matin-là, il a rapidement été reçu dans le bureau du directeur : « Nous avons une mauvaise nouvelle à vous annoncer Monsieur BEQUET. Notre entreprise fait l'objet d'un plan de licenciement économique, et vous êtes parmi les premiers concernés. Votre poste est supprimé. Je vais vous demander de nettoyer votre plan de travail, de nous rendre votre badge et vos vêtements de sécurité. Ensuite, vous pourrez rentrer chez vous ». La perte de son emploi d'une manière aussi brutale a été pour mon père un véritable traumatisme. Il n'a plus jamais été le même après cela. Il a perdu le peu de confiance qu'il avait en lui et il est entré dans une sorte de dépression chronique qu'il a toujours refusé d'admettre. Ma mère, Martine, quant à elle, était agent de service hospitalier dans un établissement de rééducation professionnelle. Après une enfance plutôt rude à la ferme, elle avait trouvé ce travail à l'âge de 18 ans et ne l'avait jamais plus quitté. Mes parents avaient fait construire une petite maison dans le village où ils avaient grandi. Nous étions ainsi entourés de toute notre famille. Nous ne roulions pas sur l'or et mes parents n'étaient pas les parents parfaits, ils avaient leurs défauts : la peur de la nouveauté, du monde extérieur, de l'inconnu, du changement… et même si je me suis construite en contradiction par rapport à eux, mon enfance a été aussi banale qu'ennuyeuse.

J'ai rencontré mon mari, Xavier, sur internet. La mode des sites de rencontre, sauf que parfois… ça marche vraiment. Je peux dire aujourd'hui que j'ai rencontré mon âme sœur, sans cliché, ni romantisme exagéré. J'ai déjà été mariée une fois avant Xavier, je connais bien l'échec du couple ainsi que ses signes avant-coureurs et je sais que Xavier est celui avec qui je finirai ma vie.

Notre relation a débuté à distance : lui à Perpignan et moi à Orléans.

A 25 ans à peine, je sortais d'un divorce un peu tumultueux, d'une relation extra-conjugale compliquée et, après avoir passé quelques années à Paris, je revenais vivre dans ma ville natale d'Orléans, où je commençais un nouveau job : responsable d'un service urbanisme dans une collectivité territoriale du Loiret.

Mon ancienne vie ne s'était pas arrêtée sans séquelles : mes parents, fidèles à eux-mêmes et réfractaires à tout changement, ne parvenaient pas à me pardonner mon divorce. Ils gardaient contact avec mon ex-mari et me rejetaient complètement.

Je n'avais jamais été très proche d'eux, cette situation ne m'avait donc pas franchement déstabilisée. J'ai toujours su avancer sans leur soutien. Mais leur réaction avait tout de même laissé des traces dans la confiance que je pouvais leur porter. Et même si je ne leur ai jamais vraiment tenu rigueur de leur attitude, je n'ai néanmoins rien oublié. Cela m'a permis de comprendre que je ne pouvais et ne devais pas compter sur eux.

J'étais d'autant plus seule dans cette séparation mouvementée que ma meilleure amie de l'époque, Emilie, m'avait également tourné le dos. Sa réaction avait d'abord été pour moi un vrai mystère et puis, un jour, j'ai compris que ma décision l'avait mise face au propre échec de son couple et de son incapacité à prendre une quelconque décision à ce sujet. Elle m'en voulait de la mettre face à sa réalité.

Partie de chez moi à l'âge de 15 ans pour faire mes études en internat, je m'étais installée dès la sortie du lycée avec Alfred (mais tout le monde l'appelait Fred car il détestait son prénom), celui qui deviendrait mon ex-mari.

A l'âge de 18 ans, je vivais donc en couple, je poursuivais des études de droit et je faisais des petits boulots d'étudiante. Je pense qu'inconsciemment, je reproduisais le schéma de mes parents : une vie sans bosse et sans surprise.

Et puis un jour, j'ai perdu mon amie d'enfance d'un cancer. Elle avait 26 ans, elle est partie en 6 mois, à compter du diagnostic de sa maladie. Mandy souffrait d'un cancer du péritoine. Cette maladie l'avait frappée juste après qu'elle ait été touchée par un autre terrible drame.

Je connaissais Mandy depuis l'âge de 3 ans. Nous avions tout connu ensemble : la maternelle, l'école primaire, le collège et le lycée. Puis, j'étais partie étudier le droit à l'université : Mandy avait quant à elle préféré trouver un job et commencer sa vie de femme. Elle était une jeune fille au fort tempérament, un peu rebelle sur les bords. Adolescentes, alors que mes parents m'interdisaient formellement toute sortie quand ils étaient absents, il nous était souvent arrivé de prendre nos vélos et de partir sur les routes départementales afin de rejoindre des villes plus animées que celle où nous vivions.

A 18 ans, elle était enceinte de son premier enfant, Maëlys, une magnifique petite fille qui lui ressemblera comme deux gouttes d'eau. A 20 ans, elle attendait son deuxième enfant, Jérémy, qui sera tout le portrait de son père. A 22 ans, elle était enceinte de son troisième enfant, Kévin. A 23 ans, elle devenait mère célibataire. Elle s'était enfin séparée du père de ses enfants, pas une grosse perte celui-ci... Il finira d'ailleurs par disparaître complètement des radars quelques semaines après leur séparation. Un bien, je pense, pour elle, comme pour ses enfants.

Et puis, un jour, il y eut ce coup de fil. Ce coup fil de fin octobre qui avait marqué le début du changement. Mandy était complètement éteinte au bout de fil. J'arrivais à peine à entendre ce qu'elle me disait. Je suis encore aujourd'hui incapable de me souvenir de ses mots, j'en ai juste saisi le sens. Kevin, ce petit bonhomme de 3 ans, s'était éteint. Mort, il était mort dans la nuit. Pendant son sommeil. Son cœur s'était arrêté, comme ça, d'un coup, sans raison. Une sorte de mort subite du nourrisson mais…tardive.

Tout était alors devenu flou d'un coup dans mon esprit. J'étais perdue, sans réponse. Et puis je m'étais reprise, j'avais pensé à elle, à Mandy, à mon amie d'enfance. Comment allait-elle pouvoir se reconstruire après une telle tragédie? J'avais pensé à Maëlys et Thibaud qui, si jeunes, allaient déjà traverser l'une des plus terribles épreuves de leur vie.

Mais la vie justement n'en avait pas terminé avec eux. 6 mois après le décès de son fils, Mandy s'était vue diagnostiquer un cancer du péritoine, à un stade déjà avancé. Ce putain de cancer qui, quand il se colle sur une vie encore jeune, l'aspire à une vitesse vertigineuse. Elle n'avait même pas eu le temps de se battre, de faire front. Il avait été plus vite qu'elle, plus vite que les traitements, plus vite que tout. Il l'avait emportée en quelques semaines seulement.

Ce soir-là, elle avait essayé de m'appeler. Oui, la nuit où elle est partie, elle avait tenté de me joindre à plusieurs reprises. Mais je n'avais pas répondu, je n'avais pas entendu mon téléphone… En me réveillant le lendemain matin, j'avais alors vu les appels en absence. J'avais rappelé, tout de suite. J'étais tombée sur sa mère, en larmes. Mandy s'était éteinte durant la nuit. Elle s'était sentie partir et elle avait cherché à me joindre, mais je n'avais pas répondu… J'ai mis longtemps à me pardonner de ne pas avoir été là, une dernière fois.

En à peine un an d'intervalle, je venais d'assister à l'enterrement d'un petit garçon de 3 ans et à l'enterrement de mon amie d'enfance.

De quoi vous mettre une bonne claque dans la tête et vous faire prendre conscience du caractère précieux de la vie.

Ces deux drames successifs avaient au moins eu le mérite de me donner le courage de regarder ma vie en face et de me poser les vraies questions.

Nous étions en 2007, je venais de me marier avec Fred, mon premier mari donc. Un mariage sans grande conviction, juste une suite logique à l'histoire que j'avais débutée à la sortie du lycée.

Je m'étais alors posé la question : Daphnée, es-tu heureuse ? La vie que tu as est-elle vraiment celle que tu veux ?

Les chapitres ci-dessous vous apporteront sans doute la réponse. Ils ne sont pas linéaires, tout comme l'histoire de ma vie.

Chapitre 1

Le début de mon histoire avec Xavier, en 2012

25 décembre 2012, me voici dans un cimetière perdu au fin fond des Corbières. Le paysage rocailleux et aride, où la garrigue se confond avec le bleu du ciel dans lequel brille un soleil qui réchauffe les cœurs malgré la saison et le contexte, me ferait presque penser à un décor de film de Pagnol. Je suis avec Xavier, qui deviendra bientôt le père de ma fille, et mon second mari. Le bon, cette fois. Son grand-père, le Papette, nous accompagne également.

La mère de Xavier est partie depuis plus de 2 heures en claquant la porte, sans dire où elle allait. Cela lui arrive *à priori* souvent, nous ne sommes donc que moyennement inquiets.

Tout a commencé comme un repas de famille classique un jour de Noël : nous arrivons chez les grands-parents de Xavier qui vivent dans une petite maison perchée en haut d'un rocher dominant la vallée des Corbières, en contrebas de laquelle coule paisiblement une rivière. La vue de leur terrasse est à couper le souffle, j'adore m'y attarder, d'autant que leur intérieur, qui reflète bien leur âge avancé, est un peu moins bucolique. Le Papette s'amuse souvent à rappeler qu'il n'a pas touché à la décoration depuis plus de trente ans, étant persuadé à l'époque que lui et sa femme ne resteraient pas en vie au-delà de 70 ans, et qu'il était par conséquent inutile de se perdre en frais injustifiés pour la petite dizaine d'années qu'il leur restait à occuper leur maison ! Xavier et moi arrivons donc chez ses grands-parents les bras chargés de cadeaux et avec des plats pour le repas qui s'annonce. Puis arrivent ceux qui deviendront mes futurs beaux-parents, en retard, comme d'habitude, la mère de mon futur mari ayant beaucoup de mal « à l'allumage ».

Je ne connais pas encore sa famille, mon déménagement dans le Sud interviendra un an plus tard, quand j'apprendrai que je suis enceinte.

Pour l'instant, j'ai un job qui me plait, un appartement que j'adore à Orléans, et des amies célibataires avec qui j'enchaîne les verres de vin et les camemberts rôtis le vendredi soir.

Je suis avec Xavier depuis un an, après des échanges de messages sur le net, notre histoire a réellement commencé dans un hôtel près de la Gare du Nord.

Je ne connais pas ses parents, je ne les ai jamais vus avant aujourd'hui. Pour tout dire, je ne suis pas franchement pressée. Sa mère m'a tout l'air d'une tarée et j'ai déjà donné dans ce domaine.

Avec mon ex-mari, Alfred, j'ai vu ce que c'était d'avoir une mère qui ne vous veut pas du bien, une mère psychologiquement malade : en l'espèce, Alfred, que tout le monde appelait Fred (il préférait) avait une mère jalouse de tout ce qu'il pouvait réussir. Je garderai toujours en mémoire, le moment où Fred, qui venait de commencer un nouveau travail, nous a annoncé alors que nous dînions chez ses parents :

« Ça ne va pas le faire, ce boulot ne me plait pas. C'est trop dur et les horaires sont trop contraignants. »

Nous venions de louer une maison au lieu de notre petit appartement Orléanais et d'acheter une nouvelle voiture. J'étais alors encore étudiante. Nous étions jeunes et la situation qui s'annonçait nous angoissait terriblement : comment arriver à boucler les fins de mois quand, dans un couple, on a une étudiante et un chômeur ?

Quand mon futur ex-mari a commencé à nous expliquer le problème, nous étions à table, tous plus ou moins le nez dans l'assiette. Je me souviens avoir levé la tête, croisé le regard désespéré et angoissé de mon compagnon d'alors, puis, j'ai tourné la tête vers ma future ex-belle-mère et je l'ai vue regarder son mari, une lueur de joie dans les yeux et un sourire aux coins des lèvres. Cette joie mauvaise qu'ont les gens qui vous détestent quand vous leur faites part des problèmes que vous rencontrez.

Cette situation résume bien l'histoire de mon ex-mari avec sa famille : lui qui n'a jamais vraiment connu son père, était très attaché à sa mère. Mais pour sa mère, ce fils ne faisait que lui rappeler cet homme avec qui elle avait vécu une histoire violente et tumultueuse. Après un remariage et deux autres enfants, ce fils la ramenait sans cesse dans le passé.

Il s'agit là d'une histoire bien triste et terriblement classique.

L'histoire de Xavier et la relation imposée par sa mère sont bien plus complexes et destructrices. Quand j'ai rencontré mon mari, il se définissait comme un clown triste. J'ai trouvé cette description plutôt étonnante pour finalement la trouver très juste au fur et à mesure où j'apprenais à le connaître.

La mère de Xavier est une culpabilisatrice dans l'âme. Je ne pourrai vous la présenter au travers de quelques mots, la description serait trop limitative et donc erronée. Seuls les récits d'évènements vécus permettront de comprendre la personne qu'elle est, et l'impact qu'elle a sur son entourage.

En ce jour de Noël donc, nous arrivons les bras chargés chez les grands parents de Xavier dont l'âge avoisine désormais les 90 ans. Par tradition, le repas se passe chez eux afin de leur éviter les déplacements, les parents de Xavier vivant à Lyon et Xavier à Perpignan situé à une cinquantaine de kilomètres de chez ses grands-parents.

Il est évident qu'avec des hôtes de cet âge, il nous appartient de préparer le repas afin de ne pas leur créer trop de travail. Nous nous mettons donc en action. Il aurait bien évidemment été de bon ton que leur fille soit de la partie mais vous apprendrez au fil de ces pages que cette femme obéit à une seule règle : faire ce dont elle a envie.

Viviane, alias Bibou, est donc arrivée à 12h30 en ce 25 décembre, telle une grande diva, surmaquillée, surbronzée *(en plein mois de Décembre...à croire que sa peau était marquée à jamais par le farniente intensif)* et en n'ayant absolument pas conscience qu'un tel repas nécessitait tout de même quelques préparatifs.

Elle n'avait pas vu son fils depuis quelques semaines et lui lança un « *Salut Titou, tu te souviens de moi ? Je suis ta mère* », suivi d'un « *ahahah* » sonore et caractéristique, sous entendant que la remarque était dite sur le ton de l'humour. Elle n'en pensait pas moins malgré tout. Absolument toutes les saloperies (et elles sont nombreuses) qui sortent de la bouche de cette femme, sont suivies d'un « *ahahah* » dont la présence voudrait faire croire que tout est dit sur un ton badin. Je l'apprendrai au fur et à mesure des années.

Absence de réponse de Xavier à cette sympathique entrée en matière, qui décide de se diriger vers son père pour le saluer.

Le père de Xavier est une énigme pour moi. Il n'a jamais voulu se marier avec Viviane. Il a pourtant failli. C'est la grand-mère maternelle de Xavier qui m'a raconté l'anecdote. Peu de temps après la naissance de son fils, Gérard est venu trouver les parents de Viviane pour leur dire qu'il comptait prendre toutes ses responsabilités et épouser la mère de son enfant. La grand-mère de Xavier, aussi surprenant que cela puisse paraître, le lui a fortement déconseillé. Pour elle, le mariage est un boulet qui vous enchaîne. Avoir un enfant était un boulet déjà bien suffisant. C'était une vision des choses avec laquelle le père de Viviane était quant à lui moyennement d'accord... Mais Gérard a insisté et il a maintenu sa demande. Il a donc obtenu d'avoir la main de Viviane.

Et puis, Gérard a fait le calcul et il est revenu voir les parents de Viviane... Tout compte fait, ce mariage allait lui coûter très cher alors qu'il avait déjà une femme et un enfant à nourrir, et qu'il était seul à subvenir aux besoins du foyer. Il a donc préféré repousser l'échéance à une date ultérieure.... Tellement ultérieure qu'elle n'a d'ailleurs jamais eu lieu. Les parents de Xavier ne se sont jamais mariés. Et Gérard, alors qu'il était « libre » n'est jamais parti non plus. Il a passé sa vie à céder à cette femme capricieuse au physique magnifique dans ses jeunes années (Viviane a longtemps fait tourner la tête des hommes qui croisaient sa route) : il a cédé à ses coups de tête, ses colères, ses caprices. Leurs disputes étaient nombreuses, Xavier en garde d'ailleurs des souvenirs intacts. Et puis, Gérard a appris à subir en silence, à la protéger, pour finir par la défendre, dans des situations où elle est toujours inexcusable. Un bon vieux syndrome de Stockholm quoi...

Viviane est tombée enceinte sans se soucier de savoir si son compagnon voulait également se lancer dans cette grande aventure, et surtout, avec elle... Le fait qu'elle souhaite, elle, devenir mère était largement suffisant. Totalement inutile que le père de l'enfant soit consulté à son goût.

Xavier a passé les 6 premiers mois de sa vie sans connaître son père. Je pense que Gérard, à cette période, a bien tenté de prendre la poudre d'escampette. Mais Gérard est un « sauveur », il est revenu, a décidé de rester et d'être totalement solidaire avec celle qui allait partager sa vie jusqu'à la fin de ses jours. Je n'envie pas ses choix. Je pense qu'il les regrette d'ailleurs souvent.

Je m'approche donc des parents de Xavier afin de pouvoir leur être présentée. J'ai déjà beaucoup d'à priori sur ma belle-mère car nous parlons souvent avec mon compagnon de son attitude à son égard : une étape nécessaire afin de l'aider à avancer dans sa vie. Le comportement de sa mère empoisonne son quotidien. Je n'aime donc déjà pas cette femme et cela se confirme au premier échange de regards : je ne perçois rien dans ses yeux, son regard est vide. Vide mais mauvais, surtout quand elle me voit au bras de son fils. J'ai l'impression d'avoir devant moi une épouse jalouse. C'est stupéfiant.

Je m'approche donc d'elle pour lui faire la bise : « Bonjour, je suis Daphnée, enchantée » (*ou pas*).

Pour seule réponse, j'ai droit à un « ah oui…bonjour. » Genre, *tu es là toi ? Je ne t'avais pas vue.*

Puis, je m'approche du père de Xavier. Ce que je lis dans ses yeux me plaît, c'est un homme gentil, cela se voit. J'apprendrai plus tard que ses mauvais choix peuvent néanmoins parfois le rendre particulièrement mauvais.

La grand-mère de Xavier, dont les 90 ans ne l'empêchent pas de donner (très/trop souvent) le fond de sa pensée, dit alors à sa fille : « AlorS Bibou, (j'appuie sur le S car dans le Sud, on l'entend à la prononciation), c'est à cette heure-ci que tu arrives ? Tu crois que ça se fait tout seul le repas ? »

Les relations entre ma belle-mère et sa mère sont très ambigües.

La grand-mère de Xavier est tombée enceinte alors que c'était seulement la 2è fois qu'elle voyait l'homme qui deviendrait son mari et le père de ses deux enfants.

Leur première rencontre avait eu lieu quelques années avant sa grossesse, à Nîmes, avant que Bernard (c'est son prénom mais aujourd'hui tout le monde l'appelle « le Papette ») ne parte faire son service militaire au fin fond de l'Allemagne rurale.

Viviane a donc été conçue lors de cette deuxième rencontre à un bal du 14 Juillet, derrière un grand platane. Je pense qu'après cela, la grand-mère de mon mari a gardé en horreur les grands platanes, les 14 juillet et les deuxièmes rencontres.

Ses sentiments vis-à-vis de sa fille sont assez complexes, voire contradictoires. Il s'agit d'ailleurs d'un trait caractéristique qui concerne tous les membres de cette famille. Chacun souffle le chaud ou le froid en fonction des « *conflits* » en cours.

Je pense que la grand-mère de Xavier, Bernadette de son prénom mais plus communément appelée Mamette, n'a jamais supporté la nonchalance, le je-m'en-foutisme et la fainéantise de sa fille. Mais, parallèlement, elle a accepté beaucoup de choses par pur sentiment de culpabilité envers cette fille non désirée.

A 12 ans, Viviane était renvoyée de l'école, après plusieurs avertissements de son professeur lui enjoignant de ne pas parler pendant la classe et surtout de ne pas copier sur son voisin. Elle a quitté l'école en claquant la porte et en se défendant de la sorte : « *ce n'est quand même pas de ma faute s'il laisse sa feuille à portée de vue !!* »

Cela résume assez bien l'histoire de sa vie: claquer les portes et faire porter aux autres la faute de ce qui tourne mal dans sa vie. A 16 ans, elle passe malgré tout un diplôme de sténo-dactylo mais ne réussira jamais à conserver un emploi plus de 6 mois... La faute aux employeurs, bien sûr ! Heureusement que l'assurance chômage n'avait pas encore connu sa grande réforme (on en était loin d'ailleurs) et que conserver un travail durant 6 mois permettait de percevoir malgré tout des indemnités chômage. Pour l'anecdote, Viviane ne se privera pas d'estimer lorsqu'elle aura 70 ans que « *certains profitent tout de même du système. Ils ne travaillent que 6 mois et touchent le chômage. C'est aberrant !* » De mauvaise foi, vous pensez vraiment ?!?

Autant Mamette ne mâche pas ses mots avec sa fille et a beaucoup de mal à la supporter, autant elle est très exigeante vis-à-vis de Xavier, qui doit, lui, tout supporter, tout accepter d'elle, *« parce que quand même, c'est ta mère »*.

Et voici la phrase qui gâchera la vie de mon mari car elle sera reprise par tous ses proches, pour justifier leur couardise et leur exigence à son égard : *« Quand même, c'est ta mère »*. Tout est dit. Par ce fait, tu dois tout subir et surtout ne jamais rien dire. Personne pour défendre cet enfant d'une mère oppressante, étouffante. Xavier était un petit garçon anorexique de la naissance jusqu'à l'âge de 6 ans, jusqu'à ce que sa mère se décide enfin à l'envoyer à l'école et à lui lâcher la grappe !

Concernant cette anorexie, sa mère l'avait d'ailleurs emmené voir un pédiatre, afin de comprendre ce qui n'allait pas. Elle avait alors expliqué que comme son fils refusait de manger ses *« bons petits plats »*, elle lui laissait de la nourriture un peu partout dans la maison : du gruyère coupé était posé sur les chaises, sur les rebords des meubles…pour qu'il puisse *« picorer »*.

La seule réponse du pédiatre avait alors été : *« Foutez lui la paix à ce gamin, il va très bien. Il a juste besoin de respirer un peu »*.

Viviane avait alors pris son fils sous le bras et l'avait sorti du cabinet en hurlant : « *Il n'est pas bon ce toubib !* ».

Lorsque Xavier arrivait chez sa grand-mère à chaque vacances scolaires, celle-ci l'examinait de la tête aux pieds, elle regardait ensuite sa fille en lui disant : « *Et bah…il a pas grossi ce petit. Tu vas voir, je vais te le remplumer moi !* » Et c'est ainsi que commençait une course à la prise de poids. Il fallait que Xavier reparte alourdi de quelques kilos !

Le calvaire continuait donc pendant les vacances ! Le seul qui sauvait un peu Xavier de ces ambiances pesantes, c'était son grand père. Il l'emmenait partout avec lui : à la pêche aux palourdes, faire de la planche à voile, lui apprendre à nager… La vie à ses côtés, c'était un peu comme dans les films de Pagnol.

C'est donc l'école qui sauva ce petit garçon de la famine à l'âge de 6 ans. Et oui, pas avant ses 6 ans l'école, « *il est bien mieux avec sa mère qui lui prépare à manger et qui l'emmène avec elle au parc tous les jours* » ! Mais il étouffe déjà ce petit bonhomme avec cette mère qui est sans arrêt en demande de lui, en attente de toute cette présence et qui ne le laisse pas respirer. Cette mère qui a eu un enfant pour combler le vide de sa vie.

Alors oui, elle s'en occupe de son fils, même trop, beaucoup trop. Les enfants ont besoin d'espace, elle ne lui laisse rien, si ce n'est combler son espace à elle, qu'elle a en bien trop grande quantité. Il doit vivre pour elle, à travers elle.

Alors elle donne, certes, mais elle exige, également. Elle n'exige pas seulement de son fils. Elle exige de tout son entourage. Tout est dû, parce que c'est ELLE. Les autres : ses parents, le père de Xavier tolèrent un peu ses exigences, par confort, pour éviter le conflit, et puis au bout d'un certain temps ils explosent, refusent, se révoltent. Cela se termine en cris et en disputes. Malheureusement, sans aucune remise en question de la part de Viviane. Le monde entier peut s'énerver contre elle, et bien, c'est le monde entier qui aura tort et qui ne saura pas reconnaître sa valeur. Elle aurait pu inspirer Sartre : *« L'enfer, c'est les autres »*.

Elle est la seule personne que je connaisse qui est capable de se fâcher simultanément avec tous les membres de sa famille et qui viendra vous expliquer *« qu'elle est la tête de turc »*, *« le vilain petit canard de cette famille »*. Cependant, le seul qui n'a pas le droit de refuser les exigences de Viviane, ni même de les contester, c'est son fils.

Sur ce point, ils sont tous d'accord : le père et les grands parents. Le fils, lui, il doit tout accepter. C'est une façon pour eux de se déculpabiliser vis-à-vis de cette femme, de cette fille, dont ils ne supportent pas le comportement, mais vis-à-vis de qui ils se sentent malgré tout responsables car *« la pauvre Bibou, elle est malade »* : dépressive selon eux, d'une bêtise et d'un égoïsme déprimants, selon moi.

A ce déjeuner de Noël, Mamette s'octroie donc le droit de dire à sa fille que c'est un peu tard pour arriver car il aurait été bien qu'elle aide à la préparation du repas.

Ce à quoi sa fille répond : *« Ouh là là là… mais c'est Noël hein…je ne suis pas venue pour faire la boniche moi… »*

« C'est pas faire la boniche que d'aider à mettre la table et faire le repas pour aider un peu ses parents » répond la grand-mère de Xavier.

« Oui, bah, elle est là, elle (moi, donc)*, elle peut aider, elle aussi »* rétorque la mère de Xavier.

« Oui, mais elle (toujours moi, donc)*, elle ne connaît pas la maison, c'est la première fois qu'elle vient ! »* explique la grand-mère.

« Et alors, je m'en fous moi, c'est pas mon problème ça ! Je suis fatiguée : j'ai pris un Lexo pour dormir, et ce matin, j'arrivais pas à me réveiller, j'ai bu 3 cafés et comme après j'étais un peu énervée, j'ai repris une moitié de Lexo. Du coup, je suis fatiguée ! » explique la mère de Xavier. Personne n'a réagi à cet enchaînement de prise de médicaments… Je me suis juste fait la réflexion : « Heu…non…là, tu n'es pas fatiguée, tu es défoncée en fait… ».

Mais bon, je n'ai rien dit. Pas le premier jour… Cependant, vous auriez vu ma tête à ce moment-là… J'ai dû perdre un œil, sachant, en plus, que tous ces médicaments venaient s'ajouter à un traitement antidépresseur assez fort.

« Ca alors, ma pauvre Bibou, tu en tiens une sacrée couche quand même ! » se lamente Mamette.

Gérard, le père de Xavier, tente une piètre conciliation avec un *« c'est bon, c'est bon »* à l'attention de Viviane qui produit l'effet inverse et décuple son énervement.

« Mais tais-toi Gérard ! Non, ce n'est pas bon. Je dis ce que je veux quand même. Je suis chez moi ici, je te signale que les grands-parents nous ont fait une donation de cette maison ! Et puis, je ne vais quand même pas accepter de me faire engueuler comme une gamine ! »

Ce à quoi Gérard répond : *« Non mais on va les aider, il reste une partie de la table à mettre, regarde ».*

Viviane : *« Mais non, je ne veux pas mettre la table moi ! C'est Noël, je ne suis pas venue là pour faire la boniche. T'as qu'à la mettre toi ! ».*

Gérard ne répond rien et se dirige vers le vaisselier en soufflant.

Et le Papette d'y aller de sa petite remarque : *« De toutes façons, tu n'as jamais été bien courageuse. Il faut rien te demander à toi. »*

Et ce fut la goutte d'eau… Viviane s'est alors mise à crier *« mais foutez moi la paix, allez tous vous faire foutre ! »* et elle est partie en claquant la porte. Même en pleine crise d'adolescence, je pense que je n'ai jamais été aussi stupide que la femme que je venais de rencontrer.

Et voilà comment je fis connaissance avec ma belle-famille un jour de Noël.

Je pense que le plus perturbant pour moi est, que, suite à cet épisode, tout le monde fit comme si de rien n'était et l'organisation du repas suivit tranquillement son cours.

Gérard bougonna une phrase incompréhensible et se planta dans le canapé avec le journal ; le Papette nous aida du haut de ses 88 ans à mettre la table sous les remarques acerbes et autoritaires de sa femme qui ne pouvait plus bouger de son fauteuil, ses déplacements étant devenus trop difficiles avec l'âge : « *Mais qu'est-ce que tu fais Bernard ?!? N'importe quoi, ce ne sont pas ces verres là qu'il faut mettre !* »

« *Bernard, change les assiettes ! Elles sont moches celles-ci, prends les autres, dans le buffet du salon.* »

« *Bernard, c'est quoi cette corbeille à pain que tu as donnée aux enfants ? T'en as pas trouvé une plus moche encore ?* »

Puis toutes ces remarques ont commencé à bien gonfler Bernard qui nous a sorti un tonitruant : « *Tu m'emmerdes Bernadette !* »

Mamette a donc décidé de reporter son attention sur Xavier qui était en train de s'occuper de la préparation du repas. Elle n'eut pas le temps de terminer sa phrase qu'elle se fit rembarrer aussi sec par ce dernier. Elle replongea donc le nez dans sa télé en attendant que tout le monde ait fini ce qu'il avait à faire.

La préparation du repas achevée, tout le monde s'installa au salon pour prendre l'apéritif. Personne ne revint sur l'absence de ma belle-mère et nous fîmes comme si de rien était.

Le Papette est un homme gentil et drôle. Il m'a posé beaucoup de questions sur ma ville natale, sur mon travail puis, il est parti dans la narration de ses souvenirs de service militaire : son arrivée en Allemagne, les conditions de sa vie là-bas où il aidait à la récolte agricole. Bernard était donc en train de m'expliquer comment il avait débuté ses années de jeune adulte en Allemagne, quand sa femme le coupa par un *« Tu nous emmerdes Bernard avec tes histoires de vieux ! Va donc nous rechercher des petits fours »*.

Deux heures après le clash, au moment de passer à table, le Papette finit par dire qu'il faudrait peut-être aller chercher Bibou.

Hum…oui peut être effectivement…

Le grand père de Xavier nous demanda de l'accompagner. A mon grand étonnement, Gérard ne bougea pas du canapé dans lequel il s'était de nouveau installé. Peut-être voulait-il s'accorder encore un moment de répit. Il voulait profiter du calme jusqu'au bout, comme les parents lorsque leur enfant est à l'anniversaire d'un copain et qu'ils attendent le tout dernier moment pour aller le récupérer…

Le village où habitent les grands-parents de Xavier n'est pas grand, nous en fîmes donc vite le tour sans trouver Viviane. Le Papette eut alors l'idée d'aller la chercher au cimetière. *Oui, oui, vous avez bien lu.*

Elle avait apparemment l'habitude de s'y rendre dans ses moments de « crises » (je ne sais pas trop comment qualifier ce qu'il s'était passé). Et voilà, comment nous sommes arrivés en ce déjeuner du 25 décembre dans le cimetière de Portel des Corbières pour partir à la recherche de Bibou.

Nous avions pris chacun une allée et nous avancions au milieu des tombes. Nous cherchions la tombe de l'arrière-grand-mère de Xavier dont personne ne se souvenait exactement où elle se trouvait. Et le grand-père d'y aller de sa petite blague avec son accent du Sud : « *On se croirait à une battue aux sangliers* ». Cela m'a fait rire malgré le contexte un peu sinistre ! *Il a de l'humour le Papette !*

Et après une dizaine de minutes de recherche, nous avons fini par trouver la tombe sur laquelle était assise Viviane en train de « pique-niquer ». Elle était allée s'acheter un sandwich et avait décidé de passer Noël avec sa grand-mère. *Au moins tout cela ne lui avait pas coupé l'appétit…*

« Allez Bibou, rentre, tu ne vas quand même pas rester là » lui dit son père.

Et Viviane de répondre : « *Ca y est ? Elle a fini sa crise Maman ?* »

Et là je me dis …. Heu… comment ça « sa crise » ? C'est toi ma cocotte qui t'es conduite comme une ado attardée !

Et le Papette répond : « *Oui, c'est bon, allez reviens !* »

Je vous laisse imaginer les yeux écarquillés que j'ai pu faire, et le regard désespéré de Xavier qui m'implore de ne pas faire de réflexion. Il me fera souvent ce regard dans les années à venir...

Nous avons donc ramené Viviane à bon port et le cours du repas a repris comme si rien ne s'était passé. Personne ne s'est excusé et personne n'a fait allusion à rien. Je venais de rentrer dans une dimension inconnue ... Welcome !!

Chapitre 2

L'histoire de mon premier mariage en 2007, avec Alfred

« *Et c'est pas bientôt fini cette comédie ?* », c'est en ces termes peu diplomates, mais tout à son image, que la grand-mère de Xavier lui a répondu lorsqu'il lui a expliqué qu'il ne serait pas dans le coin le week-end prochain car il venait me voir à Orléans.

Cette famille où tout le monde donne son avis sur la vie de tout le monde a vraiment le don de m'exaspérer.

Je n'y suis pas vraiment habituée. Chez moi, on juge mais on se garde bien de dire ce qu'on pense à l'autre ! Très hypocrite mais finalement assez reposant au quotidien, cela évite les justifications interminables.

Lorsque mes parents étaient mécontents ou en désaccord avec mes choix, je le devinais seulement à leurs lourds silences. La seule fois où mon père a explosé, c'était lors de ma séparation d'avec mon ex, Alfred (Fred). Mes parents le considéraient comme leur fils, cela a été une véritable épreuve pour eux d'accepter ce qu'il se passait.

Je travaillais à l'époque au siège social d'une banque à Paris. Avant ma séparation, je vivais à Orléans et je faisais les allers-retours en train. Mon ex-mari et moi venions de faire construire une jolie petite maison à la campagne.

Lors de notre séparation, un après notre mariage, j'ai pris mes valises sous le bras et je suis partie m'installer chez ma cousine qui avait un appartement dans le 13è arrondissement de Paris. La pauvre…je m'entends encore lui dire par téléphone : *« J'ai quitté Fred, je peux venir m'installer chez toi 2/3 jours le temps de me retourner »* ?

Je suis arrivée avec deux énormes valises sous le bras et je suis restée presque deux ans, le temps de divorcer, de vendre la maison et de prendre mon envol. Le contenu de ces deux valises constituera d'ailleurs mon seul bien une fois que tout sera achevé. Je n'ai rien cherché à prendre, à garder, à conserver : aucun meuble, aucune voiture. Je n'ai pas voulu lutter sur des sujets matériels. Je laissais tout sans problème et sans regret, je voulais simplement que tout s'arrête. Je voulais commencer une nouvelle vie… MA nouvelle vie.

J'avais très peu échangé avec mes parents au sujet de la séparation. J'avais eu droit à de longs silences au téléphone, assez explicites pour que je puisse comprendre leur désapprobation. Néanmoins, ils devaient penser que cette idée me passerait et que j'avais perdu la tête avec ce nouveau travail « dans la Capitale ». Il suffisait d'attendre que je recouvre la raison. Mais lorsque j'ai fait mes valises, entamé la procédure de divorce et parlé sérieusement de mettre en vente la maison, les choses ont pris une tout autre tournure…

Un jour alors que j'étudie un dossier important un soir au bureau, le téléphone sonne, il est 20h. Je râle d'être dérangée à cette heure, « *les parisiens n'ont vraiment aucune limite au sujet des horaires de travail !* » Je décroche en pensant donc qu'il s'agit d'un client au bout du fil. Erreur, c'est mon père. *Mince, mais comment il a eu mon numéro de fixe du boulot ?!?*

J'ai à peine le temps de décrocher que je l'entends pleurer à chaudes larmes à l'autre bout du fil : « *Daph', c'est papa, je comprends pas… je comprends pas… pourquoi tu nous as fait ça ?* »

Je mets quelques secondes à comprendre de quoi il parle, puis les connexions se font rapidement.

« *Alors, à vous, je n'ai rien fait du tout… J'ai quitté Fred… Aucun rapport avec vous, très clairement* ».

En donnant cette réponse à mon père, je pense aux scènes qu'on voit dans les films où les parents qui divorcent expliquent à leurs enfants que : ce n'est pas parce que papa et maman ne s'aiment plus, qu'ils n'aiment plus leurs enfants : « *Maman n'aime plus papa, mais elle vous aime toujours autant et cela ne changera jamais* ».

C'était dans les grandes lignes ce que j'essayais d'expliquer à mon père lorsque j'ai entendu ma mère crier au loin : « *Tu nous fais honte ! On ose même plus aller à la boulangerie à cause de toi !* »

Mince…j'avais loupé un épisode…quel rapport entre la boulangerie et mon divorce ? Osaient-ils au moins encore aller chez l'épicier ou le boucher ?!? Je m'en serais voulue de les voir mourir de faim à cause de moi.

Et mon père de renchérir : « *Oui, tu ne te rends pas compte. Quand je croise nos amis ou la famille, je ne sais pas quoi leur dire quand ils me demandent de tes nouvelles.* »

Alors c'était donc lui : le « *Qu'en dira-t-on* », lui qui allait les conduire tout droit à la famine et à une vie remplie de honte.

J'ai rapidement raccroché le téléphone en décidant que ces problèmes de baguettes ne m'appartenaient pas et que j'avais d'autres sujets bien plus importants à traiter en ce moment : mon divorce, la vente de la maison, et accessoirement, mon amant *(ok ça, je ne l'ai pas dit mais je l'ai pensé très fort)*.

Oui, car avant d'être une future femme divorcée, j'étais une épouse adultérine. Je cumulais ainsi un grand nombre de qualités aux yeux de mon entourage.

Mon ex-mari avait découvert ma double vie alors que je menais cette dernière depuis presque un an déjà. Cette découverte, dont Fred s'était empressé de faire part à mes parents, au lieu de me faire honte et de me conduire au fin fond des abysses, m'avait en fait servi de déclic. Je n'avais en aucun cas cherché à me trouver des excuses ou essayé de me faire pardonner. En réalité, tout était clair : Fred et moi devions nous séparer.

Fred était prêt à me pardonner cette trahison, il estimait qu'après 10 ans de vie commune, en ayant débuté notre relation à 16 ans et en n'ayant jamais connu personne d'autre, l'erreur était excusable. Il m'avoua même avoir lui-même fait un faux pas quelques années plus tôt…

J'avais une autre vision des choses : c'était beaucoup plus qu'un faux pas. Déjà parce qu'il durait plus longtemps qu'un simple faux pas et puis…j'avais changé. Le décès de mon amie d'enfance, cette vie semi-parisienne dont je ne profitais que pendant mes heures de bureau, ma double vie, tout cela m'avait fait me poser un certain nombre de questions. Des questions que je n'avais pas osé me poser avant car j'en redoutais trop les réponses. Mais, quand on comprend que la vie est courte et qu'elle peut s'arrêter du jour au lendemain, on n'a pas envie d'avoir de regrets. Je préférais avoir des remords.

Je n'aimais plus Fred *(l'avais-je d'ailleurs vraiment aimé un jour autrement que comme un ami ?)* et je n'aimais pas cette vie (trop) rangée : la maison, les chiens, les repas dominicaux chez mes parents…

Ce n'était pas ce que je voulais au fond. Et je le savais depuis longtemps sans oser me l'avouer. J'avais donc inconsciemment tout fait pour que la rupture arrive : j'étais allée travailler à Paris en habitant dans un village situé à proximité d'Orléans, ainsi j'avais plus de 4 heures de transport par jour, aller/retour, et cela quand tout allait bien, ce qui s'avère finalement très rare avec la SNCF. J'avais pris un amant et pas n'importe lequel : un collègue de travail, et ami de mon mari. Je pense que l'apogée de la rupture inconsciente est arrivée quand j'ai payé l'hôtel où je le retrouvais parfois, avec la carte de paiement du compte commun.

Et malgré tout cela, j'ai réussi à être surprise que Fred découvre ma liaison.

Il m'a suppliée de rester. Notre séparation a été très éprouvante pour moi. Je le revois venir me voir la nuit, me réveiller, en larmes, me demandant de ne pas partir et de rester auprès de lui malgré tout ce qu'il se passait. Le voir si triste, si désemparé à cause de ma décision a été une véritable épreuve.

Mais j'ai décidé de partir, envers et contre tout. Et malgré tous les obstacles que j'ai eus à affronter, je n'ai jamais regretté ma décision.

Ma nouvelle vie parisienne me plaisait beaucoup, je sortais et je rencontrais de belles personnes. Pour tourner complètement la page, il fallait néanmoins que je parvienne à sortir également de cette relation que je vivais depuis presqu'un an avec Thibaud.

Thibaud était un collègue d'Fred. Lorsque nous avons débuté cette histoire improbable, nous nous connaissions déjà depuis plusieurs années. Nous nous entendions bien, mais nous n'avions jamais éprouvé l'un pour l'autre une quelconque attirance.

Et puis, il y a eu le jour de mon mariage. Que s'est-il passé ce jour-là ? Pourquoi tout est parti en *live* dans ma vie ? Sincèrement, je pense que je ne me l'expliquerai vraiment jamais.

Je n'avais pas envie de dire *oui* à Fred. Jusqu'au dernier moment, mes amies ont cru que j'allais partir en courant de l'Eglise… Les soirées débriefing qui avaient précédé le mariage les avaient complètement paniquées. Et moi aussi, pour tout dire.

Durant cette journée folle qu'est une journée de mariage, j'ai souvent vu le regard de Thibaud posé sur moi. Il était accompagné de sa femme, également collègue de mon mari. Ils travaillaient tous les 3 dans la même entreprise.

Et puis, le soir, quand est venu le moment de rentrer sur le *dance floor,* après être passée par l'étape obligatoire d'ouverture du bal avec mon mari, je me suis retrouvée à danser dans les bras de Thibaud. Et cela pendant toute la soirée, sans m'en apercevoir, sans me préoccuper du regard des autres. Mon mari était de son côté bien trop occupé à arroser sa nouvelle vie de jeune marié !

Après cela, nous nous sommes revus à une soirée. Puis ont commencé les échanges de messages, de plus en plus explicites… Jusqu'au jour où ce qui devait arriver, arriva…

Et cela a duré pendant plus d'un an. Nous avons souvent essayé de nous séparer, sans succès. Il ne voulait pas quitter sa femme, et moi, je venais de me marier… et puis, si notre relation venait à se savoir, elle détruirait d'autant plus nos proches que nous faisions partie de la même bande d'amis.

Inextricable. Voilà ce qu'était cette situation.

Après ma séparation, j'ai cru que mon emménagement à Paris m'aiderait à prendre de la distance. Il s'est révélé que la distance a encore accru le manque. Et le fait que j'essaie de passer à autre chose, que je rencontre d'autres personnes a rendu Thibaud jaloux et malheureux.

J'habitais à deux pas de la gare d'Austerlitz. Je me souviens d'un soir où il m'a appelé et m'a dit : « *Je suis là.* »

« *Où ça, là ?* »

« *A Austerlitz. T'es où ? Je veux te voir. Donne-moi ton adresse ou je sonne partout pour te retrouver.* »

« *Non, mais attends… t'es bourré là ! T'as pris le train complètement bourré ?!* »

« *Alors nooooooooooon... J'ai pris le train à peu près clean, mais j'avais ramené du champagne pour qu'on le boive ensemble ; et puis je me suis dit que c'était débile de venir à Paris sur un coup de tête ; et que de toutes façons tu ne voudrais pas me voir…alors j'ai ouvert la bouteille de champagne pour oublier que j'étais vraiment le dernier des cons… Tu comprends, je ne supporte pas de t'imaginer avec d'autres mecs, ça m'énerve, putain…. »*

« *Ok, stop, stop, stop. Je viens te chercher, bouge pas* ».

« *Ok je t'attends, devant les toilettes* »

Hum, quel glamour…

J'ai donc rapidement retiré le pyjama que je portais alors qu'il n'était que 20h00, j'étais déjà digne d'une bonne vieille célibataire endurcie, et je sautai dans mon jean et mes baskets. Pas le temps de faire le check dans le miroir pour vérifier que la mèche rebelle était bien en place ou que j'avais bien retiré tout mon mascara. J'avais quand même quelques stations de métro à parcourir avant d'arriver à la gare, et je n'avais pas envie d'aller le chercher au commissariat dans une cellule de dégrisement.

Je suis arrivée à Austerlitz comme une furie, rien à faire des mamies boitillantes et des enfants qui bloquent le passage car ils en ont marre de marcher dans le métro. Je leur passai devant sans vergogne car je le cherchais, lui.

Et puis, je l'ai vu au loin. Assis tout seul sur son sac, le dos appuyé contre un mur. Il avait l'air au fond du trou. La tête entre les mains, il fixait le sol, l'air hébété.

Je me suis approchée sans qu'il ne me voit et je me suis accroupie. J'étais à sa hauteur, il a levé les yeux. Il pleurait.

Je l'ai relevé et on a marché, au hasard des rues. Il faisait déjà froid en cette soirée de septembre et la température extérieure a au moins eu l'avantage de lui faire reprendre ses esprits.

« *Je n'y arrive plus depuis que tu es partie* ».

Alors, celle-là, je ne m'y attendais pas. C'est quand même moi qui venais de quitter mon mari, de perdre ma maison, et au passage également ma meilleure amie, de me fâcher avec mes parents et, lui, qui ne voulait pas quitter sa femme pour conserver son petit confort quotidien.

« Alors toi, tu ne faillis pas à la réputation des mecs ! Ton petit nombril et toi, c'est tout ce qui compte ! Je viens de prendre ce qui restera probablement l'une des décisions les plus difficiles de ma vie, j'ai tout perdu, tout remis en cause, je squatte sur le clic clac de ma cousine en attendant de retrouver un logement, et toi, tu fais quoi ? Tu viens ici pour me dire que TOI, tu ne vas pas bien ? Mais tu te fous de moi ? »

Il a tourné la tête vers moi, nous nous sommes regardés de longues secondes, sans rien dire, un regard de défi et de défiance. Et puis, nous avons repris notre marche.

Après un long silence, j'entends :

« Je ne peux pas la quitter, elle est tout ce que j'ai, depuis des années ».

Thibaud ne parlait plus à ses parents depuis ses 15 ans, une vague embrouille de famille sur laquelle il n'aimait pas revenir. Il avait un petit frère, qu'il adorait, et qui vivait encore dans la maison familiale.

- *Je ne t'ai rien demandé,* lui répondis-je.
- *Peut-être, mais tu es partie.*

- *Mais tu attends quoi ? Que je reste éternellement ta maîtresse pendant que tu conserves ton petit confort familial ? Oh ! Réveille-toi, ça ne peut pas arriver ça !*
- *Je sais mais je n'y arrive pas, j'ai besoin de vous deux. Tu es pétillante, rigolote, jolie… je ne peux plus faire sans toi. Tu es un souffle d'air frais.*
- *Oui, un souffle d'air frais dans ta vie de couple usée.*
- *Non, ce n'est pas ce que je veux dire….*
- *Peut-être mais c'est la vérité. Ecoute, je ne te demande rien. Si ce n'est de me laisser partir, maintenant. Si tu t'accroches à moi de cette façon, je ne pourrai pas avancer. Tu comprends ?*
- *Oui.*

Nous avions marché une bonne heure dans le froid, minuit approchait. Plus de train pour son retour à Orléans.

Ma cousine était en déplacement. Je lui ai dit de venir passer la nuit à l'appart' et qu'il repartirait le lendemain matin.

Bien évidemment, arrivés dans la chaleur de l'appartement, il ne nous a pas été possible de ne pas finir dans les bras l'un de l'autre. Je ne voulais pas, mais quelque part, j'avais également besoin de lui. De ses mains et de ses baisers. Ils étaient mon seul réconfort en ces temps tourmentés.

Il est parti le lendemain matin à la première heure, et je me suis promis d'effacer son numéro (le hic c'était que je le connaissais par cœur) et de ne plus jamais le revoir (là aussi, j'ai mis quelques coups de canifs dans mon contrat).

J'avais donc bien d'autres choses à gérer que l'image de mes parents auprès de notre famille et de leurs amis. Et je préférais largement qu'ils taisent leur avis et gardent pour eux leurs états d'âme. J'avais déjà assez des miens.

Mais la famille de Xavier, mon futur mari donc, quant à elle, ne fonctionnait pas ainsi. Sa grand-mère qui avait élevé Xavier comme son propre fils ne se privait pas de donner son avis sur tout et pour tout.

 - *Bon, il va falloir arrêter de la voir cette fille. Elle est loin et puis, tu es mieux tout seul de toutes façons ;* c'est en ces termes que la grand-mère de Xavier continua la conversation qu'elle avait entamée après lui avoir dit « *Et c'est pas bientôt fini cette comédie ?* »

- *Pourquoi je suis mieux tout seul ?* demande alors Xavier, surpris.

- *Mais…parce que…enfin ! Qu'est-ce que tu vas t'emmerder avec une fille qui vit à 900 kilomètres ! Aujourd'hui, tu es libre, tu fais ce que tu veux. Si tu décides d'aller faire de la planche à voile, tu y vas et personne ne te demande rien ! C'est quand même ça le bonheur !* lui répond alors sa grand-mère, « *la liberté…* » continue-t-elle pensive…

- *Et tu crois que j'ai envie d'être seul avec ma planche à voile toute ma vie ?* s'insurge Xavier.

- Tu n'es pas fait pour vivre avec quelqu'un, ça se voit. Tu es toujours en voyage pour le travail et quand tu rentres, tu files faire de la planche à voile.

Xavier était responsable marketing dans une boîte internationale dont le siège se trouvait aux Etats Unis.

- Et ça ne t'est pas venu à l'esprit que si je faisais cela, c'est tout simplement parce que je n'étais pas bien avec mes compagnes du moment et que je cherchais à m'échapper de mon quotidien ?

-De quoi « tu n'étais pas bien » ? Elle était gentille la petite Sandrine, quand même…

- Oui…. Elle était gentille mais ça ne fait pas tout…

- Hé, non, ça ne fait pas tout, je le pense bien. Mais elle te faisait bien à manger aussi. Et puis, elle était jolie. Non… c'est ta mère qui a raison, tu es égoïste, tu ne penses qu'à toi.

- Egoïste ? Tu peux expliquer le fond de ta pensée ? la reprend Xavier.

- Hé bé …oui ! Tu fais avec tes compagnes, comme avec ta mère. Tu n'as pas envie de les voir, alors tu ne les vois plus. Peu importe le mal que tu fais.

- Mais qu'est-ce que c'est que ces histoires…comment tu peux comparer mes décisions sur ma vie sentimentale à mon comportement avec ma mère ?

- C'est vrai, quand même, que tu n'es pas très gentil avec ta mère. Tu te souviens quand elle est venue chez toi un été et que tu n'as pas voulu qu'elle reste.

- Mais quel rapport, enfin !?! Et puis, remets dans le contexte s'il te plaît. Elle est restée 5 semaines chez moi, alors que j'étais encore avec Lola à l'époque. Elle nous a littéralement pourri notre quotidien. Elle critiquait tout : la façon dont était tenue la maison, ce qu'il y avait à manger, le fait que nous rentrions trop tard du travail et que, par conséquent, elle était seule toute la journée. La vie était insupportable, il fallait tout faire, tout penser en fonction d'elle, et malgré tout, c'était des remarques et des critiques assurées. J'avais l'impression de vivre avec une ado de 60 ans !

- Oh, franchement, tu exagères quand même…, lui répond alors sa grand-mère.

- Non je n'exagère pas ! C'est la stricte vérité et tu le sais très bien ! C'est exactement pour les mêmes raisons que tu te fâches aussi souvent avec elle : parce que tout lui est dû, qu'elle ne supporte aucune contrainte et aucun reproche, qu'elle donne son avis sur tout, tout le temps, et qu'au bout de quelques heures l'atmosphère devient irrespirable !

Sauf que toi, tu as le droit de te fâcher avec elle. Mais moi, non. Moi, je suis LE fils alors je dois être présent, tout supporter, tout accepter et tendre l'autre joue ; dit Xavier en haussant le ton.

-Ah, ça y est, tu fais ta crise de fou, comme ta mère ; lui répond sa grand-mère en soupirant lourdement.

« *Tu fais ta crise de fou* », alors : je n'avais jamais entendu cette expression lors des disputes que j'avais pu avoir avec mes parents. Chez nous, lorsque les gens éclataient, ce qui arrivait assez rarement, mais ce qui arrivait tout de même, on ne disait pas à l'autre qu'il faisait sa « *crise de fou* ». Dans la famille de mon mari, c'était légion. Il suffisait qu'on hausse un peu le ton pour marquer son désaccord ou se faire entendre, et ça y est : on faisait sa *crise de fou*. La situation se retournait immédiatement contre vous, on vous faisait passer pour le méchant, c'était d'une efficacité redoutable, et, c'était aussi à devenir complètement dingue !!

- Non, je ne fais pas ma crise. J'essaie de t'expliquer que dans cette famille, personne ne supporte ma mère plus d'une demie journée sans que cela ne finisse en pugilat, et que, moi, après qu'elle soit restée 5 semaines chez moi, c'était juste impossible qu'elle reste plus longtemps. Car c'est ce qu'elle voulait, rester vivre chez moi, le temps de trouver un travail et un appartement... Laisse-moi rire, quand je vois qu'elle est incapable d'être prête avant 11 heures le matin, même quand il y a un impératif ! Je l'aurais eu chez moi jusqu'à la fin de ses jours...

- Oh, tu exagères, quand même... ; dit de nouveau la grand-mère.

- *Oui, c'est ça… Allez Salut ! Je pars rejoindre Daphnée à Orléans ;* répondit Xavier.

Et c'est ainsi que la conversation prit fin. Xavier me la raconta quand il fut arrivé à Orléans. J'avais compris que sa relation avec sa famille était compliquée mais je n'en mesurerai les conséquences que bien des années plus tard.

Car bien évidemment, entre temps, il avait eu sa mère au téléphone qui lui reprochait allègrement de prendre du temps pour venir me voir à Orléans, sans jamais prendre le temps de venir la voir elle, à Lyon.

Ce week-end passé avec lui se déroula sous le même angle que les précédents : une joie extrême mêlée à une profonde tristesse de devoir nous séparer.

Chapitre 3

Le début de mon histoire avec Xavier, en 2012

Depuis mes premières amours, je n'ai jamais supporté la séparation. Ne plus pouvoir être avec celui que mon cœur avait choisi devenait vite insurmontable : je pleurais à chaudes larmes, je refusais de m'alimenter et je me désespérais tout au long de la journée. J'étais d'un romantisme à toute épreuve.

Ce fut déjà le cas avec Fred (et les quelques-uns avant lui mais les souvenirs sont trop lointains pour être racontés avec exactitude…). Nous nous étions connus au lycée et nous étions constamment ensemble la semaine entre le lycée et l'internat. Nous parvenions même parfois avec l'aide de nos colocataires respectifs à passer quelques nuits ensemble : les internats filles/garçons n'étant séparés que par un couloir. Le vrai calvaire commençait avec l'arrivée du week-end. Je ne supportais pas de le passer sans lui.

Nous avions rapidement réussi à trouver une solution à tout cela car la relation d'Fred avec ses parents était très conflictuelle. Il venait alors passer les week-ends à la maison. Ainsi, mon père nous récupérait le vendredi soir et nous ramenait le lundi matin au lycée.

C'était un soulagement pour Fred, que de pouvoir passer les week-ends loin de chez lui. Ses parents lui payaient l'internat mais ne lui donnaient aucun argent de poche. Il devait s'acheter lui-même ses fournitures scolaires, ses vêtements et tout ce dont il avait besoin tout au long de l'année scolaire. Pour y arriver, il passait ses mercredis à travailler dans un fast food et il avait obtenu une dérogation du proviseur pour aller y travailler également le mardi soir.

Au début de notre rencontre, Fred rentrait chez lui les week-ends, et ce, à mon plus grand désespoir... Et puis, un soir, il est arrivé devant chez lui et a trouvé porte close. La maison était vide.

Fred a attendu, plusieurs heures... Nous étions au mois de novembre. Et puis, il a fini par m'appeler. Il avait froid, il était seul et il ne savait où dormir.

Après avoir obtenu l'accord de mes parents, je lui ai dit de prendre le train et de venir passer le week-end à la maison. Et c'est ainsi que débuta une longue série de week-end à deux. Petit à petit Fred est ainsi devenu le fils que mes parents n'avaient pas eu (j'étais fille unique).

Cette situation n'était bien évidemment pas pour me déplaire.

Vous comprenez donc pour que pour moi, quelques mois après le début de mon histoire avec Xavier qui vivait à Perpignan, les séparations étaient un véritable déchirement.

Et très vite, la fin de nos moments ensemble a pris une tournure cauchemardesque.

Nous parvenions, malgré la distance, à nous voir environ une fois tous les 15 jours voire toutes les 3 semaines maximum. J'étais tellement heureuse de le retrouver…

Je pense que durant cette année de relation à distance, nous avons utilisé tous les modes de transport à notre portée : train, avion, blabla car.

Les trajets en train me semblaient interminables : durée de 6h30 au départ de Paris, quand tout allait bien (pas de feuilles sur les rails, pas de caténaires cassés, pas d'accident sur la voie…). Bref, autant vous dire, qu'une arrivée dans les temps relevait clairement du miracle.

Le week-end commençait une fois arrivée dans ses bras. J'adorais l'endroit où il vivait. Une petite maison de village, tout à fait typique du sud, avec un toit terrasse et une vue directe sur le clocher de l'Eglise.

Une maison pleine de charme dans laquelle je me suis tout de suite sentie bien, chez moi. J'y aimais la déco masculine, la lumière du matin lorsque j'ouvrais les yeux et que je le voyais, les parfums que j'y respirais.

Il faisait toujours beau, en tous les cas, c'est ainsi dans mes souvenirs…

Les moments ensemble étaient sans fausse note, nous étions toujours d'accord sur le programme : en faire le moins possible, et sur la façon de le faire : sans prise de tête et toujours avec plaisir.

Mais quand approchait l'heure du départ, je sentais les angoisses monter. Je n'avais pas envie de partir.

Tout au long de ma vie, je n'ai jamais réussi à faire ce que je n'avais pas envie de faire, jamais. Et si je suis obligée de le faire malgré tout, je le vis comme un véritable calvaire.

C'était le cas lorsque je devais partir de chez Xavier. Quelques heures avant le départ, je commençais à avoir une boule terrible au ventre. Les larmes coulaient sans que je puisse les retenir. Au final, je ne sais pas ce que je vivais le plus mal : devoir partir ou être totalement impuissante face à ce départ contre lequel je ne pouvais rien.

Je déteste être impuissante, je déteste subir et j'ai horreur qu'on m'impose. Je souhaite avoir le choix et être la seule décisionnaire. Pas toujours facile à vivre…

Le départ approchant, j'étais donc systématiquement au fond du sac. Et la situation empirait, au fur et à mesure que mes sentiments grandissaient.

Le trajet retour était donc toujours un supplice…et ce train, régulièrement en retard ne faisait qu'empirer la situation… Je prenais le plus souvent le train de nuit, d'une part, parce que cela me permettait de rester plus longtemps auprès de lui, et d'autre part, parce que le prix était très attractif. Et avec le nombre de trajets que nous devions faire, c'était un paramètre à ne pas négliger !

Mais les trajets n'étaient pas de tout repos. Généralement, je faisais nuit blanche. J'ai toujours trouvé qu'il est totalement impossible de dormir dans un train couchette : c'est inconfortable, bruyant, et la proximité avec des inconnues n'est pas pour vous détendre.

J'ai pourtant tout essayé. Les premières fois, j'ai pris le train couchette en cabine avec ce qu'on pourrait appeler un « lit ». Mais je suis toujours tombée sur des « colocataires » d'un soir un peu bruyantes : les copines qui rentrent d'un week end bien arrosé à Barcelone et qui ont beaucoup, beaucoup, beaucoup de choses à se raconter, la nana qui au milieu de la nuit fait venir son copain dans la cabine (je vous passe les détails), celles qui ronflent...

Bref, comme le train couchette était plus cher et que je faisais nuit blanche quoiqu'il arrive, j'ai décidé de voyager, toujours de nuit, mais dans les sièges classiques. Au moins, je paierais moins cher !

Alors, là, je me retrouvais avec des voyageurs de la gent masculine. Donc en plus de faire nuit blanche, j'étais sans arrêt en train de surveiller mes arrières car je craignais de tomber sur un taré qui viendrait me voler mes affaires, voire pire (*oui, j'ai un petit côté parano, mais j'assume*).

Par conséquent, le retour était éprouvant. Et puis, après cette nuit blanche (ou quasi), il me fallait toujours me dépêcher pour pouvoir rentrer chez moi, prendre une douche, me changer, avaler un café (fort) et aller au bureau. Le timing était déjà serré en tenant compte des horaires sans retard, alors, autant vous dire que quand le train n'arrivait pas à l'horaire prévu (dans 90% des cas..), je zappais la douche (mais pas le café) et je filais au travail. Ces arrivées du lundi matin étaient systématiquement synonymes de coups de blues. Heureusement, ma super assistante m'attendait. Elle avait un caractère de chien, elle était détestée de tout le monde…mais moi, je l'adorais ! Avec elle, les journées étaient toujours mouvementées !

Cependant, j'en avais assez de souffrir ainsi. Ça faisait trop mal : être loin de lui, ne pas pouvoir partager le quotidien et devoir me séparer de lui, cela devenait trop pesant pour moi.

Systématiquement, les lundis midi je décidais que tout était fini. Lui et moi. Terminé. Je ne pouvais pas passer mon temps à souffrir ainsi. Notre histoire durait depuis 7 mois déjà et c'était trop de souffrance.

Le lundi soir, je l'appelais donc pour le lui dire. Je ne pouvais pas lui demander de tout quitter pour venir me rejoindre à Orléans et moi, je ne me voyais pas tout quitter pour le rejoindre à Perpignan. En tous cas, pas sans travail. Quel avenir pour moi dans ce département des Pyrénées Orientales où le marché de l'emploi était sinistré et où les postes qui se libéraient, étaient le plus souvent chasse gardée des locaux. Logique.

J'étais donc persuadée que la meilleure solution était de le quitter.

Le mardi, j'étais encore plus au fond du sac. J'attendais désespérément un message de sa part. Mon petit « bonjour » du matin. Mais rien…

Du coup, j'étais d'une humeur de merde. J'en discutais pendant des heures avec ma meilleure amie qui venait de divorcer, pour me plaindre de mon triste sort. Entre célib', c'est toujours plus facile.

Elle me disait alors systématiquement que j'étais vraiment chiante, que j'étais tombée sur un mec super que j'aimais, et qui m'aimait, et que je faisais une connerie aussi grosse que moi.

Alors je passais mon mercredi à réfléchir… et généralement le jeudi, je revenais vers Xavier en lui expliquant que je ne pouvais pas vivre sans lui.

Les premiers temps de notre relation, j'ai failli le perdre à plusieurs reprises…et puis, ensuite, il a compris que c'était ma façon à moi d'avoir un minimum de contrôle sur notre histoire.

Le vendredi, veille de week end, tout allait mieux. Je commençais à regarder les horaires et les prix des billets de train pour aller le voir la semaine d'après. Je calculais le nombre de jours de congés qu'il me restait et je me posais lundi ou vendredi afin de pouvoir rester avec lui plus longtemps.

Cette situation ne pouvait pas durer éternellement. Il fallait que je trouve une issue… Ce fut l'objet de longues conversations avec Marion. Ma meilleure amie s'était séparée de son mari quelques mois plus tôt. Elle aussi après seulement quelques mois de mariage. Elle était venue habiter chez moi le temps de se retourner. Quelle sage décision fut la sienne d'accepter de mettre fin à son histoire avec cet homme qui ne l'aimait pas et de prendre sa vie en main.

Un soir, nous décidâmes donc qu'il était temps d'agir. Il fallait que je parte le rejoindre, que j'aille habiter avec lui.

Mais hors de question que je parte sans travail. Je commençai donc à préparer CV et lettres de motivation. J'étais reboostée. Mais cela ne dura l'espace que de quelques semaines… Trouver du travail dans les Pyrénées Orientales quand vous habitez dans le Loiret et que vous n'êtes pas catalan relève du miracle.

Je patientais, je surveillais les annonces… J'envoyais des dizaines de CV… et je ne recevais que quelques réponses, toutes négatives.

Il était hors de question pour moi de partir sans travail. Je tournais en rond et je revenais à la case départ : je ne maîtrisais rien dans cette relation, je subissais. Je subissais les retrouvailles toujours plus belles et les départs toujours plus douloureux.

Alors un week-end, je décidai que c'était le dernier. Xavier voyageait beaucoup pour son travail et cela nous aidait à nous voir régulièrement. Il arrivait toujours à s'arrêter à Paris au retour de ses déplacements. J'allais alors le chercher à l'aéroport et nous passions le week-end ensemble.

Ce week-end là, sur la route qui me menait à Orly, je décidai que je devais le quitter. C'en était assez de ne pas savoir où cette relation nous mènerait. Après être avoir espéré une vie commune avec un type déjà pris, après avoir rencontré un abruti qui allait se marier et qui m'avait fait miroiter le bonheur, je n'allais pas maintenant me coltiner un type qui habitait à 900 kilomètres.

J'arrivai au Terminal Ouest comme prévu. Il m'attendait. Qu'est-ce que je l'aimais… Mais il ne fallait pas flancher, ne pas perdre de vue l'objectif.

Je passai en mode « glaçon ». Le trajet pour arriver à mon appartement devait servir à annoncer la couleur. D'habitude, nos retrouvailles étaient placées sous le signe de la bonne humeur, des câlins … Mais cette fois ci, je ne devais pas me laisser aller.

Arrivés chez moi, un froid s'était déjà installé. Je lui dis alors que je devais lui parler. Première fois que nous débutions un week-end dans cette ambiance.

Je lui expliquai tout. Tout ce qu'il savait déjà, mais que j'avais besoin de lui dire à nouveau en cet instant : que je l'aimais, que je n'avais jamais été aussi bien avec quelqu'un, que tout était fluide avec lui… Mais voilà, la distance était trop lourde. Je ne parvenais plus à supporter le poids des séparations.

Et puis, il y avait lui et son incapacité à être heureux. Comme s'il devait fuir le bonheur. Je le sentais toujours tellement sur le fil : l'envie de se laisser aller sans jamais se l'autoriser. Un jour, il m'avait donné le principe qui résumait bien les mentalités familiales : les gens respectables sont malheureux.

Je l'apprendrai plus tard à mes dépens : le bonheur l'angoissait. Une angoisse inscrite au plus profond de lui.

D'ailleurs, j'avais fini par me persuader que cette relation à distance lui convenait bien.

Xavier avait déjà vécu 3 fois en couple, il avait 10 ans de plus que moi. Sa plus belle relation avait été avec Lola.

Leur rencontre avait été un véritable coup de foudre, un soir de pluie dans un bar Lyonnais alors que Xavier rendait visite à ses parents. Ils ne s'étaient alors plus quittés. Elle avait tout plaqué pour venir le rejoindre à Perpignan. Elle venait de terminer des études de biologie et voulait se spécialiser dans la recherche.

Les premiers mois avaient été idylliques mais Xavier fuyait le bonheur car le bonheur l'angoissait. Une sorte « d'hommage » à sa mère. Il ne se sentait pas le droit d'être heureux alors que sa mère lui jetait sans arrêt son malheur à la figure, malheur dont il était le seul responsable à ses yeux.

Elle l'appelait tous les jours, lui disait qu'elle était seule, qu'elle s'ennuyait… «*Et pourquoi tu ne viens quasiment jamais à Lyon ? Ton père se fout de moi, il rentre vers 21 heures du boulot. Tu te rends compte que je suis seule toute la journée ? Bien sûr, si j'avais de la famille dans le sud, je pourrai venir passer du temps chez elle... c'est vrai, ce n'est pas comme si j'avais un fils dans le midi... »*

Et voilà les conversations auxquelles avait droit Xavier depuis une dizaine d'années. Une culpabilité insufflée de façon quotidienne sur la solitude de sa mère, son ennui, sa vie terne.

Elle lui répétait : « *J'ai tout abandonné pour m'occuper de toi* (la réalité était juste qu'elle n'avait jamais réussi à conserver un job...tout est toujours question de point de vue), *et voilà, aujourd'hui, je me retrouve seule, j'aurais mieux fait d'élever des chèvres... »*

Ce rabâchage quotidien s'accompagnait régulièrement de courriers qui expliquaient à Xavier à quel point il était un mauvais fils qui ne s'occupait pas de sa mère dépressive, qui ne venait jamais la voir et qui ne l'invitait pas à vivre chez lui, alors qu'elle s'ennuyait seule à Lyon et qu'elle aurait pu venir et lui préparer « *des bons petits plats* ». Cette famille a toujours eu un vrai problème avec la bouffe.

Dans ces circonstances, l'inconscient de mon futur mari lui interdisait le bonheur. Les moments de joie en couple lui provoquaient systématiquement d'importantes crises d'angoisses qui pouvaient le maintenir couché durant plusieurs jours.

Ce fut le cas par exemple, au retour d'un voyage en Egypte. Cela avait été un voyage fabuleux pour Lola et lui, dans un pays où tout n'est qu'émerveillement. La veille du voyage Xavier avait eu le « bonheur » de recevoir un courrier où sa mère lui expliquait qu'elle ne se sentait pas très bien, que depuis sa dernière dispute avec « *mémé* », sa mère, la grand-mère de Xavier donc, elle « *avait doublé la dose* » (sous-entendu d'anti-dépresseurs et de Lexomyl), puis, elle lui rappelait qu'elle « *avait déjà doublé la dose, un mois plus tôt à cause de lui car elle ne comprenait pas pourquoi il la laissait aussi seule, qu'il ne l'invitait pas à venir vivre chez lui* ».

La lettre se terminait par un : « *Tu ne devrais pas partir Xavier, je me sens vraiment mal, je ne sais pas dans quel état tu me retrouveras à ton retour, ni même si tu me retrouveras* ».

C'est donc dans ces circonstances qu'avait débuté ce voyage à deux. A l'époque, partir à l'étranger permettait d'être coupé du monde, les appels coûtaient une fortune, les portables n'existaient pas ou vraiment à la marge et ne parlons pas d'internet.

Après un voyage magnifique sous le signe de l'éblouissement, le retour fut un calvaire. La lettre avait eu l'effet escompté : la culpabilisation. L'inconscient se réveilla et prit le dessus. Xavier passa 3 jours entiers au lit et rejeta complètement Lola. Bien sûr, à l'époque, il ne fit pas le lien entre ces 3 jours de mal être complet et le sentiment de culpabilité que lui insufflait sa mère de façon régulière.

Ce sont les raisons pour lesquelles, ses 2 plus importantes relations prirent fin. Sa première petite amie l'a quitté en lui disant : « *Tu as pas mal de problèmes à régler avant de pouvoir vivre libre et en paix, seul d'abord, puis à deux* ». Il n'a pas compris tout de suite le sens de ces mots. Il ne le comprendra que de nombreuses années plus tard…

Lors de ce week-end où j'allai le chercher à Orly, pour toutes ces raisons, je décidai donc de le quitter pour de bon.

Avant de vous raconter l'épilogue de notre histoire, laissez-moi vous raconter qui étaient Daphnée et Xavier avant leur rencontre.

Chapitre 4

Je vous raconte l'histoire de Xavier avant 2011

Quand Daphnée a rencontré Xavier, ce dernier était célibataire depuis 2 ans. Sa précédente histoire avait duré 4 ans ; 4 ans d'une relation plutôt chaotique avec Sandrine, une jeune femme venue panser les plaies laissée par son histoire d'amour avec Lola. Lola, enceinte, et voyant que sa relation avec Xavier ne les mènerait nulle part, avait décidé d'avorter et de repartir vivre chez ses parents.

Sandrine, quant à elle, était aide-soignante dans un ESAT Perpignanais : c'était une fille jolie, gentille mais sans beaucoup de jugeote. Elle avait principalement besoin de quelqu'un dans sa vie qui la protège et qui la mette à l'abri du besoin, elle et son fils.

Elle sortait d'un mariage dans lequel elle avait eu un enfant, un petit garçon : Benjamin. Sandrine aimait cuisiner et adorait se pomponner le samedi soir pour aller danser la salsa. C'est d'ailleurs comme ça que Xavier et elle s'étaient rencontrés.

Par ces quelques lignes, nous avons donc fait le tour de ses qualités : gentille, jolie, bonne cuisinière et fan de salsa.

Mais Xavier a vite tourné en rond dans son couple avec Sandrine : pas beaucoup de conversation, pas beaucoup de centre d'intérêts communs et, par conséquent, des échanges et des partages limités.

Avec elle, Xavier reproduisait un peu le schéma de couple qu'avait choisi son père avec Bibou : être avec une femme dépendante de lui affectivement et économiquement, avec qui il pouvait jouer les sauveurs.

De plus, cette relation présentait un avantage majeur : il n'était pas méga heureux et, ça, il en avait le droit… La vie était ainsi plus facile car sans culpabilité. Il avait ainsi le minimum requis pour une vie de couple confortable.

Sandrine était tellement gentille qu'elle s'était d'ailleurs mise en tête de se mettre « belle maman » dans la poche. Son raisonnement était simple : si Bibou voyait que son fils était tombé amoureux de LA nana parfaite, elle lâcherait un peu son fils et serait un peu moins désagréable et envahissante. Elles pourraient même devenir amies. Qui sait ?

Elle décida donc d'entreprendre une « opération séduction » : aller chercher Viviane à la gare lors de ses arrivées dans les Pyrénées Orientales, la ramener lors de son départ, l'emmener au restaurant, aller au cinéma… Bref, le grand jeu.

Bibou n'était pas vraiment sensible à ce type d'attention. En effet, elle pensait très simplement que tout ceci était normal, une sorte de dû et elle n'avait d'ailleurs jamais compris pourquoi les autres, auparavant, n'agissaient pas comme cette nouvelle belle-fille. Elle n'était peut-être pas aussi idiote après tout « la nouvelle » ...

Par conséquent, et en toute logique, rien dans son comportement n'avait changé : elle était toujours aussi envahissante, aussi désagréable... Elle ne se gênait pas pour tout commenter, tout critiquer : Sandrine avait un petit yorkshire qui laissait quelques traces de pattes et quelques poils sur le carrelage. C'était l'occasion rêvée de critiquer quelque chose : la propreté des sols.

Un soir, alors que tout le monde allait se coucher, elle fit une nouvelle réflexion. Un peu agacée Sandrine lui expliqua gentiment qu'elle et Xavier travaillaient toute la semaine et que, quelques poils sur le sol et quelques traces de pattes n'étaient pas leur priorité. Bibou ayant moyennement apprécié la réponse a précisé qu'elle s'en occuperait le lendemain matin et qu'elle nettoierait tout le carrelage avec de la javel.

Xavier lui a alors précisé que ce ne serait pas nécessaire, lui rappelant qu'elle n'était pas chez elle et qu'en plus, Sandrine était « allergique » à la javel : elle n'en supportait pas l'odeur. Il n'y en avait d'ailleurs pas chez eux.

Bibou est allée se coucher en marmonnant que nettoyer sans javel, c'était un peu comme pisser dans un violon.

Sur ces bonnes paroles, tout le monde est donc allé se coucher en pensant l'affaire close. C'était sans compter sur cette très chère Viviane qui dès 8 heures du matin s'est rendue chez l'épicier du village pour se procurer de la Javel et, qui, dès 8h30, pendant que tout le monde dormait, s'activait à nettoyer le sol à grands coups de dosettes à peine diluées...

C'est l'odeur qui a réveillé Sandrine. Trop gentille, elle n'a rien osé dire et a préféré envoyer Xavier au front. L'affaire n'a pas traîné : en moins de 10 minutes, Viviane se retrouvait avec ses valises sur le pas de la porte, priée de prendre le premier bus pour rejoindre la gare et rentrer chez elle.

Bien évidemment, ce n'était pas la première fois qu'elle était mise à la porte de chez son fils pour « comportement inadmissible » mais cela n'entraînait chez elle aucune forme de remise en question : « L'enfer, c'est les autres », encore et toujours. D'ailleurs cela n'entraînait de remise en question pour personne.

Peu de temps après, comme à chaque fois, le téléphone sonnait. D'abord les grands parents qui expliquaient que Xavier ne pouvait pas mettre sa mère dehors, que « *c'était sa mère quand même !* ». Puis venait le tour du père de Xavier en mode vraiment furieux quant à lui, qui hurlait au téléphone. Et on comprend pourquoi, il se récupérait Bibou beaucoup plus tôt que prévu dans leur appartement Lyonnais et ça, ce n'était pas pour lui plaire !

Puis une petite semaine plus tard arrivait une lettre de Bibou qui expliquait à Xavier qu'il fallait qu'il aille voir un psy, que ce n'était pas normal de faire comme ça « *des crises de fou* », qu'il avait vraiment un problème, que s'il n'était pas bien dans sa vie, ce n'était tout de même pas sa faute à elle... Et la lettre se terminait toujours par : « *Mais, comme d'habitude je passe l'éponge. Je reviendrai te voir aux prochaines vacances* ». A l'époque Viviane travaillait encore, elle gardait des enfants à Lyon et calait ses vacances sur les vacances scolaires. Enfin, quand je dis qu'elle gardait des enfants...son travail se résumait plutôt à jouer les taxis avec un enfant de 7 ans : aller le chercher à l'école, le raccompagner chez lui, lui donner le goûter, faire faire les devoirs et attendre le retour des parents.

Le fait est que Bibou passait toujours l'éponge, que ce soit vis-à-vis du comportement de son fils, de ses parents à qui il arrivait aussi régulièrement de la mettre dehors, ou vis-à-vis de Gérard, avec qui elle avait aussi très souvent de grosses prises de bec.

Quand les grands parents de Xavier se disputaient avec elle et qu'ils allaient jusqu'à la mettre dehors, ils appelaient ensuite leur petit fils pour tout lui raconter. Il fallait alors que Xavier soit compatissant, aille dans leur sens... Et bien évidemment qu'il les comprenne, lui non plus ne la supportait pas. Mais lorsque son tour venait d'être soutenu, il n'y avait plus personne pour le comprendre, pour aller dans son sens... Jamais. Personne pour lui dire : « *Oui, tu as raison, elle exagère, elle a été trop loin. Tu as bien fait de réagir ainsi. Il faut penser à toi* ». Bien au contraire même, et ça, c'était sans doute le plus dur.

Une simple phrase qui aurait pu tout changer, mais que personne n'a jamais prononcée.

Malgré cet épisode « *de la Javel* », Sandrine ne s'avoua pas vaincue. Elle décida de préparer pour le réveillon de Noël qui approchait un magnifique repas. « *La bouffe* », il n'y avait que cela pour amadouer Bibou. Elle mangeait pour 5. Cela m'a beaucoup interpelée lorsque je l'ai connue. Je n'avais jamais vu ça. Même mon père qui avait une réputation d'ogre ne mangeait pas autant. La concernant, la nourriture était une addiction : le chocolat surtout. Ce qui est certain, c'est qu'elle était dotée d'une bonne constitution car malgré les kilos de nourriture engloutis, elle avait une silhouette et un poids tout ce qu'il y a de plus raisonnable.

Dès le 25 au matin, Sandrine se mit donc aux fourneaux, au menu : foie gras maison, pain de mie aux figues (maison également) pour l'accompagner, saumon fumé, huîtres de Leucate commandées la veille, chapon farci au foie gras, marrons, pommes dauphines faites maison, fromages locaux, salade en provenance direct du maraîcher, trou normand et bûche maison.

Bref, pour moi qui ne savais pas faire cuire 3 pâtes, la préparation de ce repas me semblait relever de l'exploit.

Ce matin-là, Viviane avait décidé d'arriver « tôt », pour « aider sa belle-fille ».

Sandrine avait dû se dire que, cette fois, c'était dans la poche.

La première chose qu'a faite Viviane en arrivant a donc été de demander depuis combien de temps le chapon était au four.

- 1h30 environ, l'informe Sandrine.
- Et tu ne l'enlèves pas ? Ce n'est pas plus d'une heure trente le chapon normalement, s'étonne Viviane.
- Non, j'attends encore un peu. J'ai regardé la viande et elle n'est pas tout à fait cuite, ajoute Sandrine, sans s'agacer.
- Ah bon… Bon, bah si tu le dis…, termine Viviane, sur un ton pincé.

Elle quitte alors la cuisine, sans demander si elle peut aider à dresser la table ou autre. Elle va faire un tour dans la maison pour une inspection générale. Après tout, elle est un peu chez elle ici, c'est la maison de son fils… Alors quoi de plus normal que de faire le tour du propriétaire…

20 minutes plus tard, elle revient dans la cuisine et s'informe sur la préparation du foie gras maison.

- Et dans le foie gras, tu as mis quelque chose ?, demande Viviane,
- Oui, des figues fraîches, répond Sandrine.
- Ah bon ?!? Des figues fraîches ? Mais pourquoi tu as fait ça ?, s'offusque Viviane.
- Parce que c'est très bon…, répond Sandrine qui commence seulement à perdre patience face aux questions inquisitrices de sa future ex belle-mère.

Je l'aurais, pour ma part, mise hors de la cuisine depuis longtemps. D'ailleurs, je n'aurais rien préparé du tout pour elle. En fait, je pense que je ne l'aurais même pas invitée.

Bref.

Face à la réponse de Sandrine, Viviane pousse un long, très long soupir, et murmure un léger : « Hé bah... ».

Xavier assistant depuis le début, mais de loin, à la scène demande à sa mère d'aller leur chercher du pain. Cela permettra à Sandrine de faire une pause dans l'interrogatoire.

Elle le regarde et il voit que ses yeux lui disent « merci ».

Une demi-heure plus tard, Viviane revient accompagnée d'une voisine du quartier. Ou plutôt faudrait-il dire LA commère du quartier : celle qui épie les faits et gestes de chacun, qui cancane sur un tel ou un tel... On en a tous une dans le voisinage. Et bien celle-là était la « copine » de Viviane. Etonnant, non ?

Entre temps, Xavier était parti. Il avait demandé à son père de l'accompagner dans les magasins car il n'avait pas encore trouvé le cadeau pour sa mère... Effectivement, le 24 décembre à 16h quand il vous manque encore des cadeaux, il est peut-être temps de s'affoler un peu...

Donc pendant ce temps, Viviane entreprit de faire visiter la maison de son fils à la commère du quartier. Xavier avait acheté seul cette maison, bien avant de rencontrer

Sandrine. C'était une ruine qu'il avait totalement retapée sans aucune aide et il venait de terminer la dernière pièce : la chambre du dernier étage.

Dans l'esprit de Viviane, cette maison que son fils avait achetée seul était un peu sa maison : de son point de vue, une sorte de maison secondaire en quelque sorte. Un endroit où elle venait sans vraiment (sans jamais) y être invitée, comme si c'était un dû. Dans sa logique, il était donc tout à fait normal d'y faire entrer qui elle souhaitait, quand elle le souhaitait et comme elle le souhaitait.

Les deux femmes se promenaient ainsi dans le logement et y allaient de leur petit commentaire sur les derniers travaux, sur la décoration : « et ça ? Tu aimes ? »

« Oui… je ne sais pas… Je n'aurai peut-être pas fait ça comme ça… ». Les bons goûts de la commère étant bien évidemment connus et reconnus de tous……………..

Et Sandrine, en cuisine, entendait tout mais ne disait rien, ne préférant pas se mettre sa belle-mère à dos. Elle ne pouvait pas faire ça aujourd'hui, alors qu'elle était aux fourneaux depuis des heures afin de pouvoir faire bonne impression. Et puis, sans savoir vraiment pourquoi, elle ne se sentait pas très légitime à intervenir. Elle avait encore du mal à trouver sa place. Ou alors, Xavier ne la lui donnait pas totalement…

Le tour du propriétaire terminé, Viviane et son amie redescendent et passent devant Sandrine. Elle était en train de terminer la bûche.

- Tu fais quoi ? demande Viviane, la commère toujours sur les talons.
- Je termine ma bûche pâtissière.
- Ah bon ?!? Mais tu fais une bûche pâtissière pour le dessert ? semble s'affoler sa belle-mère.
- Oui, pourquoi ?
- Ça n'aurait pas été meilleur d'avoir une bûche glacée ? J'en ai vu des belles là, à la boulangerie.

Et la commère de préciser : « Ah oui ! Et elles sont très bonnes ! Je peux te le dire, on leur en a pris une l'année dernière ! ».

- Bah oui… Tu vois Sandrine. C'est meilleur une bûche glacée.
- Ecoutez Viviane, ma bûche pâtissière est très bonne aussi. Vous verrez quand vous la goûterez, s'efforce de répondre Sandrine, avec tout le calme qu'il lui reste…
- Je ne sais pas si j'en mangerai. Je vais peut-être aller chercher la bûche glacée…ça me tente plus.
- Oui, viens, dit la commère, on y va ensemble.
- Allez d'accord ! De toute façon, il faut que je retourne à la boulangerie… J'ai oublié d'acheter le pain ! Ahahahahah, et le rire intelligent de Viviane se perd une fois la porte d'entrée refermée derrière elle.

« Ouais, c'est ça, va chercher le pain… Ce n'est pas comme si tu y étais allée exprès, il y a une heure… » marmonne Sandrine qui préfère finalement se concentrer sur le délicat nappage de sa bûche.

Deux heures et demie plus tard, tout le monde se retrouve sur la table du salon pour trinquer à ce réveillon en famille. L'apéritif n'est pas « maison », ce sont simplement quelques amuses gueules de chez Picard accompagnés de quelques huîtres.

Tout se déroule plutôt bien même si Xavier a profité de ce moment pour recadrer sa mère et lui expliquer qu'il n'était pas franchement d'accord pour qu'elle fasse visiter sa maison au voisinage, surtout quand il s'agit de la commère du quartier. Il a simplement eu droit en guise de réponse à un « hé bah...t'es pas sympa hein... », les yeux levés au plafond.

Puis, vint le moment de passer à table. Le Grand Soir pour Sandrine. Elle va enfin pouvoir démontrer à tous qu'elle sera LA femme parfaite, LA belle-fille idéale, capable de préparer un repas pour 6 de bout en bout avec du fait « maison ». Le Graal !

Elle apporte donc le foie gras. Xavier et son père s'extasient devant ce joli foie gras fait maison qui semble vraiment très bon.

Les convives et la maîtresse de maison servis, le repas peut commencer. Sandrine est dans l'attente du verdict. « Hm... Délicieux... » estiment les hommes.

- Mouais, bof... Je trouve qu'on sent encore vachement le gras moi..., estime Viviane, quant à elle.

Gérard regarde ce qu'elle a dans son assiette et n'aperçoit rien qui puisse justifier cela, il répond juste « Ah bon… et bien le mien est très bon, je vais en reprendre une deuxième tranche d'ailleurs ».

- Moi aussi Gérard, je vais en reprendre. T'es pas tout seul, j'aurai peut-être plus de chance avec la seconde tranche…, réplique Viviane, vexée.
- Ok Viviane, je vous sers. La première tranche n'était peut-être pas bonne mais vous l'avez tout de même mangée, essaie de plaisanter Sandrine.
- Oui, bah Noël sans foie gras, ce n'est pas vraiment Noël…alors faut faire avec ce qu'on a…, s'agace Viviane.

Soupir de Gérard… Regard noir de Xavier, et Sandrine tente quant à elle de garder le sourire.

Le ton est donné ! We wish you a merry christmas !

Puis, vient le tour du chapon. C'est de lui que naîtra le drame.

Xavier est en charge de découper la viande et Sandrine fait le service. Les premiers commentaires ne se font pas attendre « Hm…il a l'air trop cuit ce chapon… »

- Non, il a l'air parfait, réplique Gérard en regardant Viviane droit dans les yeux.
- Quoi ? Pourquoi tu me regardes comme ça ? J'ai quand même le droit de dire que j'ai l'impression qu'il est trop cuit !

Silence.

Tous les convives sont servis. Sandrine n'a pris que quelques marrons. Elle n'a plus vraiment faim.

Viviane s'en aperçoit et en regardant Gérard lui dit : « Tu vois, même elle, ne prend pas du chapon. C'est parce qu'il est trop cuit ! ».

C'en est trop pour Sandrine dont les nerfs lâchent et qui va s'enfermer dans la salle de bains pour verser toutes les larmes de son corps. Tous ces efforts pour un échec qui s'avérait de toutes les façons inévitable.

Xavier, qui n'avait jamais envisagé d'autre issue possible à ce dîner, sa mère ne pouvant être que désagréable avec la femme qui partage sa vie, encore plus si cette dernière présente des qualités de femme d'intérieur, fait donc comme d'habitude : il prend le sac à main de sa mère, son manteau et va tout lui mettre entre les mains pendant que cette dernière fait taire Gérard qui tente de lui expliquer que son comportement n'est pas admissible.

Sur le coup, Viviane ne comprend pas vraiment ce qu'il se passe. Elle accepte de prendre le sac et le manteau. Et quand Xavier essaye de la lever de sa chaise pour la faire sortir, elle le regarde et lui dit :

- Mais enfin Xavier ! Mais qu'est-ce que tu fais ?
- Et bien là, tu vois, je te mets dehors. Depuis que tu es arrivée, tu te comportes comme un tyran et nous n'avons

pas à supporter ça. Alors, maintenant, tu prends tes affaires et tu t'en vas.

Son père s'approche alors pour s'interposer :

- Non Xavier, je ne suis pas d'accord pour que tu te conduises ainsi avec ta mère. C'est ta mère tout de même, tu ne peux pas la mettre à la porte de chez toi.
- Tu plaisantes j'espère ! Elle se comporte comme une ado attardée depuis qu'elle est arrivée et tu lèves à peine le petit doigt pour la calmer. Tu te rends compte du comportement qu'elle a eu avec Sandrine ? s'énerve Xavier.
- Oui, mais ce n'est pas une raison pour la mettre dehors. *C'est ta mère quand même.* » s'acharne Gérard.
- Mère ou pas, vous vous cassez tous les deux et vous reviendrez quand Sandrine aura reçu des excuses.
- Je n'ai jamais vu des parents présenter des excuses à leurs enfants » réplique Gérard et il part en claquant la porte.

C'est donc ainsi que se termine le premier réveillon de Noël suite à l'arrivée de Sandrine dans la vie de Xavier.

Les réjouissances des fêtes de fin d'année terminées, la vie avec Sandrine suit son cours, une vie toujours ennuyeuse et ennuyante qui constitue le cocktail parfait pour Xavier. Ses crises d'angoisse s'arrêtent quelque temps car sa relation amoureuse ne le fait pas culpabiliser d'être heureux, puisqu'il est loin de l'être. Les crises reviendront plus tard, pour d'autres raisons…

Sandrine était de son côté folle amoureuse, Xavier représentait l'homme parfait : bel homme, gentil, bonne situation.

Elle a donc, logiquement, voulu passer à l'étape supérieure, et venir s'installer avec lui. Il vivait seul dans une très grande maison qu'il avait refaite entièrement. Il avait forcément de la place pour elle et son fils.

Comprenant les intentions de Sandrine, Xavier a alors freiné un peu la relation. C'était tranquille jusqu'à présent mais de là à ce qu'elle vienne vivre chez lui… Et puis, il y avait ce petit garçon qui ne voyait plus son père et qui commençait à beaucoup s'attacher à Xavier. Ce n'était pas le bon plan pour le gamin.

Il ne resterait pas avec Sandrine. Il le savait. Il ne devait pas laisser l'enfant s'attacher trop. Ne pas avoir de père, s'attacher à un beau-père qui disparaît aussi… Ce gosse allait y laisser sa santé mentale.

Et puis, après quelques mois, Xavier s'était rendu compte que sa relation avec Sandrine risquait d'évoluer de façon similaire que celle de son père avec sa mère : une femme dans une situation professionnelle moins avantageuse, gagnant moins bien sa vie et avec clairement une différence de niveau intellectuel. Il « dominait » la relation et celle-ci se déséquilibrait au fur et à mesure des mois.

Des tensions apparaissaient au sein du couple et la patience de chacun s'épuisait. Les centres d'intérêt n'étaient pas les mêmes : Sandrine piquait une crise de nerfs quand la télé ne fonctionnait plus et ne s'intéressait à rien hormis des programmes de Séries B.

Alors, lorsque, peut-être pour se convaincre que leur histoire durerait, elle soumit à Xavier son envie d'avoir un enfant avec lui : un vent de panique le saisit. Un enfant avec Sandrine, toute une vie à ses côtés … !?!

Il devrait faire des choix.

Chapitre 5

Je vous raconte mon histoire avant mon divorce, printemps 2009

J'aimais enfin ma vie ! J'étais une célibataire à Paris ! J'avais un bon boulot qui me permettait de sortir et de m'amuser, alors que demander de plus ?

Un appartement pour moi seule peut-être… ? Ah oui, ce ne serait pas mal effectivement…car depuis 6 mois, je partageais le clic clac du salon de ma cousine avec Guillaume, mon ami d'enfance.

Vivre à 3 dans à peine 40 mètres carrés. C'est UN PEU, la galère… Comment tout cela était-il arrivé ?

C'est une longue histoire…

Quand je me suis séparée de mon ex-mari, Fred, nous avions prévu un voyage en République Dominicaine. C'était notre voyage de noces. Nous avions bien évidemment déjà tout prévu : les billets d'avion étaient achetés et le club de vacances était également réservé ! Un club 5 étoiles en bord de mer, je rêvais depuis des mois du décor paradisiaque qui allait nous entourer…

Evidemment, hors de question de maintenir le voyage avec lui après notre séparation et aucune chance que je me prive d'une dizaine de jours de vacances au soleil ! J'en avais plus que besoin avec tout ce que j'étais en train de vivre !

Ma cousine, Betty, avec qui je vivais en colocation depuis plusieurs semaines déjà, s'est proposée de prendre la place de mon ex ! Je ne pouvais pas rêver mieux ! Un voyage entre filles sous les tropiques. Le pied…

Je vous passe les détails d'organisation alors que nous avions tout réservé avec mon ex-mari auprès d'un voyagiste, et je vous passe également la guerre que m'a déclarée Fred quand il a appris que je partais malgré notre séparation… Mais je n'en avais rien à faire ! J'étais vraiment prête à tout pour avoir la paix et profiter de la vie. Les semaines à venir, celles où j'allais devoir gérer le divorce et la vente de notre maison seule me le confirmeraient…mais cela fera l'objet d'un autre récit !

Pour l'instant, nous voilà à Roissy prêtes à embarquer pour la République Dominicaine ! 9h de vol, direction Punta Cana. Je n'ai jamais fait un voyage aussi long. Mais j'ai tout prévu : je me suis procurée un petit somnifère pour que le vol passe plus vite.

Je ne suis pas assise à côté de Betty, nous n'avons pas pris nos billets au même moment, nous sommes donc plutôt loin l'une de l'autre. Je me retrouve à côté d'un couple d'amoureux…super ! J'avais bien besoin de ça… J'aurai préféré un beau célibataire. Mais, bon, je ne vais pas me plaindre, j'aurai pu être assise à côté d'Fred… J'ai froid dans le dos rien qu'en y pensant. Faire ce voyage en sa compagnie m'aurait vraiment gâché tout le plaisir.

Et puis, moindre mal, je suis placée à côté du mec, ça tombe bien car la nana n'a pas l'air très fun. A lui, je lui ai déjà fait tomber mon bagage à mains sur le coin du nez, et ça l'a fait marrer. Tant mieux ! Je suis un peu miss boulettes alors en 9h de vol, je suis capable de faire pas mal de conneries. Et puis, il est carrément canon ce type. Bref, il vaut mieux que je prenne mon somnifère, ça m'évitera de trop cogiter, de les voir se bécoter et j'arriverai toute guillerette à destination.

Je ne prends jamais ce genre de truc. Je ne sais pas si je dois en prendre la moitié ou le prendre en entier. Dans le doute, je le prends entièrement, après tout, 9h de vol, c'est long.

Ça doit être terriblement efficace, je ne me sens pas partir et je me réveille pour l'atterrissage. Super, je n'ai rien vu du vol ! Je tourne la tête pour voir où se trouve mon beau gosse mais c'est Betty qui est assise à sa place. Elle a l'air furax. Bizarre.

- Qu'est ce qu'il se passe ? Pourquoi tu es là, toi ?
- Il se passe que je ne sais pas ce que tu t'es enfilée pour dormir comme ça, mais tu t'es vautrée pendant quasiment tout le vol sur ce pauvre type qui était à côté de toi! Il a plusieurs fois essayé de te repousser mais tu t'es accrochée à lui comme une sangsue ! Tu ne t'es rendue compte de rien ? me demande Betty en mode hyper hyper furax !
- Non, non… vraiment je ne me souviens pas… Oh purée mais la honte ! Et toi, pourquoi tu as atterri à côté de moi du coup ?

- Pourquoi ?!? Bah parce que la nana du type a complètement pété un plomb, figure toi ! Elle a exigé que quelqu'un intervienne ! Le vol était plein, l'hôtesse ne pouvait pas leur proposer de nouvelles places. Alors, ils ont passé une annonce pour savoir si quelqu'un voyageait avec Madame Daphnée Violet. Du coup, je me suis présentée, me répond Betty, pas beaucoup beaucoup plus calme.
- Ah…, c'est tout ce que je trouve à répondre sur le moment.
- Ah… ?!? C'est tout ce que trouves à dire… ! Donc puisque tu le demandes, l'hôtesse m'a demandé si je pouvais laisser ma place pour venir à côté de toi, et l'équipage s'est ensuite arrangé pour replacer le couple, me lance ma cousine.
- Ok…wahou… ils sont efficaces ces somnifères. Je tente une plaisanterie, on ne sait jamais sur un malentendu, elle pourrait se détendre…
- Non, mais je n'ai pas fini ! Tu étais tellement accrochée au coup du type qu'on a dû s'y mettre à deux pour que tu le laisses tranquille ! J'ai cru que sa nana allait faire une syncope !
- Aïe… oh là là, le type devait être super énervé…
- Non, lui, bizarrement, il avait même l'air plutôt amusé…, me répond ma cousine.

S'en suit un long silence, pendant que le débarquement commence.

J'ose à peine respirer tellement j'ai les boules. Je viens de me donner en spectacle devant 468 personnes, pour être précise. Parfait, je commençais les vacances au top, fidèle à moi-même.

Une fois débarquées, nous pénétrons dans l'aéroport, mission : récupérer les bagages. Je prie pour ne pas recroiser le couple. Je marche tête basse, j'ose à peine lever le nez pour regarder les boutiques. Je ressens néanmoins déjà l'air chaud et humide caractéristique des pays chauds. Trop trop bon !!

Je redescends vite de mon nuage. Nous voilà arrivées au tapis des bagages. Le couple est juste en face de nous. J'ai les yeux baissés sur le tapis, je ne les lèverai que pour quitter cet aéroport.

Ah ! J'aperçois ma valise ! Enfin ! Je veux partir, j'ai l'impression que tout le monde me regarde. Je dois être parano.

Une fois la valise entre mes mains, je file direction la sortie !

« Oh ! Attends-moi ! » me crie Betty, au loin.

Mince ! Je comprends que ma cousine n'a pas encore récupéré sa valise. Je me retourne précipitamment pour aller la rejoindre, et là, je me cogne contre un torse. Je lève la tête.

Et Re-mince, le beau gosse en couple. Décidément. Il me regarde en souriant. Sa nana l'attrape par le bras et le tire jusqu'à elle. Ils s'en vont. Je l'entends lui dire : « Tu crois que je n'ai pas vu qu'elle te plaisait ! Je te signale qu'on est là pour se redonner une chance. Alors ce serait bien que tu coopères un minimum ».

Bon... je déduis de ce que je viens d'entendre que ce n'est pas le beau fixe dans le couple. Je comprends mieux pourquoi Monsieur n'était pas si dérangé par mon intrusion sur son épaule pendant le vol.

Bon, passons. Il faut que je retrouve Betty. Mais qu'est-ce qu'elle fait ? Le bus qui doit nous amener club va bientôt partir.

- Alors, tu fais quoi ?
- Bah ça se voit, non ? J'enfile des perles ! Regarde !

Oups, elle n'a pas l'air de meilleure humeur.

- Tu n'as pas ta valise ?
- Bien vu Sherlock, me répond Betty.
- Je ne comprends pas. Toutes les valises ont pourtant l'air d'être arrivées.
- On va attendre encore 5 minutes et on courra pour arriver à attraper le bus.

Presque 10 minutes plus tard, la valise arrive enfin. Nous la récupérons, nous passons la douane et c'est parti pour un sprint à 6 heures du matin heure locale, soit une heure du matin pour nous.

J'adore. Heureusement que j'avais bien dormi !

Et après quelques allers-retours inutiles sur le parking, nous trouvons enfin le bus. Il était prêt à partir, on a eu chaud. Nous donnons les bagages au chauffeur et nous prenons les places libres à l'avant. On y est ! Une heure de route nous attend avant d'arriver au club.

Mince…je crois que le somnifère fait encore effet, je me sens partir sur l'épaule de Betty cette fois. Je ne tiens plus debout. Je redors jusqu'à l'arrivée du bus. Tout le monde est déjà descendu quand j'ouvre les yeux. Betty a dû en avoir marre, c'est le chauffeur qui me réveille.

Je file à l'accueil, il n'y a déjà plus personne, à part Betty qui m'attend pour aller prendre notre bungalow. Il est 7h du matin, il fait déjà 23 degrés, j'ai dormi un nombre d'heures incalculable…la journée peut commencer !

Nous découvrons le bungalow, wahou… vue sur mer et petit jardin. C'est magnifique. L'intérieur de la chambre est aussi beau que ce qu'on peut voir dans les films. Tout y est : la salle de bains géante, le lit king size, il y a même des petits cœurs posés dessus et j'aperçois du champagne au frais. J'avais presque oublié que c'était censé être mon voyage de noces.

Betty est épuisée, elle décide de dormir quelques heures. Je suis pour ma part en pleine forme. Je décide d'aller courir, cela me fera le plus grand bien après autant d'heures en position assise, et puis cela me permettra de découvrir le club.

J'enfile un maillot de bains sous la tenue de sport et me voilà partie. Il fait déjà très chaud. Je décide de commencer le footing en faisant le tour de la résidence afin de voir où se trouvent la piscine, les différents restaurants et surtout les bars ; puis je finirai par la plage et par une baignade qui sera plus que bienvenue je pense.

Pendant que je cours, je comprends vite qu'il vaut mieux ne pas s'aventurer seule en dehors du club. Il y a partout des hommes armés qui montent la garde pour que personne ne pénètre dans l'enceinte.

Je ne suis pas une aventurière, je vais donc bien sagement rester dans les murs du club. Après une demi-heure de course, j'ai largement fait le tour du propriétaire : deux piscines, trois restaurants et des bars un peu partout. Le séjour s'annonce bien !

Je décide de me diriger vers la plage : bains de soleil et cocotiers à profusion. Tout ce que j'aime. Je me paye le luxe de quelques sprints sur le sable déjà chaud et, le graal, je retire short et t-shirt pour conserver brassière et shorty, puis je me mets à l'eau.

La température est plus qu'idéale. Je suis comme dans mon bain… L'eau est calme et tellement chaude. Je fais la planche. Je suis entourée de bleu, tout est tellement magnifique… Je suis heureuse d'être là, et d'être sans Fred. Je me sens légère, ça ne m'était pas arrivé depuis des années. Je vivais avec un poids au fond du ventre et j'y étais tellement habituée que je ne le sentais même plus.

C'est maintenant qu'il ne fait plus partie de ma vie que je peux enfin me rendre compte à quel point ce poids était lourd et handicapant.

Bref ! Tout ça, c'est du passé et maintenant l'avenir s'offre à moi : il faut d'ailleurs que je pense à sortir de l'eau. J'ai faim !

Merde ! J'ai oublié de prendre une serviette. Pas cool, je vais me promener toute dégoulinante dans ce club hyper huppé. Je vais encore me faire remarquer.

Bon, voyons s'il n'y a pas un employé du club dans le coin qui pourrait m'apporter une serviette. Ah si ! J'en vois un là-bas qui est en train d'installer les transats. Parfait !

Vite avant que je ne le perde de vue. Je sors de l'eau en courant et en l'appelant. Ce n'est pas une sortie des plus distinguées mais tant pis, je suis seule et il me faut une serviette.

Je m'approche de lui et sans que je ne lui demande rien, il me tend la serviette tant espérée. Ils sont vraiment au top dans ce club !

Je le remercie vivement, m'enroule dans la serviette et commence à partir pour rejoindre mon bungalow.

L'employé me suit et me tend une bouteille d'eau. Sympa, je n'avais pas forcément soif mais je le remercie gentiment et prends la bouteille.

Un merci un peu trop gentil peut-être, le gars ne me lâche plus. Il essaie d'engager la conversation dans un anglais plus qu'approximatif. Je ne comprends rien à ce qu'il me dit. Je sais juste qu'il me colle aux talons et que je ne parviens pas à m'en défaire.

Il commence à me toucher les cheveux. J'ai les cheveux longs et blonds, c'est toujours source d'étonnement pour les habitants des pays lointains.

J'ai beau montrer clairement à ce type que je souhaite qu'il arrête, il devient de plus en plus pot de colle, quand, tout à coup, je sens un bras se glisser autour de mon cou.

Vent de panique dans ma tête l'espace de quelques secondes : QUI VIENT DE PASSER SON BRAS AUTOUR DE MON COU ? S'il y en a plusieurs comme lui, je suis dans une sacrée galère.

Je tourne la tête et surprise : c'est le beau gosse de l'avion.

Il me regarde en souriant et me dit : « Ah mon cœur ! Enfin, je te cherchais partout. »

Se faisant, il m'emmène loin de ce type qui commençait sérieusement à me faire flipper.

Il est donc venu en « sauveur ». En mode : « T'inquiète pas ma belle, je vais te sortir de là ».

Qu'est-ce que ça me gonfle, ces types qui pensent que sans eux, on ne serait que de pauvres choses fragiles et sans défense…

Mon côté féministe s'étant exprimé (en silence), je suis tout de même bien contente d'être sortie de ce mauvais pas.

« Merci », c'est tout ce que je trouve à dire sur le moment. Banal, mais efficace. Et puis, j'ai toujours l'épisode de l'avion en tête...

- Pas de problème, ce n'est pas la première fois que je viens dans ce pays et je sais que les hommes peuvent être très entreprenants. Même les salariés des clubs ! m'explique-t-il.
- Ah, ok. Merci pour l'information. J'ai vu les gardes armés faire des rondes mais je ne pensais pas devoir faire attention aux personnes du club également.
- Quand on est jolie, il vaut mieux être toujours un peu sur ses gardes.

Blocage. Le beau gosse viendrait-il de dire que je suis jolie ?

C'est Mexico dans ma tête. Ne rien laisser paraître, jouer l'indifférence... Super important pour rester crédible.

- Merci, c'est gentil. Tant qu'on y est, la personne qui m'accompagne m'a raconté pour le vol... Je suis terriblement désolée. J'avais pris un somnifère pour que le voyage ne me paraisse pas interminable, je ne prends jamais ce type de médicamentent alors...

-...et ça vous a littéralement terrassé. Je comprends, ne vous inquiétez pas. Et puis, ça ne m'a pas trop dérangé, pour tout vous dire. J'ai même bien rigolé, grâce à vous le vol a été moins terne.

Euh... Option 1 : Il me drague là, option 2 : je m'emballe.

Je retiens l'option 2 : je m'emballe alors calme toi ma vieille…

- Vous êtes gentil. Mais je pense que votre femme a beaucoup moins apprécié. J'ai gâché votre vol, j'en suis navrée.
- Non rassurez-vous, vous n'avez rien gâché du tout, de toutes les manières le vol comme le voyage étaient déjà bien mal engagés.
- Oui, c'est ce que j'ai cru comprendre en vous entendant discuter à l'aéroport, j'espère sincèrement que vous arriverez à vous retrouver.

Je n'en pensais pas un mot. Ce type me plaisait trop. Il fallait que je coupe court à cet échange. Il était marié et je ne souhaitais pour rien au monde de nouveau m'enticher d'un type qui était pris. D'autant que l'histoire avec Thibaud n'en finissait pas de s'arrêter. Nous n'étions pas encore parvenus à couper totalement les ponts et cela me devenait insupportable.

- Je dois y aller, lui dis-je.
- Déjà ?
- Oui… Et votre femme doit vous attendre.
- Vous avez raison. J'espère vous revoir…
- Oui, bien sûr, nous nous recroiserons sûrement.

Et il me fit un sourire triste. Sur ce, je tournai les talons.

Ne pas se remettre dans une histoire foireuse, alors que je n'étais déjà pas sortie de la dernière. C'était le mot d'ordre !

Je filai dans notre bungalow. Betty était réveillée, affalée sur le transat dehors. Je lui racontais mes mésaventures, elle me regarda en mode suspicieux : « *Genre, tu vas faire une connerie avec ce type* ».

Je fis semblant de ne rien voir et je filai sous la douche. J'avais hâte de connaître quelles sorties proposait le club.

Une heure plus tard, nous arrivions à l'accueil. Pas mal d'excursions étaient proposées : visite de Saint Domingue, découverte de villages de pêcheurs, randonnée et baignade dans une crique suivie d'un cours de Bachata.

Nous décidons de nous inscrire à toutes les activités. Pas question de rester la semaine les fesses collées à la serviette de plage.

On ne ferait pas les lézards donc, sauf en ce jour d'arrivée au club où nous décidons de passer en mode « transat » en alternant baignades en mer et piscine. Une pure journée de farniente ! Après cette année bien intense, c'était un repos bienvenu et mérité.

Nous nous installâmes tout d'abord sur des transats sous les cocotiers. Je m'allongeai afin de pouvoir admirer le bleu du ciel. Tout ce que je vis, c'était deux énormes noix de coco qui menaçaient de me tomber dessus.

Débriefing avec Betty sur le potentiel danger encouru. Nous décidons de changer de transat. Nous nous dirigeons vers deux transats sous un parasol, beaucoup plus sûr.

Sauf pour moi car je me retrouve à côté de la nana du type de l'avion qui me lance un regard noir. Pas de bol... Je peux néanmoins admirer le ciel bleu sans la crainte de me prendre une noix de coco sur le nez.

C'est le bon moment pour faire le point sur cette année passée et les décisions prises : j'ai assisté à l'enterrement de mon amie d'enfance et de son fils, j'ai décidé de quitter mon mari seulement quelques semaines après notre mariage et je suis partie vivre chez ma cousine à Paris.

J'avais pris des décisions importantes. Il me restait à les assumer. A mon retour en France, je devrais trouver un avocat pour s'occuper du divorce et je devrais parvenir à convaincre Fred de partager ce conseil juridique, ce qui réduirait considérablement le coût de la procédure.

Il nous faudrait vendre la maison que nous venions de faire construire. Fred y vivait encore. Il pourrait sûrement se charger d'organiser les visites. Ce serait un sujet en moins, d'autant qu'en vivant à Paris, notre maison se trouvant dans un petit village aux alentours d'Orléans, les allers-retours seraient compliqués.

Je pourrais encore rester quelques temps chez Betty. Nous nous entendons vraiment bien et le partage des tâches se fait naturellement : elle cuisine, je fais la vaisselle et le ménage. Simple, efficace.

Elle est infirmière en psychiatrie dans un hôpital parisien et travaille en horaires décalés. Nous nous croisons peu, ce qui permet à chacune d'avoir du temps pour elle à l'appartement.

Le lundi, c'est NOTRE soirée. On regarde l'Amour est dans le Pré. Notre moment détente…

Le weekend, elle repart de temps en temps chez ses parents dans le Loir et Cher. Ces derniers vivent d'ailleurs non loin des miens.

Moi, je ne parle plus à mes parents. Ma meilleure amie ne me donne plus de nouvelles. J'ai créé de nouveaux liens avec d'autres personnes. Des personnes dont je n'étais pas forcément très proche, et pourtant, ce sont elles qui ont répondu présentes dans les moments difficiles.

Ça aussi, cela a été un gros changement. Les personnes sur lesquelles je pensais pouvoir compter en cas de coup dur m'ont laissée tomber. Celles avec qui j'entretenais des liens réguliers, sans qu'ils soient très forts, ont quant à elles été là pour moi. La vie est parfois surprenante… Alors le weekend, j'allais m'évader un peu chez ces personnes. Et je passais de superbes moments. Ces amis, entrés, dans ma vie à cette période n'en ressortiront jamais. On n'oublie jamais les personnes qui vous ont tendu la main.

J'en étais là de mes réflexions lorsque j'aperçus Betty revenir du bar, l'air méga énervé.

- Qu'est-ce qu'il t'arrive ?
- Ça fait deux plombes que je fais le pied de grue au bar pour avoir un malheureux café. Il n'y a personne qui me calcule.

- Ah bon ?
- Non, vas y toi. Ils ne voient que les blondes, à ce que j'ai pu remarquer !

Betty était née d'une mère européenne et d'un père chinois. Son père était décédé dans un accident de voiture alors qu'elle n'était que bébé. Sa mère s'était, de nombreuses années plus tard, remariée avec le frère de ma mère, mon oncle donc. Elle était, par conséquent, devenue ma cousine par alliance et j'étais plus proche d'elle que de tous mes cousins de sang.

- Ah ouais….mais je n'ai pas trop envie de me bouger là.
- Allez s'il te plaît ! Tu me dois bien ça après la honte que tu m'as collée dans l'avion.
- Ok, ok, j'y vais !

Je stoppai donc mon bilan de l'année et je me dirigeai vers le bar. Mon téléphone émit un bip. J'avais un message. C'était Thibaud.

J'étais heureuse de voir son nom s'afficher et en même temps j'aurais bien aimé profiter de ces vacances pour le chasser loin de mes pensées.

Je pense qu'on est toutes passées par là. Vous savez, ce moment où vous regardez votre écran, et à côté de la petite enveloppe, vous voyez s'afficher le nom de celui qui occupe vos pensées. Ce moment où, selon où vous en êtes de votre histoire avec lui, vous avez hâte de lire le message, ou au contraire, vous en redoutez le contenu.

Avec Thibaud, nous avions comme d'habitude essayé d'arrêter. On s'était dit adieu, sur l'oreiller, encore une fois. Je savais que le seul moyen pour que notre histoire s'achève totalement soit que l'un de nous deux parte loin. Pour l'instant, on arrivait tout juste à ne plus se voir et à ne plus s'écrire durant quelques semaines, et puis l'un de nous deux craquait.

Aujourd'hui c'était lui. Et à la fois, je me sentais heureuse qu'il pense encore à moi, à la fois, j'aurais aimé que ce ne soit pas le cas.

- Ça va ? Tu es bien arrivée ?
Réponse :
- Oui, merci.

Je me dirigeai vers le bar.

Mince, le beau gosse.

Il m'a vu. Il me sourit.

Nouveau texto :

- Super froide ta réponse... pourtant tu es sous le sun shine. *Que pasa ?*

La première réponse qui me vint fut la suivante : « *Que pasa ? Que Pasa ?* Et si tu me lâchais pour voir et que tu t'occupais de ta nana ?!? »

Mais je n'eus pas le temps de répondre. Le beau gosse était déjà à côté de moi :

- Ça va ? Vous avez l'air contrarié ?
- Non, tout va bien. Juste un texto d'un collègue de boulot… vous savez ce que c'est, ce n'est jamais agréable en vacances, dis-je en plaisantant.
- Ah oui… Un mail du boulot ? Un dimanche ? Vous travaillez dans quoi ?

Merde ! On était dimanche ? Je travaillais en banque…alors le dimanche, il ne se passe strictement rien. Quelle plaie !

- Je bosse dans une banque, mais j'ai un collègue qui fait du zèle.

Changer de sujet, vite ! Ne pas lui laisser le temps de réfléchir !

- Vous attendez pour être servi ?
- Oui, mais les serveurs ne me voient pas, j'ai l'impression d'être transparent !
- Ah, oui, ma cousine m'a fait la même remarque. Du coup, elle m'a missionnée ! Il paraît que les serveurs préfèrent les blondes…
- Ah oui ? Alors je veux voir ça ! dit-il d'un air moqueur.
- Regardez et admirez, lui répondis-je sûre de moi.
  Je détachai mes longs cheveux blonds, fis un mouvement de tête à la J-Lo et m'approchai du bar en montant sur un des tabourets afin de pouvoir mettre en évidence tous mes atouts.

En l'espace de quelques secondes, j'avais deux serveurs pour moi seule. Je commandai 2 cafés que j'obtins à la vitesse de l'éclair.

Je tournai la tête vers Monsieur Beau Gosse et je m'aperçus que son regard avait changé. Ce n'était plus le regard amusé d'il y avait quelques minutes mais un regard plus profond, plus inquisiteur. Je venais de lui taper dans l'œil.

Bon, le coup des cheveux à la J-Lo n'était pas forcément adressé qu'aux serveurs…

Nous étions en train de nous regarder dans les yeux avec pour chacun un grand nombre d'arrière-pensées quand le charme fut rompu par Betty qui venait d'apercevoir son café sur le bar :

- Enfiiiiiiiiiiiiiiiiiiiiiiin, j'en peux plus ! Je vais décéder si je ne bois pas mon café maintenant !
- Vas- y, prends le mien aussi si tu veux, plaisantai-je.
- Ah merci, tu me sauves la vie !
- Heu….pas de problème, marmonnai-je.
  Nous nous éloignâmes du bar :
- Tu comptais m'apporter le café après avoir conclu avec Mister Beau Gosse ou quoi ?
- Non, non, pas du tout. Pourquoi tu dis ça ?, lui répondis-je l'air gêné.
- C'est bon, je vous ai vus. C'était flagrant, d'ailleurs, il n'a pas décroché son regard depuis tout à l'heure.
- N'importe quoi. Viens, on retourne au bord de la piscine.

Et je fis un signe de la main à Mister Beau Gosse en m'en retournant au bord de la piscine.

La journée se poursuivit ainsi entre piscine, plage, transats et cocktails. Puis, rapidement, vint le soir et l'heure d'aller dîner. Le club comptait plusieurs restaurants dont un avec des spécialités locales. Nous avions choisi celui-ci pour notre premier soir sur l'île. A dire, vrai, une table spéciale avait été réservée dans cet endroit depuis longtemps…

Resto plutôt chic, nous nous étions donc habillées en conséquence.

Arrivées devant l'entrée, nous allâmes rejoindre la petite file d'attente qui s'était formée, la personne de l'accueil vérifiant les réservations de chacun avant que le groom ouvre la porte aux vacanciers.

J'entendis Betty marmonner :

-Décidément…

- Quoi, qu'y a-t-il ?

- Mister Beau Gosse et sa rombière.

- Ah, répondis-je. Bon, ce n'est pas bien grave.

- Non, ce n'est pas grave. C'est juste que quand je vois la tête qu'elle fait à chaque fois qu'elle nous aperçoit, ça me gâche le paysage.

- Oui, ça je comprends.

Nous nous plaçâmes derrière eux dans la file d'attente. Mister Beau Gosse nous fit un sourire et miss Rombière fit la gueule.

Vint notre tour de nous présenter, le groom nous ouvrit la porte. J'étais juste derrière Mister Beau Gosse.

Bon sang, quel cul, il avait !

J'étais sous le choc.

J'entendis alors le groom à l'entrée du restaurant me dire : « Bonjour, bienvenue à vous Madame et bon appétit. »

Et je répondis, de façon tout à fait machinale : « Merci beaucoup, bienvenue à vous aussi. »

Le gars me lança un regard mi- amusé, mi- moqueur. Je crois que je venais de faire une réponse complètement hors sujet… La honte. J'espérais que personne n'ait entendu.

C'était sans compter sur l'ouïe fine de Betty que j'entendis pouffer de rire derrière moi.

Et Mister Beau Gosse devait avoir l'ouïe tout aussi fine… il se retourna et me fit un clin d'œil en me faisant le signe « super » avec son pouce.

Je commençais bien la soirée… Je venais de souhaiter la bienvenue au type qui vous ouvre la porte au resto… Quelle imbécile je faisais.

Betty et moi rejoignîmes une table avec une vue imprenable sur la mer, cette dernière était installée sur une terrasse qui surplombait tout le restaurant et un chandelier en forme de cœur était placé au centre. Des ballons gonflés à l'hélium où il était inscrit « Just Married » entouraient le tout.

Il est vrai que ce voyage était censé être mon voyage de noces, j'avais trop tendance à l'oublier… Une multitude de détails me le rappelait quotidiennement : les cœurs disposés sur le lit lors de notre arrivée à l'hôtel et l'inscription « Welcome M. et Ms BECQUET » qui apparaissait en permanence sur l'écran de télévision.

Bref, après le fou rire dû à ma bourde avec le groom, nous continuâmes sur la même lancée humoristique. Nous adorions jouer les filles en couple.

Le cadre romantique, l'atmosphère propice aux échanges amoureux aurait pu me faire regretter de ne pas partager ce moment avec celui que j'avais épousé. Mais, il n'en était rien.

J'étais heureuse d'être là avec Betty et de partager ça avec elle. Elle m'avait ouvert sa porte au moment où ceux sur qui je pensais pouvoir compter me l'avait fermée. Je ne l'oublierai pas. Elle resterait spéciale à mon cœur toute ma vie.

On nous servit deux coupes de champagne. Nous trinquâmes à ce si beau voyage ensemble, à cette si belle vue, à ce si beau moment.

Au moment de porter la coupe à mes lèvres, je croisai le regard de Mister Beau Gosse. Il me dévorait des yeux. J'étais ravie, d'autant que sa rombière comme nous l'appelions, était tout de même particulièrement jolie.

Cette soirée fut l'occasion de débriefer : nos vies, nos amours, nos emmerdes.

Betty vivait une relation torride avec un médecin de l'hôpital où elle bossait.

Oui, je sais ce que vous vous dites : « cliché ».

Bien sûr cliché ! Mais peut-être que les clichés existent parce qu'ils reflètent des situations vécues une multitude de fois.

Le fait est que Betty était tombée sous le charme du médecin psychiatre de son unité. Bon, pour l'avoir déjà entraperçu, c'était tout à fait justifié.

Leur petit jeu de séduction avait duré de nombreux mois. A base de « J'ai envie mais il ne faut pas ».

Et pour cause, le « doc » (comme nous le surnommions) était marié jusqu'au cou et papa de deux enfants.

Betty sortait tout juste d'une relation avec un type déjà casé mais sans enfant qui, après plusieurs années de relation extra-conjugale avec ma cousine, avait décidé de faire un enfant à sa copine en titre.

Ce fut une douche froide pour Betty. Elle ne s'y attendait pas et le pire fut qu'elle l'apprit par hasard d'une tierce personne.

Cette histoire l'avait anéantie. Elle avait mis du temps à remonter la pente. Et puis « doc » était arrivé à la tête de son service. Ils s'étaient tout de suite bien entendus professionnellement. Ils étaient souvent amenés à bosser ensemble sur des dossiers un peu complexes. Le service auquel ils appartenaient traitait de cas d'autisme sévère sur des enfants mineurs. Le docteur était souvent amené à rencontrer les familles afin de faire le point sur l'état de santé de leurs enfants.

Il était pour cela accompagné d'une infirmière puisque cette dernière intervenait dans le service pour accompagner les enfants dans leur quotidien. C'était finalement les infirmières qui pouvaient parler le mieux de ces enfants et de leurs difficultés dans la vie de tous les jours.

Le « doc » rencontrait donc les familles avec toujours la même infirmière : Betty. Et c'était justifié, elle était très compétente et passionnée par son travail.

Au fur et à mesure du temps, un vrai partenariat s'était installé entre eux. Le « doc » était aussi passionné qu'elle, et à eux deux, de réels progrès étaient constatés chez certains patients. Au-delà du travail, ils se plaisaient mutuellement et ils le savaient.

Mais personne ne pouvait se permettre de sauter le pas, chacun ayant beaucoup trop à perdre ou déjà beaucoup trop perdu.

Et puis vint le jour où un patient autiste perdit complètement le contrôle : il s'énerva, devint violent et s'en prit violemment à Betty. Cette dernière était habituée à esquiver les coups, ce n'était pas rare dans son métier.

Mais ce jour-là, le patient était trop fort : 1 mètre 90 et plus de 120 kilos. Elle prit un coup au niveau du crâne, ses lunettes se brisèrent au sol et elle arriva à terre dans les vapes. Ses collègues qui étaient près d'elle purent rapidement injecter un sérum au patient qui était devenu incontrôlable. Il se calma. Et on envoya chercher le « doc » pour qu'il puisse ausculter Betty.

Il arriva très inquiet. Il avait vraiment eu peur pour elle. Elle s'en rendit compte. Il l'ausculta et comprit rapidement que les blessures s'arrêteraient à quelques contusions.

Il la prit dans ses bras et la serra contre lui. C'est ainsi que débuta leur histoire.

Cela faisait quelques semaines qu'ils étaient ensemble. Tout se passait bien. Doc pensait sérieusement à quitter sa femme. Il était en train de faire ses calculs : relogement, pension alimentaire… Est-ce qu'il allait pouvoir s'en sortir financièrement ?

J'entamai donc la conversation :

- Tu as eu des nouvelles de Doc ?
- Oui, il pense que sa femme a senti quelque chose. Elle surveille son téléphone et elle minaude auprès de lui...
- De toute façon, il faudra bien qu'elle le sache un jour.
- Oui, mais il ne veut pas qu'elle le sache avant le divorce. Il a peur qu'elle demande des sommes inconsidérées en pension alimentaire et prestation compensatoire. Si elle fait ça, il sera bloqué.
- Comment ça bloqué ?
- Il n'aura pas les moyens de partir tout simplement : payer la pension alimentaire, se retrouver un logement où il puisse accueillir les 2 enfants tout en restant à Paris. Ce ne sera pas possible si elle fait des demandes financières importantes. Et le juge sera d'autant plus susceptible d'accepter étant donné qu'elle divorcera d'un mari adultère pour qui elle a mis sa carrière entre parenthèse.
- Mince... et je suppose qu'il ne peut pas s'éloigner de Paris, s'il veut continuer à voir ses enfants.
- Tu as tout compris...
- Merde. J'espère que vous allez y arriver. Tu le mérites.
- Merci. Bon changeons de sujet, et toi avec Thibaud : vous en êtes où ?
- Oh écoute, je viens ici pour tirer un trait, je le lui dis, et il ne trouve rien de mieux que m'envoyer des messages quasiment une fois par heure...
- C'est pas vrai ! Mais quel égoïste ce type ! Il ne veut pas quitter sa nana et en même temps, il ne supporte pas que tu t'éloignes de lui. J'espère que tu ne réponds pas !
- Hm... j'essaie mais ce n'est pas toujours facile.

- Oui, je me doute. Bon, il faut que tu te trouves un mec, pas le choix.
- Mais grave !
- Et pas Mister Beau Gosse hein !? Il est pris par Miss Rombière !
- Lol ! Et c'est toi qui me donnes ce genre de conseil ?
- Oui, tu as raison, je ne suis pas la mieux placée, me dit-elle en riant.

Et la soirée se poursuivit ainsi, entre débriefs sur le présent et rêves d'avenir.

Puis, après un dernier verre, nous décidâmes de regagner notre bungalow. Mister Beau Gosse était parti. J'étais soulagée de ne pas le recroiser après la bourde que j'avais faite en arrivant au restaurant…

Betty alla se coucher et moi je décidai d'aller me promener seule en bord de mer, profiter du calme et de la douceur du soir.

Sur le chemin, je vis Mister Beau Gosse sortir de son bungalow. Il avait l'air un peu énervé… Je décidai de le suivre.

Il se dirigeait vers le bar.

Après tout, pourquoi ne pas remplacer la promenade sur la plage par un dernier verre…

Je décidais de m'assoir de façon à être en plein dans sa ligne de mire. Les serveurs ne le regardaient pas, il n'arrivait pas à commander. Pour ma part, j'en avais 2 pour moi seule.

C'était presque trop facile.

Je croisai son regard et il me fit une moue suppliante d'appel au secours.

De l'autre bout du bar, je lui mimai de façon très gracieuse un « que voulez-vous boire » en penchant la tête et en dirigeant le pouce vers ma bouche.

Il s'esclaffa et me répondit en faisant une espèce de danse du ventre.

Je ne voulus pas avoir l'air d'une idiote et lui fit un signe l'informant que j'avais compris. Il eut l'air surpris.

Comme je ne savais pas quoi lui commander, je nous pris des mojitos. Tout le monde aime les mojitos…

Je le rejoignis après quelques secondes :

- Vous avez vraiment compris ce que je voulais ?!

Je me mis à rire et lui répondis :

- Absolument pas ! Mais comme je n'ai pas voulu perdre la face, j'ai fait comme si.
- Et vous m'avez commandé quoi ?
- Je nous ai pris des mojitos.
- Excellent choix ! Tout le monde aime les mojitos !

- Oui, c'est aussi ce que j'ai pensé.
- Ça vous dit de quitter le bar et d'aller nous asseoir sur une banquette ? Ce serait plus confortable.
- Tout à fait d'accord, après cette dure journée à ne rien faire, ce serait dommage d'être mal installés pour la fin de soirée !

Nous nous dirigeâmes donc vers les banquettes qui se trouvaient non loin de la plage. Nous entendions le bruit de l'eau...

- C'est tellement apaisant d'entendre la mer. Je ne m'en lasse pas. Si je le pouvais, je dormirais sur un transat.
- Pourquoi ne le faites-vous pas ?
- Vous rigolez ? Je suis beaucoup trop trouillarde ! Entre les mauvaises rencontres qu'on peut faire la nuit et les bestioles qu'on voit partout ici, je ferais nuit blanche. Si je fais nuit blanche, j'ai un mal de tête terrible le lendemain et si j'ai un mal de tête, je suis d'une humeur massacrante, ce qui ne va pas plaire du tout à ma cousine !
- Votre cousine ?
- Oui, Betty, ma cousine, celle avec qui je voyage.
- Ah...mais... Je pensais que... enfin, j'ai vu ce soir la table avec les ballons, le chandelier...

J'éclatais de rire !

- Ah ça ? Ah, non mon Dieu ! Ce n'est pas du tout ce que vous pensez !

Et je lui racontai mon histoire.

- Wahou, quel courage. Tu m'impressionnes. On peut se tutoyer, non ?
- Oui, bien sûr. Et ce serait bien aussi qu'on échange nos prénoms, je suis Daphnée.
- Enchanté Daphnée, moi c'est Grégoire.
- Très bien. Alors, et toi Grégoire, quelle est ton histoire ?
- L'histoire très banale d'un couple qui est à l'aube de son mariage et qui essaie de ne pas se laisser séparer par les deux familles qui se disputent les modalités d'organisation.
- Ok, vous êtes donc partis pour vous éloigner un peu des tensions ?
- Oui, mais je crois qu'on les a finalement emportées avec nous…
- Oui, j'avais un peu remarqué. Mais ce n'est que le début du séjour, il faut vous laisser un peu de temps.
- Bien sûr, tu as raison. Mais tu as un peu chamboulé les choses…
- Moi ?!?
- Oui, entre le fait que t'endormes sur moi dans l'avion, que tu sortes une connerie à la seconde, que tu me fasses rire, que tu sois super jolie…
- Ouh là ! On va s'arrêter là Monsieur Beau Gosse. Je suis déjà assez dans le pétrin sentimentalement et même si tu me plais beaucoup, je vais éviter les relations merdiques maintenant.

Il éclata de rire.

- Merci, cela a au moins le mérite d'être clair !
- De rien ! C'est avec plaisir. Et maintenant, je vais aller me coucher et toi, tu vas aller retrouver ta belle.

- Oui, d'autant qu'on part de bonne heure demain pour faire une sortie.
- Ah oui ? Nous aussi, vous faites quoi vous ?
- On va voir une cascade sympa demain matin, puis déjeuner chez des locaux et l'après-midi, on va visiter une fabrique de cigares.
- Ah ! On fait la même alors.

Moment de silence. On savait tous les deux que sa future n'apprécierait pas trop la situation.

- Rassure-toi, je ferai comme si cette soirée n'avait jamais eu lieu.
- Merci… Je pense qu'elle n'apprécierait pas trop qu'on ait opéré un tel rapprochement…
- Pas de souci, bonne nuit à toi.

On se fit la bise et chacun partit de son côté. J'avais un message de Thibaud « Ne me réponds pas surtout !! Tu me manques… Je tiens tellement à toi… Je sais que la situation est difficile mais je t'en prie, ne me laisse pas sans nouvelle de toi ».

Quel égoïste. Il ne pensait vraiment qu'à lui. Je ne répondis pas et allais me coucher. Je dormis d'un sommeil de plomb, cela ne m'était pas arrivé depuis des siècles.

Chapitre 6

Je vous raconte l'histoire de Xavier et Sandrine de 2008 à 2011

Xavier devait prendre une décision. A bientôt 40 ans, il avait désormais accepté de ne jamais connaître l'amour parfait, l'amour idéal, celui qui vous remplit le corps et l'âme.

Il s'était finalement fait à l'idée de cette relation avec Sandrine : loin d'être parfaite mais au moins, il n'était pas seul.

Mais voilà, Sandrine avait 36 ans, lui 40 ans…et leur relation durait depuis déjà deux ans. Sandrine attendait l'étape supérieure désormais : la vie commune, les enfants…

Est-ce qu'il était prêt à tout cela avec elle ? Certainement pas.

Mais, est-ce qu'il était prêt à prendre le risque de la perdre et de connaître de nouveau la solitude ? Car, c'est ce qui allait finir par arriver s'il n'offrait pas de perspective d'avenir à une femme de 36 ans. La réponse à cette question était également négative.

Et la peur de la solitude l'emporta sur tout le reste. Il en avait déjà trop souffert ces dix dernières années et il se convainquit qu'un amour imparfait valait mieux que pas d'amour du tout…

Ce serait son choix.

C'est ainsi que Sandrine et son fils emménagèrent un matin de juillet dans la maison de Xavier. Ce fut le début de la fin de leur histoire.

En juillet, Sandrine était en vacances, son fils dès le lendemain de leur emménagement était parti quelques jours chez ses grands-parents.

Une fois l'emménagement terminé, la maison rangée et les repas prêts pour les 2 jours à venir, Sandrine commença très vite à trouver le temps long. Elle n'aimait pas forcément bouquiner et elle détestait s'ennuyer.

Aller à la plage était exclu, il pleuvait des cordes en ce début d'été.

En revanche, elle aimait particulièrement regarder la télévision et notamment les émissions de télé-réalité, contrairement à Xavier qui lui, les détestait. Xavier et elle avaient des goûts très différents, et ce, dans de nombreux domaines. Elle faisait beaucoup d'efforts quand il était là pour essayer d'être à la hauteur de ses envies, et ne pas le décevoir : elle faisait semblant de s'intéresser aux reportages, aux documentaires, à la géopolitique… Mais la réalité était qu'elle trouvait ça vraiment barbant. Alors cette journée de solitude était le moment rêvé pour être enfin elle-même et rattraper le retard pris sur le visionnage de ses programmes.

Elle voulut donc profiter des rediffusions du matin (le replay n'avait pas encore fait son apparition) pour regarder son émission préférée.

Elle essaya pendant quelques minutes de faire fonctionner la télévision. En vain.

Elle essaya et ré-essaya encore. Mais rien n'y fit. L'écran de cette satanée télé restait désespérément noir.

La panique commença à l'envahir. Il était 11h du matin, le programme avait déjà débuté depuis 15 minutes.
Elle allait encore passer à côté de son émission.

Après avoir longuement hésité, elle se décida à appeler Xavier au bureau afin qu'il puisse l'aider à comprendre pourquoi la télé ne fonctionnait pas. La situation lui parut en effet assez grave pour le déranger pendant sa journée de travail.

Xavier était en plein milieu d'une réunion, il en sortit pour prendre l'appel :

- Oui, je t'écoute.
- Xavier, je suis désolée de te déranger mais…je ne parviens pas à allumer la télé.
- Hm, et donc ?
- Et donc, j'apprécierais vraiment que tu m'aides à la faire fonctionner !
- Ok, et bien, je m'occuperai de ça quand je rentrerai. Là, je suis au travail et en plus en plein milieu d'une réunion.

- Non, tu ne comprends pas !! Mon émission favorite est en train d'être rediffusée !
- Et tu penses que cela justifie que je plante tout ce que je suis en train de faire au bureau ?
- Non, ce n'est pas cela…mais tu avoueras que je ne peux pas passer la journée sans télé.
- Bien sûr que si tu peux ! Tu prends un livre, tu vas te promener, tu vas faire du sport… Tu vois, il y a beaucoup de choses à faire en une journée !
- Tu sais bien que je n'aime pas lire et que je ne suis pas sportive ! ça t'amuse de me rabaisser, en fait, c'est ça… ?
- Ecoute, non, ça ne m'amuse pas. Pas plus que cette conversation d'ailleurs. Je n'ai aucune idée de pourquoi la télé ne fonctionne pas. Donc, je verrai cela quand je rentrerai !

Et elle se mit à crier :
- Alors, tu vas me laisser comme ça ?!? Toute seule, toute la journée ??? Sans m'aider ?
- Oui, tu as tout compris. A ce soir.

Comprenant que Xavier ne ferait rien, elle cria de plus belle :
- Tu es vraiment déguelasse ! Je viens d'emménager, je suis seule et tu me laisses dans ma…

Elle n'eut pas le temps de terminer, Xavier avait raccroché.

C'est donc ainsi que se termina la conversation. Xavier était aussi furieux que dépité. Il avait toujours su que cet emménagement était une erreur.

Quand il rentra le soir, il pensait avoir droit à une soupe à la grimace. Mais ce fut tout l'inverse. Sandrine avait préparé un excellent repas et s'était mise sur son 31. Pour se faire pardonner, lui expliqua-t-elle...

Sandrine n'avait pas inventé l'eau chaude mais elle comprenait parfaitement la situation.

Elle avait bataillé pendant de longs mois pour que Xavier l'invite enfin à venir vivre avec elle. Elle s'était longtemps mise en mode « femme parfaite » pour que cela arrive. Ce n'était pas le moment de tout gâcher pour une histoire de télé. Bon repas, tenue un peu aguicheuse...et tout serait vite oublié.

Xavier n'était pas dupe lui non plus. Mais il avait envie d'y croire. Alors, il se laissait faire en se disant : « Après tout, pourquoi pas... »

La soirée se déroula donc sous le signe de la réconciliation.

Les semaines s'écoulèrent, Sandrine était égale à elle-même : elle faisait parfaitement à manger, tenait la maison, et faisait tout ce qu'elle pouvait pour être une mère parfaite... Il fallait donner envie à Xavier de lui faire un enfant.

Elle se disait qu'elle était LA femme dont tout le monde rêvait. Xavier ne pouvait être aussi heureux qu'elle l'était. Elle était enfin arrivée... Après toutes ces années de galère, elle avait enfin trouvé un homme gentil, de confiance et qui saurait prendre soin d'elle et son fils.

Bien sûr, tout n'était pas parfait, elle s'en rendait bien compte. Souvent, pendant le repas, elle voyait que Xavier s'ennuyait : il abordait un sujet de conversation qu'elle comprenait mal et pour cacher son ignorance, elle changeait de sujet. Elle parlait de sa copine Annie qui venait de se faire larguer, de la nouvelle paire de chaussures qu'elle avait repérée…mais cela ne passionnait pas son homme. Loin de là même.

Idem quand ils s'asseyaient ensemble devant la télé, qui était devenue un sujet un peu sensible : le choix des programmes étaient difficile. Xavier aurait préféré une soirée lecture ou un film un peu « intello » alors qu'elle préférait la télé-réalité et les films à l'eau de rose.

Elle avait besoin de décompresser, de regarder des trucs légers. Elle trimait comme une dingue toute la journée, le boulot d'aide-soignante sur des enfants malades, ce n'est pas de tout repos. Et « torcher des derrières à longueur de temps », ça ne donne pas envie de se prendre la tête en rentrant le soir. Elle l'avait déjà expliqué à Xavier.

Et il le comprenait parfaitement, alors il la laissait faire. Il comprenait qu'elle ait besoin le soir d'appeler ses copines pendant des heures pour parler de tout et de rien, qu'elle ait besoin de regarder des programmes débiles à la télévision. Elle avait un métier que tout le monde n'aurait pas pu ou voulu faire et il l'admirait pour cela.

Mais au fur et à mesure du temps, les différences se faisaient de plus en plus flagrantes et les séparaient toujours un peu plus.

Les soirées étaient toutes les mêmes : Xavier rentrait du bureau un peu tard, il faisait même parfois exprès de traîner au taf ou dans les magasins pour ne pas avoir à rentrer trop tôt. Le repas était prêt et Sandrine faisait faire les devoirs à son fils. Pour Xavier, écouter Sandrine aider son fils à faire ses devoirs était une véritable torture. Elle ne comprenait pas tout ce qui était demandé et son fils non plus… Mais elle exigeait que son fils sache parfaitement ses leçons, soit toujours habillé parfaitement… Elle était mère célibataire et se mettait une pression de dingue afin que rien ne puisse être dit sur la façon dont elle s'occupait de son enfant.

Elle se mettait la pression mais elle la mettait également à son fils, Bryan.

Bryan était un petit garçon sage mais avec quelques petites difficultés scolaires. Rien de bien méchant, mais suffisamment pour que sa mère travaille sans relâche à ce qu'il fasse parfaitement ses devoirs, voire même un peu plus.

Cette situation conduisait régulièrement à des disputes entre mère et fils.

Xavier avait bien son avis sur la question. Pour lui, il ne servait à rien de mettre trop de pression à ce gamin, d'autant plus que les difficultés étaient sans gravité.

Il en avait fait part à Sandrine une fois et n'était jamais revenu sur le sujet car elle avait très mal pris ses propos. Après tout, ce gamin n'était pas son fils. Et, même si désormais, il vivait avec sa mère, il ne voulait pas occuper une place dont il ne voulait pas et qui ne lui revenait pas.

Les devoirs et le repas terminés, et après le coucher de Bryan, arrivait invariablement la soirée télé avec des programmes qui ne plaisaient qu'à Sandrine.

Les soirées étaient longues pour Xavier.

Les week-end n'étaient quant à eux pas beaucoup mieux. Sandrine, épuisée de sa semaine, dormait jusqu'à 12h le samedi. Son fils en avait l'habitude, il avait une télé dans sa chambre, des DVD de dessins animés qu'il regardait en boucle.

Xavier partait quasiment toute la journée du samedi pour des sorties vélos seul ou entre amis. Passer toute une journée avec Sandrine relevait de l'exploit et il ne se sentait pas l'âme d'un héros.

Ce gamin qui restait seul devant sa télé toute la matinée lui brisait le cœur mais il ne voulait pas entrer avec lui dans une relation filiale. Il savait au fond de lui qu'il ne serait que de passage dans la vie de ce gosse.

Le samedi soir se répétait souvent un même rituel : le petit allait dormir chez ses grands-parents, Sandrine se pomponnait pour aller danser la salsa et Xavier l'accompagnait. Il faut bien avouer qu'elle était vraiment très belle ainsi préparée.

Lorsqu'ils arrivaient en soirée, tous les hommes avaient les yeux braqués sur elle : une jolie brune aux cheveux longs, au corps parfait et aux tenues affriolantes. C'est dans ces moments que le côté « mâle » de Xavier se disait qu'il avait pris la bonne décision, qu'il préférait être avec Sandrine plutôt qu'être seul. Elle n'était sans doute pas la femme dont il rêvait mais elle avait d'indéniables qualités.

Et puis, il se disait qu'il était sans doute trop exigeant. Il avait bientôt 40 ans, il avait plusieurs fois été en couple, dans des relations sérieuses et il fallait se rendre à l'évidence : l'histoire parfaite, le partenaire avec qui tout « glisse », cette histoire-là, n'existait pas. En tous les cas, pas pour lui.

C'est ainsi, il saurait se contenter d'une histoire qui ne le satisfaisait pas à 100%. Il saurait se contenter de soirées médiocres ponctuées d'errance dans le centre commercial et de soirées salsa qui pimenteraient un peu le quotidien.

Oui, il SAURAIT LE FAIRE. Il le fallait.

La solution qu'il choisit était finalement celle de la facilité.

Chapitre 7

Les vacances de Betty et Daphnée au printemps 2009

La sortie de la veille avait été une catastrophe pour Betty comme pour moi. Nous avions trop forcé sur le champagne. Le mal de tête et les nausées étaient de mise dès notre réveil.

Réveil qui avait d'ailleurs sonné beaucoup trop tôt… 6h du matin. Le groupe avait rendez-vous à 7h devant la réception.

Nous sommes arrivées parmi les derniers. Je crus un instant que Grégoire et sa future femme avaient après réflexion décidé de profiter de leur grasse matinée.

Mais je les aperçus finalement derrière le bus réservé au groupe.

Enfin, quand je dis « bus » : il s'agissait plus d'une camionnette avec des bancs installés à l'arrière. Le tout recouvert d'une grande bâche beige (elle avait dû être blanche dans une vie antérieure) permettant de se protéger du soleil (mais pas de la chaleur).

Bientôt, je vis les guides arriver. Deux grands gaillards, plutôt costauds avec le sourire jusqu'aux oreilles. Ils tenaient des sacs à la main, au travers desquels j'aperçus des bouteilles de rhum. La journée s'annonçait tumultueuse !

Une fois tout le monde présent, les costauds qui se prénommaient Johnny et Yefri, nous demandèrent d'aller nous asseoir sur les bancs à l'arrière de la camionnette.

Nous étions 12 personnes au total dont les 2 guides et le chauffeur. Les 9 autres personnes se composaient du beau gosse et de sa future, de Betty et moi-même, de 2 couples dans la fleur de l'âge visiblement partis entre amis et d'une jeune femme, seule, la trentaine, qui avait dû avoir envie d'un voyage en solo.

Voyager en solo... C'était un truc qui me tentait vraiment. Si je n'avais pas été aussi trouillarde, je l'aurais fait. Un jour peut être...

Une fois tous installés, les guides annoncèrent la couleur : la journée serait placée sous le signe de la découverte des richesses du pays et...du rhum !

Il était à peine 9 heures du matin et pendant que Jhonny nous expliquait le programme de la journée, Yefri nous servait du rhum dans de petits gobelets.

Tout le monde était joyeusement étonné par la démarche et encore plus par l'horaire... Pour ma part, je posai le gobelet entre mes pieds en me disant qu'entre le démarrage du camion et les virages, j'arriverais bien à me débarrasser du contenu, sans me faire prendre, ni vexer qui que ce soit.

J'étais persuadée que Betty, qui ne buvait de l'alcool que très rarement, allait également trouver une technique pour se débarrasser de son verre discrètement. Quand je tournai la tête, je m'aperçus vite qu'il n'en était rien et qu'elle en avait déjà avalé plus de la moitié.

Elle croisa mon regard étonné et me sortit un : « Bah quoi ? On ne va pas revivre ça tous les jours ! »

- Oui, ce n'est pas faux…mais, il est 9 heures du matin, il fait déjà 24 degrés, tu ne bois quasiment jamais d'alcool, alors si tu veux profiter de la journée, je te conseille de ne pas trop t'enflammer quand même…
- Rabat joie.
- Alcoolique.

Nous éclatâmes de rire en chœur. A ce moment, mes yeux se posèrent sur Grégoire et sa future (je n'avais même pas pris la peine, hier soir, de lui demander comment elle s'appelait).

Par chez eux, le moment n'était à priori pas à la rigolade. En observant la situation depuis l'autre extrémité du bus, je compris que Grégoire était un peu sur le même mode que Betty alors que sa copine était sur le même mode que moi, version plus chiante tout de même. Ils étaient en train de se livrer une bataille silencieuse à travers des regards et des gestes sans équivoque. Il avait envie de profiter du moment et elle avait plutôt envie qu'il profite sans boire.

Je me demandai alors qu'elle aurait ma réaction à la place de sa copine…certes je lui aurais dit qu'il allait être malade comme un chien et ça ne m'aurait pas fait plaisir car c'est le genre de truc qui vous gâche bien la journée, mais je me serais également dit qu'après tout, je n'étais pas sa mère et que c'était son problème.

Le camion commença à s'ébrouer et nous démarrâmes en trombe laissant une fumée noire dernière nous.

Et tout au long de la route, je pus me rendre compte à quel point la population de ce pays l'était, pauvre.
Au passage de notre camion, les enfants arrivaient en courant. Nous pensions tous qu'il s'agissait d'une sorte de folklore pour accueillir les touristes. Mais les guides nous expliquèrent que les enfants, et les parents qui les suivaient de près, attendaient que nous jetions de l'argent afin qu'ils puissent le ramasser.

Nous échangeâmes alors tous des regards mélangeant gêne et étonnement. Jetez de l'argent à des êtres humains, comme ça, pendant que le camion roulait, cela manquait de…, de décence !
Mais les guides insistèrent lourdement pour que nous nous exécutions. Les quatre amis ouvrirent donc le bal et, timidement, commencèrent à jeter quelques pièces de monnaie en même temps que des bonbons, distribués par les guides, en même temps que le rhum.

Les enfants étaient fous de joie, les parents aussi. Cela encouragea tout le monde à faire comme les quatre amis. Mais je n'y arrivais pas, j'étais vraiment gênée et je voyais bien que Betty aussi. Nous participâmes donc le moins possible. Et comme je l'espérais, mon verre de rhum s'était renversé pendant le voyage.

Après plus d'une heure de route, plusieurs villages traversés ainsi que des plantations de café, de cacao et de fruits tropicaux, nous arrivâmes enfin à destination : la cascade d'El Limon.
Nous avions lu qu'il s'agissait là d'une des destinations phare de République Dominicaine et cela se confirmait par le nombre de bus sur le parking… malgré tout moins nombreux que les vendeurs à la sauvette.

Il s'agissait ensuite de s'enfoncer dans la forêt tropicale afin d'arriver à la fameuse cascade. Il était presque 11 heures et il faisait une chaleur à cuire. Nous avions hâte d'arriver afin de pouvoir profiter de la fraîcheur de l'eau et découvrir enfin cette beauté qui nous était promise.

L'un des guides avait repéré la nana solo célibataire. Depuis la descente du bus et le début de la balade en forêt, il ne la lâchait pas. Ils essayaient de communiquer via un anglais plutôt correct pour lui mais très approximatif pour elle. L'écoute de leurs conversations était tout à fait comique.

Pendant tout le trajet, Grégoire m'avait évité du regard et j'avais fait de même. Néanmoins, à de multiples reprises, je l'avais surpris du coin de l'œil en train de m'observer. Le nombre de verres de rhum qu'il avait avalé n'avait sans doute pas aidé à favoriser sa discrétion. Et sa femme, qui elle était complètement à jeun, avait bien remarqué ce jeu de « non regards ».

Betty quant à elle avait continué à boire, avec modération certes, mais elle était tellement peu habituée à picoler qu'après un petit verre, elle était déjà très très joyeuse…

Notre groupe de 4 avait l'air de vraiment bien s'amuser et participait largement à la bonne humeur de cette excursion.

Au fur et à mesure de la descente, je m'aperçus qu'un des guides, Jhonny, devenait de plus en plus collant avec moi. Le chemin n'était pas des plus faciles à pratiquer. Il nous avait été proposé de le faire à cheval. Mais, quand nous avions vu l'état des pauvres bêtes, décharnées et a priori maltraitées ; le groupe, composé de personnes plutôt sportives et en bonne santé, s'était accordé pour dire que nous ferions le chemin en marchant.

Cette entrée en matière d'une promenade qui était vendue comme idyllique, nous avait tous pas mal refroidis. Après l'épisode des bonbons et des pièces jetées par-dessus le camion, je commençais à me demander si nous avions bien fait de choisir ce format de destination.

Le guide sous prétexte de m'aider à avancer tout au long de ce chemin plutôt chaotique me tenait par le bras, l'épaule… Il tentait également de me faire la conversation en mélangeant un anglais et un français totalement non maîtrisés. Je m'efforçais de répondre afin de ne pas sembler impolie mais cette sortie commençait sérieusement à me gonfler.

Et je sentais dans mon sac, mon téléphone qui n'arrêtait pas de biper. Thibaud m'envoyait texto sur texto, cela rajoutait passablement à mon énervement.

Au bout d'environ 45 minutes, qui me parurent 45 heures…, nous arrivâmes devant cette cascade tant espérée.
Le paysage était à couper le souffle. Nous nous trouvions devant une cascade d'environ 45 mètres de hauteur dont l'eau venait se jeter dans un bassin translucide.
Le moment aurait été féérique s'il n'y avait pas autant de touristes au mètre carré. Fort heureusement, peu de personnes étaient dans l'eau. J'en déduisais qu'elle ne devait pas être bien chaude.

Passée la stupéfaction de l'arrivée, Betty me proposa d'aller nous baigner. Je n'avais pas trop envie de me mettre en maillot devant le « guide collant » mais il s'agissait d'un moment unique, que je n'aurai peut-être jamais la chance de revivre.

Nous décidâmes donc de nous baigner toutes les deux. Nous fûmes rapidement suivies par le groupe des 4 et par Grégoire. L'eau était vraiment froide…mais quel bonheur cette baignade après la marche que nous venions de faire et la chaleur extérieure.

Tous restèrent dans l'eau une petite vingtaine de minutes, celle-ci n'étant vraiment pas chaude. Je laissai de mon côté traîner le temps le plus possible, je n'avais pas envie d'arrêter ce moment.

Quand je vis que tous mes compagnons de sortie étaient prêts, ou presque, à repartir, Betty y compris, je me dépêchai de regagner la rive. Je n'avais pas envie que le groupe parte sans moi. C'était un coup à me retrouver avec Jhonny le lover et je n'en avais pas du tout envie…

J'aurais dû penser à cette éventualité alors que je retardais ma sortie de l'eau, car c'est exactement ce qu'il se passa.

Yefri, l'autre guide, demanda au groupe de le suivre pour regagner le bus et après quelques minutes, je me retrouvais seule avec Jhonny. Heureusement, je n'étais plus en maillot de bain, mais j'étais quand même super mal à l'aise.

Nous commençâmes à marcher. Je marchais vite et j'évitais de répondre à ses questions, toujours aussi nombreuses. Plus je cherchais à m'éloigner de lui pour préserver mon espace vital, plus il se rapprochait de moi. La situation commençait à devenir super oppressante.

Il me touchait, les épaules, le bras, la taille… Je commençais à sérieusement paniquer. Je voulais que ce type me foute la paix et malgré mes messages clairs, il ne s'arrêtait pas…

Puis, comme par miracle, je vis Betty arriver avec Grégoire. Le guide s'arrêta net. Je lui jetai un regard des plus acérés. Je ne sais pas trop ce qu'il serait advenu si ces deux-là n'avaient pas pointé le bout de leur nez. Je les rejoignis et j'accélérai le pas en leur compagnie pour rejoindre le groupe qui était, quant à lui, aux prises avec des vendeurs de souvenirs.

Les vendeurs étant déjà bien occupés avec les touristes présents, cela nous permit, à Betty et moi, de monter directement dans le bus, pendant que Grégoire essayait de sortir sa copine d'une situation un peu complexe où, de ce que je compris de là où j'étais, elle avait accepté d'acheter un bibelot, mais le vendeur et elle n'était pas d'accord sur le prix proposé. Elle voulut s'en aller sans rien acheter mais il ne la laissait pas partir. Grégoire arriva, émit un retentissant « ENOUGH », la prit par le bras et l'emmena dans le camion.

Ces échanges sonnèrent le glas de toutes les transactions en cours et tout le monde regagna le bus. Les esprits commençaient à s'échauffer chez les vendeurs à la sauvette, furieux de n'avoir rien vendu, qui décidèrent de suivre les personnes de notre groupe jusqu'à l'entrée du véhicule. Les guides durent intervenir pour que ces derniers finissent par s'éloigner du bus et enfin lâcher leur « touriste proie ».

Car c'est bien ainsi que je m'étais sentie ces dernières heures : une proie. Une proie à la merci du guide et une proie à la merci des vendeurs ambulants. Une « touriste proie » à qui on demandait de jeter de l'argent à des locaux alors qu'elle se trouvait à l'intérieur d'un bus en marche, sur fond de rhum et de musique locale.

L'ambiance globale de cette journée commençait à sérieusement me déplaire. Et il y en avait un autre qui ne passait pas un bon moment, c'était Grégoire. Clairement, sa copine lui reprochait silencieusement mais ardemment de l'avoir laissée seule, en plus, pour me venir en aide.

Il faudra d'ailleurs que je demande à Betty comment ils avaient pris la décision de venir me chercher, ensemble.

Néanmoins, je décidai de ne pas me laisser miner par mon ressenti. Il fallait que je sache profiter de ces moments qui ne se reproduiraient pas, de ces paysages incroyables qui défilaient devant moi et aussi de la chaleur des gens. Car bien sûr, il y avait les guides et les vendeurs, poussés dans leur attitude par l'envie d'une vie meilleure, d'une vie plus facile mais, il y avait aussi les autres locaux : chaleureux, souriants, tout simplement heureux de profiter de leur si beau pays et de montrer toutes ses richesses et ses atouts. C'est dans cette ambiance que se déroula le déjeuner. Nous fûmes accueillis dans un restaurant haut en couleurs : du bleu turquoise, du rouge vif, des vieilles tables en bois qui avaient dû voir défiler des centaines de personnes.

J'aimai tout de suite cet endroit qui était en réalité bien plus qu'un restaurant. C'était un hôtel, mais aussi un ranch. Un ranch où les chevaux n'avaient l'air ni affamés, ni maltraités.

Le propriétaire, Santi, et son équipe étaient à l'image du lieu : des personnages plein de vie, drôles, accueillants qui vous mettaient tout de suite à l'aise. D'autant que Santi était parfaitement francophone, ce qui facilitait grandement les échanges et finissait de vous faire sentir totalement comme chez vous.

Arrivé là-bas, notre groupe retrouva sa bonne humeur. Surtout quand nous aperçûmes la table recouverte de mets locaux qui avaient l'air tous plus délicieux les uns que les autres. Il était 13 heures et nous mourrions tous de faim.

Notre hôte nous présenta chacun des plats présents sur l'immense table dressée pour nous. Tout d'abord, il y avait le fameux *« arroz con habichuela »*, plat composé de riz, accompagné d'haricots secs et de poulet. On trouvait aussi du « *pica pollo* » qui était une sorte de poulet frit à la mode locale et qui était servi avec des *« tostones »*. Le *tostones* est de la banane plantain frite. Tout ceci étant arrosé d'une bière locale « *La Presidente* », ça ne s'invente pas !

Je parvins de nouveau à apprécier la journée et le charme de ce pays. Je déjeunai de bon cœur et dans la bonne humeur, en m'abandonnant à l'ambiance de ce lieu chaleureux.

Après le déjeuner, j'appris avec bonheur que des hamacs nous attendaient un peu partout dans la propriété, cachés à l'ombre des *caoba* (les acajous).

Betty et moi avions effectivement bien besoin de repos, la matinée avait commencé tôt et avait été bien chargée en activités et en émotions. Un temps de repos me ferait le plus grand bien.

Je vis que Grégoire préféra rester discuter avec le groupe de 4 plutôt que d'accompagner sa copine pour une sieste romantique dans un hamac à l'ombre des acajous.

La célibataire était toujours en grande discussion avec le guide. Ils avaient l'air de bien s'entendre malgré la barrière de la langue.

Quant à Jhonny, le guide qui avait jeté son dévolu sur moi, il m'ignorait totalement. Parfait, il avait enfin compris. Il devait se dire qu'il n'avait « pas misé sur le bon cheval » (mes excuses aux féministes) et que son pote avait eu plus de flaire.

Je n'avais jamais encore jamais eu l'occasion de me coucher dans un hamac. J'étais donc super contente d'essayer ce nouveau mode de repos, surtout dans un contexte quasi paradisiaque. Je m'allongeai, ouvris les yeux, et à travers les branches et les feuilles de l'acajou, j'aperçus un magnifique ciel bleu. Je restai là, les yeux dans le vague, sans parvenir à trouver le sommeil.

En revanche, Betty ne tarda pas à s'endormir. Je l'entendis ronfler au bout de 5 minutes. J'aimais bien l'entendre, ça me rassurait.

Puis, je sentis mon téléphone vibrer dans ma poche. Ce devait être Thibaud, encore... De toute façon, ce ne pouvait être que lui : mes parents ne me parlaient plus, tout comme une grande partie de mes amis.

Je récupérai mon téléphone : 14 SMS et 2 appels en absence, tous de Thibaud, comme prévu. Je parcourus rapidement les messages : on passait sans préambule du texto romantique au texto de menace si je ne répondais pas.

Je décidai de lui prendre une photo de ma vue : le ciel bleu barré des branches d'acajou. Je lui envoyai en guise de réponse en lui inscrivant : « Je suis au Paradis, tout va bien ».

Voilà, j'avais répondu à ses messages. J'espérais désormais qu'il me laisserait tranquille. J'avais besoin de l'oublier, j'avais besoin qu'il disparaisse.

Puis, je vis Grégoire arriver au loin. Bon sang, il était vraiment canon... Stop, il fallait que j'arrête de divaguer et de toujours me fourrer dans des histoires compliquées.

Il s'approcha de moi et me dit qu'on allait bientôt partir pour la fabrique de cigares et qu'il venait me chercher, Jhonny prétextant qu'il était occupé avec d'autres membres du groupe.

« Ah ! On dirait que notre ami le guide a définitivement lâché l'affaire ! » répondis-je en riant.
« Oui ! On dirait ! Bon sang, il était particulièrement collant celui-là… »
« Je ne te le fais pas dire, d'ailleurs, je n'ai pas eu l'occasion de te remercier d'être venu à la rescousse avec Betty tout à l'heure ».
« Pas de souci, c'est elle qui est venue me chercher car elle ne se sentait pas d'y aller seule. Elle avait remarqué que quelque chose clochait… »
« Elle déchire ma cousine. Merci une nouvelle fois, car je crois que cette intervention t'a valu une bonne soupe à la grimace ! ».
Il se mit à rire,
« Effectivement ! Elle ne m'a quasiment pas adressé la parole de la journée. Mais je te rassure, cela avait commencé bien avant que je ne vienne te récupérer à la cascade. »
« Oui, j'ai cru m'en apercevoir ce matin dans le bus. D'ailleurs, on devrait sans doute arrêter là nos échanges car elle nous fixe depuis tout à l'heure ! »
« Oui, tu as raison. On se retrouve ce soir, même heure et même endroit qu'hier ? »

Et sur ce, il partit.

Je restai quelques secondes à ne pas trop comprendre. En fait, le gars venait de me filer un rencard. Et merde…

Je me levai du hamac, tant bien que mal…adieu ma classe légendaire…et j'allai réveiller Betty qui dormait toujours à poings fermés. Son aptitude à s'endormir n'importe où, n'importe comment m'avait toujours stupéfaite.

Puis, nous regagnâmes le bus. Je remerciai chaleureusement notre hôte avant de partir. Il m'avait permis de me remettre dans le bain des vacances.

30 minutes plus tard, nous étions arrivés à la fabrique de cigares. On nous montra l'élaboration d'un cigare dans sa totalité puis ce fut au tour de certains volontaires, dont je fus, de s'essayer à la fabrication.
Et bien figurez-vous que rouler un cigare n'est pas chose aisée… le mien était totalement raté et a bien fait rire tout le monde. Ce fut un bon moment, les hôtes étaient sympathiques. Et même si la vente de cigares leur permettait de vivre, on ne ressentait pas cette pression commerciale qui nous avait tant oppressés ce matin après la visite de la cascade.

Il était temps de rentrer au club. Je n'étais pas contre une bonne douche et un bon verre. Cette journée qui avait si mal commencé m'avait finalement fait beaucoup de bien.

J'avais déconnecté, même les messages de Thibaud n'avaient pas réussi à m'attrister.

Le retour se fit dans un silence bienfaisant. Seuls continuaient à papoter et à rire, le guide Yefri et la jeune femme seule. Ils faisaient plaisir à voir. Elle, si taciturne en arrivant ce matin, rayonnait.

En arrivant au club, Betty me demanda si elle pouvait être la première à prendre sa douche… elle avait vraiment besoin de se rafraîchir les idées après tous les verres de rhum avalés. Je lui laissai la place avec plaisir. Cela me permettrait d'aller me baigner dans cette mer d'huile qui bordait le club. Et cette fois, j'avais ma serviette… L'assurance d'une sortie sans risque !

Quel délice que cette baignade du soir… Je pourrais faire cela toute ma vie. Je restai peu de temps néanmoins car j'étais affamée.

Ce soir, nous avions décidé de tester un restaurant de poissons. Il était très bien noté et même si je suis loin d'aimer le poisson, cela faisait plaisir à Betty.

Betty avait beaucoup voyagé et elle se faisait un devoir de goûter les spécialités culinaires de chaque pays visité, même si elle n'aimait pas ce qui lui était présenté dans l'assiette. Moi, c'était plutôt l'inverse. Si je n'aimais pas, je ne mangeais pas, spécialité locale ou pas. Ainsi, je me souviens d'un voyage au Guatemala, à l'époque où ce dernier venait de s'ouvrir au tourisme. Il fallait vraiment aimer l'aventure gastronomique (entre autre) pour arriver à manger à sa faim. J'avais perdu 5 kilos en 13 jours, je n'ai jamais été une aventurière gastronomique, ni une aventurière tout court d'ailleurs !

Ce soir, j'espérais ne pas croiser Grégoire et sa copine. J'avais décidé de ne pas aller au rendez-vous qu'il m'avait fixé. Ça sentait encore l'histoire foireuse… L'histoire où tu te retrouves la maîtresse d'un type déjà pris, pour qui les choses ne sont pas toutes roses, mais qui de toutes manières n'aura jamais le courage de quitter sa nana.

Profil à fuir absolument désormais !!

Je profitai donc de la soirée, la tête libre ! J'étais belle, intelligente, indépendante… J'avais tout l'avenir devant moi. Une fois le divorce géré et la maison vendue, je pourrais enfin débuter ma nouvelle vie! J'étais loin de m'imaginer quelles péripéties m'attendaient encore.

Après le restaurant, j'eus envie d'aller danser. Et Betty malgré la fatigue de la journée avait également envie de profiter jusqu'au bout de cette journée vraiment spéciale…

Nous décidâmes donc d'aller nous déhancher sur la piste de danse du club. Je me sentais belle, j'avais envie d'en profiter, de sentir les regards sur moi. J'avais envie d'exister.

Et ce fut le cas, je fus (nous fûmes) regardée(s). J'aperçus même Grégoire, les yeux posés sur moi. Je laisserai au serveur du bar un mot à lui remettre ce soir. Je lui expliquerai que ce n'était vraiment pas une bonne idée de se voir dans le dos de sa future femme.

J'étais heureuse.

Et c'est ainsi que je terminai le séjour : sûre de moi, confiante et prête à affronter le monde. J'aurai bien besoin de tout cela dans les mois à venir.

Chapitre 8

Xavier et Sandrine, avril 2010

Trouver une aire de repos. S'arrêter. Avant l'accident.

Depuis quelques mois, les crises d'angoisse contrôlaient de nouveau sa vie. Elles décidaient de tout : de la qualité de ses nuits, de ses jours, de la réussite de ses sorties en mer et de ses voyages professionnels.

Elles étaient arrivées doucement après quelques mois de vie commune avec Sandrine, et puis, elles avaient prises toute la place. Elles étaient là partout, tout le temps.

Il était en route pour un voyage professionnel en Inde, départ de l'aéroport de Barcelone. Un voyage d'une durée de 15 heures porte à porte, avec une escale à Dubaï, puis à Bombay avant l'arrivée à destination finale : Bhubaneshwar. Ce voyage, il le redoutait terriblement.

Depuis des semaines, rien que le fait d'être coincé dans sa voiture au milieu d'un bouchon lui provoquait des crises de panique incontrôlables. Il aurait bien voulu tout avouer à son Directeur et annuler ce voyage ; mais comment expliquer à son boss, alors que vous voyagez depuis des années à travers le monde, que, du jour au lendemain, il vous est impossible de conduire, prendre un avion ou vous retrouver au milieu de la foule d'un aéroport.

Il aurait fallu raconter sa vie, rentrer dans les détails... Tout expliquer. Expliquer quoi d'ailleurs ? Il ne savait pas lui-même pourquoi ces angoisses étaient réapparues, pourquoi elles avaient pris tant de place désormais. Et il ne savait pas non plus comment les combattre.

Il se retrouvait donc là, sur cette autoroute espagnole, à l'entrée de Barcelone, sentant arriver la crise de panique. Il savait que dans quelques minutes, la situation deviendrait ingérable et qu'il risquait l'accident.

Il avait l'habitude maintenant de reconnaître les premiers symptômes : le mal de tête montait d'un coup, il commençait à transpirer, à avoir des palpitations. Bientôt, il serait envahi par une peur irraisonnée, injustifiée. Il le sait, s'il ne trouve pas maintenant la possibilité de s'arrêter afin de faire une pause, il est capable d'arrêter la voiture sur la 4 voies de la capitale Catalane et partir à pieds en abandonnant son véhicule.

Il le sait d'autant plus que cela lui est arrivé la semaine dernière à Perpignan. Il était coincé dans un bouchon en centre-ville, la crise est arrivée, il s'est garé rapidement sur le bas-côté et est sorti prendre l'air. Il n'a été en mesure de reprendre le volant que deux heures plus tard.

Les crises se produisaient tout le temps, partout, sans logique, sans signe avant-coureur.

Elles arrivaient également lorsqu'il était sur l'eau, en planche à voile ; alors même qu'il s'agit d'un sport qu'il pratique depuis l'âge de 12 ans qui a toujours eu la vertu de l'apaiser. S'il était venu vivre dans les Pyrénées Orientales, outre le fait de laisser loin derrière lui l'ambiance familiale pesante, c'était aussi pour pouvoir continuer à naviguer. Depuis plusieurs mois, c'était toujours la même chose : le vent se levait, avec lui son envie d'aller sur l'eau, il se persuadait que cette fois, il y arriverait, que l'angoisse ne prendrait pas le dessus ; sans succès.

Il arrivait au spot, disait bonjour à ses potes, potes qu'il avait déjà eu 10 fois au téléphone pour savoir « si ça rentrait à la Coud' » (traduction : savoir s'il y avait assez de vent à la Coudalère pour aller naviguer) et s'il fallait plutôt prendre la 4.7 ou la 5.3 (taille de la voile), détail important en fonction de la force du vent. Si vous prenez une voile trop grande et que le vent est fort, vous volez. Si vous prenez une voile trop petite et que le vent est faible, c'est un coup à rester planté au milieu de l'eau sans pouvoir rejoindre un bord.

Xavier arrivait donc sur le spot avec la furieuse envie de vaincre ses crises et de naviguer comme avant.

Il enfilait sa combinaison, il gréait et il allait à l'eau. Deux minutes après avoir quitté le bord, les tremblements commençaient à faire leur apparition, ainsi que les sueurs froides, le mal de tête et la peur panique. Cette peur qui finissait par le tétaniser complètement. Il lui fallait alors rejoindre le bord au plus vite. Ses potes le voyaient sortir de l'eau après seulement quelques allers retours en planche. Forcément, ils s'interrogeaient et venaient le voir.

« Bah alors, ça va pas ? C'est super là, pourquoi tu n'es plus à l'eau ? »
« Je me suis blessé au genou hier en faisant mon footing, ça tire pas mal, j'ai préféré arrêter. Je ne voudrais pas aggraver le truc ».
« Ah merde ! Bon bah à toute, j'y retourne ! »

Ou alors, ça donnait :

« T'as vu, c'est top ! Tu reviens à l'eau ? T'es pas resté longtemps ?! »
« Ouais, je n'y arrive pas là. J'ai pas de jus, je ne sais pas ce que j'ai. Je dois couver un truc. »
« Ah merde. Bon bah à toute vieux ».

Trouver une excuse, à chaque fois, c'était épuisant. Mais, il ne voulait pas renoncer. Bien sûr, il aurait été plus simple de rester chez lui, de ne pas venir et par conséquent de ne pas avoir à se justifier. Seulement, faire ça revenait à renoncer et à laisser la maladie prendre le dessus.

Car oui, il s'agissait bien d'une maladie. Et il lui faudrait trouver le moyen de la vaincre.

Mais pour l'heure, il s'agissait d'arriver jusqu'à la station-service barcelonaise qu'il avait aperçue, et ce, sans provoquer d'accident. Il faudrait attendre que la crise passe. Car elle passerait. Elles passent toujours.

Arrivé à l'endroit tant attendu, il s'arrêta sur une place de parking et laissa la crise arriver : les sueurs redoublèrent, les palpitations aussi, il avait l'impression qu'il allait mourir. Il aurait peut-être même préféré être mort à ce moment-là. C'était tellement violent, physiquement et psychologiquement. Il appliqua la méthode trouvée sur les nombreux articles consultés sur le sujet : il essaya de respirer, doucement, profondément, calmement en serrant fort le volant entre ses mains.

Il essaya de ne pas penser, surtout ne pas penser, ne pas laisser venir les idées noires. Respirer, se calmer. Laisser la place aux images apaisantes, rassurantes : la mer, la garrigue, son grand père et lui en train de pêcher lorsqu'il était enfant. Et la crise passait. Mais elle laissait des traces. Il devenait phobique : phobique de tous les lieux où les crises étaient survenues. Mais il refusait de laisser s'installer ces phobies, il savait que s'il le faisait, il aurait encore plus de mal à rompre le processus.

C'était un cercle vicieux : le cerveau se souvenait qu'à tels endroits, dans telle situation, une crise était apparue, alors, il refusait d'y retourner ou de reproduire ce qu'il avait vécu. Et c'est à ce moment que débutait le cercle dans lequel il ne fallait pas s'enfermer car ces peurs irraisonnées pouvaient conduire à l'isolement le plus total. Il avait lu que certaines personnes avaient perdu leur emploi, leur famille, leur maison ; leur vie en somme, et il refusait d'en arriver là.

Il avait également lu de nombreux témoignages de personnes qui avaient réussi à vaincre la maladie. Il avait lu de tout : des personnes guérir grâce à la sophrologie (il avait essayé, sans succès) ; grâce à une psychothérapie (c'était en cours, mais sans résultat probant encore) ; grâce à l'hypnose (échec cuisant également de ce côté-là).

D'autres s'en tiraient grâce au soutien de leur épouse ou époux. De son côté, il avait clairement identifié que les crises avaient recommencé à l'installation de Sandrine. Quand il était avec Lola, les crises apparaissaient comme pour le punir d'être trop heureux. Elles étaient alors très peu nombreuses et très aléatoires. Mais depuis l'installation de Sandrine, tout était tellement compliqué… Il ne se sentait plus chez lui dans cette maison qu'il adorait pourtant. Il n'avait jamais envie de rentrer le soir et il redoutait le weekend end comme la peste. Ses congés à prendre débordaient, son directeur lui avait dernièrement demandé de poser quelques jours faute de quoi, il se retrouverait à devoir tout poser en même temps ou devoir tout mettre sur son compte épargne temps. Mais hors de question pour lui de prendre des jours de repos et de devoir se retrouver en tête à tête avec Sandrine. Il avait donc profité de son voyage en Inde pour poser une semaine de congés. Cela lui permettrait de faire du tourisme dans ce pays qu'il aimait tant. Quand Sandrine l'avait appris, cela n'avait pas arrangé l'ambiance à la maison !

Il avait également lu que des personnes s'étaient fait aider par leurs parents dans leur lutte contre les crises d'angoisse. Des parents présents, cherchant avec leurs enfants, lors des psychothérapies notamment, des réponses aux questions.

Quant à lui, il savait que ses parents étaient en grande partie la cause de ses problèmes : un père kiné, aux abonnés absents depuis sa naissance et une mère…des plus oppressante.

Bien sûr, son père ne les avait pas abandonnés : lorsque Xavier avait 6 mois, il avait enfin décidé de reconnaître son fils et de venir vivre avec Bibou. Mais quelque part, n'aurait-il pas mieux fallu qu'il n'ait pas de père du tout ? Au moins, la situation aurait été claire dans son esprit. Difficile, mais claire. Il aurait su à quoi s'en tenir.

Xavier avait un père qui existait bel et bien, et qui avait vécu avec eux. Mais ce père, même s'il était physiquement présent, n'avait jamais été vraiment là, en tous cas, pas comme il aurait dû. Il fuyait, il avait fui toute sa vie d'ailleurs. Il a fui son foyer lorsque Xavier était petit : il rentrait tellement tard que sa mère et lui dînaient seuls tous les soirs, il ne croisait son père qu'au moment d'aller se coucher. Et le weekend end alors qu'ils auraient pu faire des activités ensemble, il passait son samedi à faire les courses, sans eux. Bibou n'était pas vraiment du genre à regarder à la dépense alors que Gérard était un pingre fini. Il partait donc à Auchan à 10h le matin et n'en rentrait qu'à 15 heures, pour faire la sieste. Cela lui évitait un déjeuner en famille. Le dimanche, il était un peu coincé, tous les magasins étant fermés. Alors, il restait chez eux le nez vissé dans un livre ou sur la télé.

Il avait fui ses responsabilités de père. Xavier se souvenait que sa mère ne leur permettait jamais de faire quoi que ce soit tous les deux.

Rien n'intéressait Bibou : ni la lecture, ni les voyages, ni la culture. Elle se passionnait juste pour Drucker le dimanche après-midi. Xavier et son père auraient alors pu profiter de ce moment pour faire des activités à deux, mais Bibou voulait absolument que Gérard reste avec elle pour partager l'émission. Elle disait qu'elle ne le voyait pas de la semaine et qu'il pouvait bien passer quelques heures en sa compagnie, que « ce n'était quand même pas le bagne ! ».

Xavier a le vague souvenir d'un jour où son père avait voulu l'emmener pêcher. Bibou s'y était fermement opposée, arguant qu'elle avait besoin d'aide pour préparer le repas dominical car elle était fatiguée. Une autre fois où ils avaient prévu une sortie en vélo « entre hommes », elle avait piqué une crise pour qu'on ne la laisse pas seule « comme une conne » : « *Vous n'en avez vraiment rien à foutre de moi !* », s'étaient-ils entendu dire. Dans un autre souvenir où Gérard avait voulu emmener Xavier avec lui à son cabinet pour le faire visiter à son fils, Bibou avait littéralement piqué une crise de jalousie, expliquant qu'elle, elle n'avait pas le droit d'y aller comme elle voulait, mais que Xavier, lui, oui, et que ce n'était pas juste.

Une fois adulte, avec l'aide de sa psy, Xavier en avait déduit que sa mère avait toujours été en travers de sa relation avec son père. Ce dernier aurait dû refuser de laisser s'installer cette situation, s'opposer à Bibou mais il avait préféré fuir le conflit.

Xavier en était ainsi venu à la conclusion qu'un jour, son père avait simplement décidé de ne plus exister en tant que tel. Il n'y avait aucun investissement de sa part dans l'éducation et dans la vie de son fils. Il avait en revanche décidé d'être présent pour Bibou et de ne pas entrer en conflit avec elle.

Sa mère, quant à elle, il le savait, était la cause de ses angoisses et de son mal être. Elle faisait peser tout son mal être sur son fils, aidé en cela, de façon insidieuse par le silence de la famille qui valait acceptation tacite de la situation.

La crise était passée désormais. Il se sentait complètement épuisé. Mais ce n'était pas le moment de se reposer. Il avait perdu plus d'une heure arrêtée dans cette station-service et il craignait de manquer son vol.

Il arriva à l'aéroport en courant et se précipita au comptoir Emirates pour enregistrer son bagage. Il parvint à le faire en 5 minutes. S'il arrivait à passer rapidement les contrôles, il devrait arriver à attraper son vol. Il avait vu sur le tableau d'affichage que l'embarquement venait de commencer.

Mais la file d'attente pour le contrôle des passagers était interminable… S'il ne forçait pas un peu le passage, il pourrait dire adieu à l'Inde et au contrat qu'il devait signer là-bas. Un contrat de 3 millions d'euros, une grosse commande de pièces à fabriquer qui assurerait du travail aux ouvriers de son usine pour au moins un an.

Malgré tout, l'idée lui vint de rater son vol. Il pourrait raconter qu'un accident à l'entrée de Barcelone avait provoqué d'énormes bouchons et qu'il était arrivé à l'aéroport avec plus d'une heure de retard… Il redoutait tellement que les crises d'angoisses se déclenchent alors qu'il était loin de chez lui, sans repère et sans possibilité de trouver un endroit de repli.

Mais cette pensée partit comme elle était venue. Il ne voulait pas céder à la peur et il ne pouvait pas faire cela aux ouvriers de son usine. Tous comptaient sur lui. Il brandit donc son billet d'avion au-dessus de sa tête et passa devant tout le monde en précisant qu'il était en retard pour son vol.

Une fois le contrôle terminé, il se mit à courir comme un fou en direction de la porte d'embarquement. Dans son périple, il eut au moins la chance que la porte ne se trouve pas au fin fond de l'aéroport…

Au loin, il s'aperçut que deux passagers restaient à embarquer. Son cœur battit moins vite. C'était bon, dans 7 heures et 35 minutes, il pourrait faire sa première escale à Dubaï.

Chapitre 9

Xavier en Inde, avril 2010 :

A presque 40 ans, il avait fait le tour du monde.

Dans les pays où il se rendait, son métier l'emmenait toujours loin des zones touristiques. La plupart de ses rendez-vous avaient lieu dans des alumineries ou bien dans des usines métallurgiques, le genre d'installation que les politiques préfèrent ériger dans les zones reculées, à l'abri des regards.

Et il adorait ça : découvrir les pays sous leur véritable jour, et pas sous celui qu'on voulait bien montrer aux touristes.

Il venait d'embarquer sur son deuxième vol, direction Bombay, après une escale à Dubaï où tout s'était bien passé. Pas de crise d'angoisse, ni même de boule au ventre. Il redoutait son arrivée en Inde où le surpeuplement, la chaleur et l'humidité ambiantes pouvaient vite créer un climat oppressant. Mais il verrait bien le moment venu, jusqu'ici ça allait…

En observant le paysage qui défilait par le hublot, il repensait à tous ses voyages et aux aventures qu'il avait vécues. Heureusement qu'à l'époque de certains déplacements, il n'était pas pétri d'angoisses…

Il repensa plus particulièrement au voyage en Russie qu'il avait fait quelques années plus tôt.

Son périple avait commencé par un vol Montpellier-Genève, ville où il avait rejoint son agent russe qui l'accompagnerait tout au long de son déplacement.

Xavier ne voyageait jamais seul sur les longs courriers. Il était toujours accompagné d'un agent commercial qu'il avait lui-même recruté. Ses agents étaient systématiquement des locaux qui travaillaient en tant qu'indépendants. Ils étaient en charge de la prospection de nouveaux clients et du maintien de la relation commerciale avec les clients existants.
La connaissance des us et coutumes locales rendaient ces agents totalement indispensables. En effet, on ne se comporte pas en Chine, comme on se comporte en Inde, en Russie ou en France ; et quand on est étranger, les différents codes sociaux ne s'inventent pas, il faut être guidé, conseillé.

A l'époque donc, après avoir récupéré son agent russe, Alexeï, à Genève, ce dernier vivant là-bas avec sa femme, russe également, Xavier et lui prirent un vol pour Moscou.

La destination finale était Krasnoïarsk en Sibérie. Il était prévu, une fois à Moscou, que Xavier et son agent prennent un vol interne pour rejoindre cette ville.

En Russie, les vols internationaux sont uniquement assurés par la compagnie « Aeroflot » (l'*Aeroflot Russian Airlines*). Quand ils parlent de cette compagnie entre eux, les Russes disent d'ailleurs en riant (ou pas) : « Aeroflot, en l'air et dans la flotte ! ». L'aviation civile russe ayant effectivement le taux d'accident le plus élevé au monde.

Les vols internes sont eux, notamment, assurés par des compagnies locales. C'était d'ailleurs le cas pour le vol qui devait conduire Xavier et Alexeï de Moscou à Krasnoïarsk.

Une fois arrivé à Moscou, Xavier n'était pas mécontent de penser que dans quelques heures, le voyage serait terminé. Ce dernier avait commencé la veille depuis Perpignan et il lui paraissait désormais interminable. Il avait hâte de poser ses valises, au moins pour quelques jours.

Alexeï qui était parti voir le tableau d'affichage pour vérifier l'heure de décollage, revint, un sourire indéfinissable sur le visage. Xavier lui demanda pourquoi il avait l'air aussi amusé. Il lui expliqua que la compagnie aérienne avec laquelle ils devaient voyager pour Krasnoïarsk avait fait faillite et que par conséquent, leur vol avait été annulé.

- Comment ça, la compagnie a fait faillite ? s'étonna Xavier.
- C'est très courant en Russie. Les compagnies qui assurent les vols internes sont souvent de petites compagnies qui, depuis la fin du communisme appartiennent pour la plupart à des régions assez pauvres. Elles font faillite en moins de temps qu'il ne le faut pour le dire…, lui répondit Alexeï.

- Mais comment ça se passe pour les passagers dans ces cas-là ?
- J'avoue que ça ne m'est jamais arrivé, c'est une première. Je vais essayer d'aller me renseigner.

En attendant, Xavier entreprit de se dégourdir les jambes en parcourant les allées de l'aéroport de Domodevo. L'endroit n'était plus tout jeune mais il était propre, grand et bien organisé. Le personnel n'y était pas vraiment souriant et il se sentit rassuré d'être accompagné par un local au vu des circonstances.

Alexeï revint environ une heure plus tard. Il expliqua à Xavier qu'ils allaient être transférés par bus dans un autre aéroport de la capitale et que, depuis cet aéroport, un vol d'une autre compagnie les conduirait à Krasnoïarsk.

Xavier était content qu'une solution ait été trouvée. Parallèlement, il ne put s'empêcher de penser que le repos tant attendu ne serait pas pour tout de suite…

Et la suite des évènements ne put que lui donner raison. Le transfert au nouvel aéroport prit environ 3 heures. Le voyage en bus fut pénible et bruyant. Les russes avaient la vodka facile et ce, à toute heure de la journée. Ils pouvaient donc passer facilement du stade « de marbre » au stade « je ne m'exprime qu'à travers des cris et des éclats de rires sonores ».

Arrivés à l'aéroport de Cheremetievo, deuxième plus grand aéroport Moscovite, Alexeï et Xavier embarquèrent donc pour leur vol à destination de Krasnoïarsk.

En regardant par le hublot pendant que l'avion roulait, Xavier découvrit qu'un cimetière d'avions bordait la piste. On y apercevait de tout : des avions accidentés ou trop vétustes pour voler, et qui, au vu de leur état, devaient probablement servir de réserves à pièces détachées. Tous avaient été laissés là, abandonnés, sans autre formalisme.

Alexeï qui avait suivi le regard de Xavier lui expliqua qu'en Russie, le sort des avions encore en état de voler était tout tracé : soit ils tombaient en panne au sol, et dans ce cas-là, tant mieux pour les passagers et pour les compagnies aériennes qui s'en servaient pour les pièces détachées, soit ils tombaient en panne en l'air et là…

Sur ces paroles rassurantes, l'avion commença à s'élancer. C'était un Tupolev 154, avion dont la fabrication avait commencé dans les années 70. Xavier ignorait l'âge de l'appareil dans lequel il se trouvait mais étant donné le bruit assourdissant qu'il faisait, il ne devait plus être tout jeune…

Ils étaient donc partis pour 5 heures de vol…qui s'annonçaient compliquées. Le siège de Xavier était cassé, le dossier ne tenait plus et il ne pouvait s'y appuyer. Il demanda à changer de siège. On le plaça sur un fauteuil sans accoudoir, mais avec un dossier qui arrivait à le supporter... on ne peut pas tout avoir.

Il se retrouva assis à côté d'un homme immense dont la tête touchait presque le plafond et dont les jambes dépassaient dans le couloir, gênant le passage du personnel de bord. L'absence d'accoudoir pour séparer les espaces lui permettait d'empiéter largement sur l'assise de Xavier qui dut se coller au hublot. Malgré l'inconfort de la position, épuisé, il s'endormit après 3 heures de vol. Il se réveilla 2h30 plus tard. Il regarda sa montre et se dit qu'ils auraient dû avoir atterri depuis déjà une demi-heure.

Cela ne l'inquiéta pas beaucoup, le temps était mauvais, il pensa que l'avion devait avoir ralenti son allure pour s'adapter à la météo. Mais l'avion atterrit finalement 1h30 après le réveil de Xavier. Le vol avait donc duré 7 heures au lieu de 5. Il n'en pouvait plus. Il était heureux d'être enfin arrivé même si le temps était loin d'être accueillant ! Il rejoignit Alexeï à la sortie de l'avion.

- Ah, ça y est ! On y est ! Le vol est loin d'être le meilleur que j'ai connu mais j'ai tout de même réussi à dormir. Et toi, tout s'est bien passé ?
- Oui, oui...mais Xavier, nous ne sommes pas à Krasnoïarsk.
- Quoi ? Mais on est où ?
- Nous sommes à Abakan. Il y avait trop de brouillard à Krasnoïarsk, le vol n'a pas pu se poser.

- Comment ça le vol n'a pas pu se poser à cause du brouillard ? Les avions russes ne sont pas équipés pour atterrir dans le brouillard ?!

Alexeï émit un rire sonore.

- Les avions qui assurent les correspondances internationales, oui, mais pour les vols internes, c'est une autre histoire…
- Ok… bon, et qu'est-ce qu'on fait maintenant ?
- Tu n'as sûrement pas entendu, mais pendant le vol, ils nous ont expliqué qu'ils allaient nous débarquer pour nous permettre de nous restaurer et qu'on repartirait dans 2 heures. Le brouillard devrait s'être levé un peu.

Se restaurer… Xavier ne savait même plus quelle heure il était, ni s'il avait faim ou soif.

Mais s'il y avait bien une chose qu'il avait apprise au cours de ses voyages, c'était qu'il était important de manger quand l'occasion s'en présentait, car celle-ci pouvait ne pas se représenter avant longtemps. Il fit donc comme Alexeï et mangea un sandwich minable dans une brasserie triste à mourir.

Deux heures plus tard, ils embarquèrent de nouveau. L'avion était tout aussi délabré que l'autre mais cette fois Xavier put rester à côté d'Alexeï, le dossier de son siège semblant supporter son poids. L'avion mit très longtemps à décoller, il roula un temps infini sur la piste…et quand enfin les roues quittèrent le sol, l'avion ne monta que très peu. Xavier aurait pu toucher la cime des arbres. Il s'aperçut que l'avion longeait un cours d'eau.

- Pourquoi l'avion ne monte-t-il pas plus haut ? demanda Xavier à Alexeï.
- Le brouillard n'est pas retombé et Krasnoïarsk est au bout de ce fleuve. L'avion longe donc le fleuve afin d'être certain de ne pas s'égarer.
- Tu plaisantes ?
- Non, il ne vole pas haut pour ne pas perdre le fleuve de vue.
- C'est incroyable. J'ai quitté le XXè siècle pour arriver en plein XIXè siècle !

La remarque fit sourire Alexeï.

Ce qui était bien avec lui, se dit Xavier, c'est qu'il était toujours d'humeur égale, et ce, malgré les circonstances. Ce n'était pas toujours le cas de ses agents, ce qui pouvait parfois se révéler pesant.

Deux heures plus tard, ils amorcèrent la descente et atterrirent enfin à Krasnoïarsk. Le graal... S'il avait pensé un jour être aussi heureux d'arriver en Sibérie...

Ils sautèrent dans un taxi qui les conduisit à leur hôtel. Il était 23 heures, la journée ou plutôt les dernières 48 heures avaient été bien chargées et le programme de demain s'annonçait dense.

En effet, Xavier et Alexeï étaient venus en Russie dans le cadre d'un salon organisé autour du marché de l'aluminium. Ce salon se tenait sur 2 jours et l'entreprise de Xavier y avait un stand. De plus, Xavier devait animer une conférence intitulée « Electric transition joints, and electrical properties ». Dream, dream, dream…

Il se devait donc d'être en forme le lendemain.

Leur hôtel était situé en ville, à quelques distances de l'aéroport. La route que prit le taxi leur permit de découvrir le centre historique. Ils savaient tous deux que le planning des jours à venir ne leur laisserait pas le temps de faire du tourisme, il fallait donc profiter de ce qu'ils pouvaient apercevoir à travers les vitres de la voiture en marche.

Les abords de la ville étaient tristes à mourir, le système soviétique avait laissé d'importantes séquelles.

Le centre historique quant à lui possédait de jolies bâtisses de style « néo-classique », ce qui le rendait presque sympathique.
Malgré tout, la ville semblait peu engageante, et Xavier se dit que la nuit noire ainsi que le froid qu'il ressentait même à l'intérieur du véhicule n'aidaient pas forcément à se sentir à l'aise.

Arrivés à leur hôtel, Alexeï se chargea des formalités d'enregistrement, ce qui permit à Xavier de gagner rapidement sa chambre. Il s'écroula en moins de deux secondes.

Le lendemain matin arriva trop vite, et la première chose que se dit Xavier en ouvrant les yeux fut qu'il détestait vraiment les salons : il avait l'impression de jouer les VRP, l'environnement était bruyant et les journées exténuantes. Cependant, il fallait bien reconnaître que ce type de manifestations apportait d'intéressants contacts.

Après avoir pris un petit déjeuner rapide dans sa chambre, il descendit rejoindre Alexeï pour monter dans le taxi qui les conduirait au salon.

- Salut Xavier, bien dormi ?, demanda Alexeï.
- Yep, et toi ?
- Oui, ça a été. J'aurais bien prolongé de quelques heures mais bon.
- Moi, aussi… Purée, ça caille. Il arrive bientôt le taxi ?
- Laisse-moi quelques secondes, répondit Alexeï.

Il leva alors le bras en l'air, siffla un véhicule qui passait par là et la voiture s'arrêta. Xavier et lui s'engouffrèrent à l'intérieur.

- Mais ce n'est pas un taxi ! s'étonna Xavier, une fois assis.
- Bien vu Sherlock ! En ville, la coutume veut que tu hèles la première voiture qui passe. S'il le peut, le gars s'arrête, tu lui dis où tu veux aller, il te donne son prix et… c'est parti !

Et c'est effectivement ainsi que se déroulèrent les choses. Le conducteur et Alexeï échangèrent quelques mots, Alexeï donna l'argent et la voiture partit dans un vrombissement qui laissa derrière elle une épaisse fumée noire.

Xavier crut mourir 20 fois durant ce trajet. Le conducteur sentait la vodka à pleines narines malgré l'heure matinale, il roulait vite et passait très près des voitures qui arrivaient en sens inverse, en mordant allègrement la ligne de séparation du milieu!

Lorsque Xavier et Alexeï virent arriver devant eux une très longue descente, assez sinueuse, ils crurent que leur dernière heure était arrivée.

On se serait cru dans un film : le conducteur s'engagea dans la descente à toute vitesse alors même que son véhicule avait clairement décidé de vivre sa vie et d'aller rouler sur la voie de gauche. Le conducteur se battait avec le volant pour maintenir la voiture à droite, le tout en grommelant et en transpirant comme un forçat. Les freins semblaient être inexistants tant Xavier voyait le conducteur appuyé sur la pédale sans que le véhicule ne ralentisse réellement...

Et finalement après de longues minutes d'angoisse, la descente prit fin, le véhicule ralentit comme par miracle et les déposa devant l'endroit où se tenait leur salon, sains et saufs, mais déjà bien épuisés par ce périple matinal.

Xavier en était là de ses souvenirs quand il se sentit tout à coup gagné par le sommeil. Il se laissa aller et dormit plusieurs heures d'un sommeil apaisant et lourd.

Il savait qu'il atterrirait bientôt à Bombay. Il avait hâte de retrouver ce pays qu'il affectionnait, ainsi que son agent Ragü, de 30 ans son aîné, qui au fur et à mesure des années était aussi devenu son ami.

Ragü avait vécu, aux premières heures de sa vie d'adulte, une véritable tragédie. A l'âge de 20 ans, il avait rencontré la femme de sa vie. Ils avaient eu ensemble une petite fille magnifique, qu'il adorait. Sa femme tomba gravement malade quelques mois après son accouchement : les médecins lui diagnostiquèrent une tumeur au cerveau.

Avoir une chance de guérir nécessitait obligatoirement une intervention chirurgicale, intervention qui s'avèrerait forcément délicate.

Très vite, Ragü comprit que même avec le meilleur chirurgien de Mumbay sa femme ne pourrait être soignée correctement. Alors pendant presque une année entière, il se mit à travailler comme un fou. Il voulait gagner le plus d'argent possible afin de pouvoir emmener sa femme se faire opérer aux Etats-Unis.

Pendant plus d'un an, il parcourut le monde à la recherche de nouveaux contrats, de nouveaux clients. Et puis, il finit par réunir l'argent. Il s'envola pour New York avec sa femme et sa fille. Sa femme fut opérée par un brillant chirurgien qui parvint à ôter la totalité de la tumeur. Elle se réveilla quelques heures après l'opération avec toutes ses capacités. Quelques semaines plus tard, toute la famille repartit vivre à Mumbay. Ragü avait réussi.

Mais, presqu'un an après l'opération, c'est un cancer généralisé qui fut diagnostiqué à son épouse. Ragü ne put rien cette fois et sa femme mourut seulement 2 mois après la pose du diagnostic.

A 25 ans, il se retrouva seul avec sa fille âgée de 4 ans. Il ne voulut pas la laisser sans mère. Un an après la disparition de son épouse, il se remaria avec une femme veuve également, et la famille recomposée partit vivre à Dubaï. Sa nouvelle épouse prenait grand soin de sa fille. Il n'eut jamais d'enfant avec elle et le couple ne développa rien de plus qu'une relation amicale et de respect mutuel.

Xavier s'était ainsi remémoré la vie de son ami pendant qu'il traversait l'aéroport de Bombay et surtout pendant qu'il patientait au milieu de l'interminable file d'attente du hall d'immigration. Il avait été orienté dans une file spécifique aux arrivées business mais, malgré tout, l'attente était d'une longueur extrême.

Depuis le début de son voyage, il s'efforçait d'occuper son esprit. Un moyen comme un autre d'éviter les angoisses, se disait-il.

Ayant déjà beaucoup voyagé en Inde, il avait bien en tête que la sortie de l'aéroport de Bombay pouvait prendre de nombreuses heures. Il avait l'habitude de passer en mode patience infinie quand il arrivait dans ce pays, mais il craignait que la promiscuité, la fatigue du voyage…soient des facteurs favorisant l'arrivée des crises de panique.

A son grand étonnement, il n'en fut rien. Il passa l'immigration après deux heures d'attente et aperçut vite derrière les baies vitrées son ami Ragü, qui l'attendait.

Ragü venait de fêter ses 63 ans et avait le teint aussi frais qu'un jeune homme. Les deux amis se serrèrent dans les bras.

- Xavier, mon ami. Comment vas-tu ? Le voyage s'est bien passé ?
- Oui, pas de problème. J'ai même réussi à dormir un peu.
- Parfait, alors. Allons prendre notre hôtel et nous ressortirons pour dîner.

Les deux hommes devaient passer la nuit à Bombay avant de prendre un nouveau vol le lendemain pour Bhubaneshwar, leur rendez-vous ayant lieu à l'aluminerie d'Angule.

Xavier retrouva donc l'atmosphère si caractéristique de l'Inde : humide, chaude et… parfumée. D'un coup, il se sentit bien, léger et il sut qu'aucune angoisse ne viendrait gâcher ce voyage.

Les jours s'écoulèrent ainsi, sans pression, sans stress. Le contrat fut signé comme prévu et il put aborder sereinement les quelques jours de congés qu'il avait posés.

Ragü lui proposa de rester avec lui et de lui servir de guide durant ses vacances. Xavier accepta avec d'autant plus d'enthousiasme qu'il n'avait rien prévu de son côté. Rien ne l'attendait, ni destination, ni hébergement…

Il n'avait pas vraiment eu le temps de visiter la capitale de l'Etat d'Orissa, son vieil ami l'ayant simplement promené en voiture dans la partie ancienne de la ville. Il avait alors pu apercevoir les nombreux temples sacrés.
Les deux amis, peu citadins dans l'âme n'avaient pas souhaité s'éterniser en ville.

Ils avaient donc privilégié une destination plus calme mais tout aussi dépaysante et s'étaient mis d'accord pour se rendre à Purî, véritable petit paradis sur terre. Située sur le golfe du Bengale, bordée par l'Océan Indien, la ville alliait la richesse culturelle à la douceur côtière.

Purî appartient aux 4 villes Saintes les plus importantes d'Inde : chaque année, en juillet, des milliers de pèlerins s'y pressent pour la fête de Ratha Yatra, festival de chars transportant des divinités hindouistes. Les chariots sont peints et décorés par des fidèles, puis promenés à travers la ville sous le chant des hymnes et des mantras.

Cette aura spirituelle et religieuse s'explique notamment par la présence de temples de renommée mondiale, dont le temple de Jagannath. Dès leur arrivée, les deux hommes décidèrent d'aller découvrir cet endroit situé en plein cœur de la ville, non loin de la « Golden Beach » où se trouvait leur hôtel. L'endroit était impressionnant par sa taille et son architecture.
En pénétrant dans les lieux, Xavier se sentit hors du monde. Il fut envahi par le calme malgré la présence de nombreux visiteurs. Ragü et lui restèrent un long moment à errer dans l'enceinte du temple et aux abords de ce dernier.

Tous ces éléments, ajoutés aux kilomètres de plages de sable fin, faisaient de la ville un important lieu du tourisme en Inde. Xavier le comprit dès son arrivée à l'hôtel que Ragü leur avait réservé. Lorsqu'il pénétra dans sa chambre, il fut ébloui par la vue sur la mer que lui offrait la terrasse. Rien à voir avec la chambre qu'il venait de quitter à Bhubaneshwar : dépourvue de rideaux, les propriétaires avaient peint les carreaux de différentes couleurs afin que la lumière du soleil pénètre le moins possible.

Il s'assit sur le transat qui semblait lui tendre les bras et se servit un verre. Le mini bar offrait un large choix, il opta pour un bon vieux verre de Coca. Cette pause était la bienvenue. Il avait besoin d'avoir un peu de temps pour lui après ces quelques jours à 200 à l'heure. Ses voyages professionnels étaient toujours épuisants : les avions, les correspondances, les aéroports bondés, les files d'attente, les changements d'hôtels, les taxis, les locations de voiture, la route, les différents rendez-vous professionnels, les dîners, l'absence de dîner parfois, le décalage horaire, les nuits pourries dans des hôtels parfois bruyants... Généralement après 4 jours, il ne savait même plus dans quelle ville il se trouvait. Il se contentait de suivre son agent.

Il aimait l'Inde, pas comme ces touristes qui partent pendant 3 semaines dans des circuits millimétrés et qui reviennent des étoiles dans les yeux et des écharpes en faux cashmere dans les valises en ne jurant plus que par la culture hindouiste.

Il venait ici depuis 8 ans déjà. Il aimait la gentillesse et la modestie de la population. Il admirait leurs capacités de résilience et d'acceptation. Une population dure également, en tous les cas, beaucoup moins sentimentale que les occidentaux. Si les pauvres étaient pauvres, c'est qu'ils devaient l'être : il fallait l'accepter car il existe un schéma pour chacun. Ainsi, il s'était déjà entendu reprocher des erreurs de comportement par Ragü, alors qu'il pensait juste bien faire.

Il se souvint d'un voyage à Dehli où, alors qu'ils marchaient dans la rue, ils avaient croisé un homme uni-jambiste qui faisait la manche. Il avait l'air si malheureux, et si affamé... Xavier décida donc de lui donner quelques pièces.
Voyant cela, Ragü s'interposa rapidement, reprit les pièces et se mit à hurler sur l'homme qui partit aussi vite qu'il le put.

Tout avait été si vite, Xavier avait à peine réalisé ce qu'il se passait que Ragü s'était déjà retourné vers lui, en fulminant :
- Tu ne dois jamais donner d'argent aux mendiants dans les rues !
- Mais enfin, pourquoi ? Cet homme mourait de faim, clairement ! Il aurait pu s'acheter de quoi manger.
- Non, ces pauvres créatures appartiennent à des cartels très puissants. Lorsqu'ils sont ramassés le soir, ils sont dépouillés de tout ce qu'ils ont pu gagner dans la journée. On les enferme dans des endroits immondes où on leur sert une soupe infâme pour les ressortir le lendemain.
- Je l'ignorais.
- Oui, je sais. Et je n'aurai pas dû m'emporter ainsi. Mais je suis excédé que le gouvernement laisse les pauvres se faire maltraiter de la sorte.
- Pourquoi ne fait-il rien ?
- Les cartels sont partout et ils tiennent nos dirigeants. Et puis…c'est aussi notre faute, à nous, les Indiens. Nous sommes une population résignée, nous ne nous soulevons jamais contre rien car nous partons du principe que « si cela arrive, c'est que cela devait arriver ». Nous nous cachons derrière notre destin.

Se cacher derrière son destin. N'était-ce pas ce qu'il était en train de faire en acceptant cette relation avec Sandrine ?

Pourquoi s'était-il obstiné à rester avec elle ? Il pensait au début qu'il ne voulait tout simplement pas être seul. Son psy, lui, avait fait le rapprochement avec les choix de son père.

Il rajouta un peu de whisky dans son Coca, le cheminement de ses pensées le valait bien.

Il se méfiait des psys, il avait croisé la route d'un grand nombre de charlatans. Mais, il fallait bien avouer que celui-ci avait fait un parallèle intéressant.

Tous deux s'étaient un jour interrogés sur la ou les raisons qui avaient poussé Gérard à ne pas quitter femme et enfant. En étant plutôt bel homme, en ayant une bonne situation, en vivant dans une ville aussi vivante que Lyon où son métier de kiné avait forcément dû l'amener à rencontrer de nombreuses femmes : pourquoi s'était-il évertué à rester avec une personne colérique, jalouse et disons-le, pas franchement intéressante.

Pour le psy, Gérard était « un sauveur ». Il avait eu un enfant avec cette femme et il se devait d'assumer. Mais il avait été bien au-delà. Alors que sa femme n'avait de cesse d'avoir des comportements inacceptables, il la défendait, voire la soutenait, quitte à ce que son propre fils en souffre.

Pourquoi faisait-il cela ? Pour le psy, pas de doute, la situation était telle que Gérard ne pouvait plus se poser de questions sur le comportement de Bibou, il fallait suivre à

200%, sinon, il tirerait sur un fil qui l'amènerait forcément à regretter ses choix, et il n'était pas assez courageux pour ça.

Le psy avait fait remarquer que la situation de Sandrine et Xavier montrait quelques similitudes avec celle de son père et sa mère. Sandrine, sans être dans l'excès comme la mère de Xavier, avait tout de même quelques points communs avec elle: une certaine facilité à céder à la colère ; sans être bête, elle ne s'intéressait pas forcément à grand-chose… et Xavier, lui, ne voulait pas ou n'arrivait pas à la quitter. Par peur d'être seul, peut-être, mais aussi parce que maintenant qu'il avait accepté qu'elle vive chez lui, il occupait une place particulière dans la vie du fils de Sandrine. Il le savait. Même s'il n'avait jamais voulu créer de lien spécifique avec lui, le garçon vivait sous son toit et, ensemble, ils partageaient forcément des moments privilégiés. Et le petit était à la recherche d'un père…

Le psy avait raison, il était en train de reproduire le schéma de son père. Il s'enfonçait dans une situation qui ne lui convenait pas, juste parce qu'il voulait assumer ses choix jusqu'au bout.

Il se devait de trouver une issue à cela. L'issue serait fatalement de quitter Sandrine.

Il en était là de ses réflexions lorsque son téléphone émit un petit bip. Il avait reçu un message. Sandrine justement.

Il relut par deux fois les quelques lignes qui s'affichaient : elle venait de leur réserver un séjour à Venise. Départ le mois prochain pour un weekend end à deux. Elle expliquait vouloir le remercier d'une manière inoubliable pour les avoir accueillis chez lui, elle et son fils.

Inoubliable, oui… Ce serait bien le cas.

Chapitre 10

Daphnée, été 2010

Dans une semaine Betty et moi irions passer un weekend à Barcelone avant un départ pour une dizaine de jours au Sénégal.

J'avais tellement hâte … Nos dernières vacances remontaient à l'année dernière et les mois qui venaient de s'écouler m'avaient coûté une énergie folle.

Tout d'abord Fred : il m'avait rendu la vie impossible. Alors qu'il vivait encore dans la maison que nous venions de faire construire et que nous avions mise en vente, il s'était totalement refusé à faire les visites aux potentiels acquéreurs.

Notre avocat (nous avions tout de même réussi à nous mettre d'accord pour n'avoir qu'un seul et même Conseil afin de réduire les frais de procédure) avait été clair : le divorce tel que nous l'envisagions, c'est-à-dire rapide et à moindre coût, ne pourrait aboutir que si nous n'avions plus aucun bien en commun.

Le seul bien que nous avions acquis ensemble était cette maison. Encore une fois dans une optique de réduction des coûts (je n'en avais pas le choix car je devais payer un loyer à Betty, hors de question de loger chez elle sans rien débourser, et parallèlement, je continuais à payer la moitié des mensualités de l'emprunt), nous avions donc décidé de vendre la maison sans passer par une agence.

Nous devions par conséquent nous occuper des visites. Sauf qu'Fred se la jouait clairement gros con. Il se refusait à recevoir les potentiels acquéreurs sous prétexte qu'il n'était pas à l'origine de notre séparation, ni de la demande en divorce et, que, par conséquent, il ne voyait pas pourquoi il devrait s'impliquer d'une quelconque manière dans l'aboutissement de cette affaire. Il avait mieux à faire selon lui.

Afin de pouvoir organiser les visites, je devais donc rentrer à Orléans puis louer un véhicule afin de pouvoir me rendre dans la campagne où nous avions fait construire. J'avais vendu ma voiture, en vivant à Paris, elle ne m'était plus d'aucune utilité et elle représentait des frais inutiles.

Si mes parents m'avaient encore adressé la parole, ils auraient pu assurer les visites à ma place, mais la situation n'avait pas évolué entre eux et moi.
Si ma meilleure amie ne m'avait pas tourné le dos, elle aurait pu me prêter sa voiture ou m'accompagner, mais elle non plus ne faisait plus partie des gens sur qui je pouvais compter.

A l'époque, je me refusais à m'appesantir sur la situation, j'aurai été trop vite démoralisée.

La mise en ligne de l'annonce de la maison ne déclenchait pas énormément d'appels. En effet, les biens à vendre dans notre secteur étaient nombreux. Cela m'inquiétait particulièrement car nous étions au début de la crise des subprimes, et de ma place de banquière, j'avais vite compris que la situation économique allait rapidement se dégrader.

Je craignais que nous ne parvenions pas à vendre avant le crash boursier qui nous attendait.

Sur le peu d'appels reçus, j'avais malgré tout passé un temps fou à répondre aux questions de mes interlocuteurs : des plus naturelles aux plus improbables. Finalement, un seul appel avait abouti à une visite. Je la programmai un samedi matin pour plus de praticité.

Le jour J, après avoir passé la nuit avec un type dont je pense n'avoir jamais connu le prénom, j'avais sauté dans mon jean, puis dans le RER, puis dans un train en gare d'Austerlitz, direction Orléans.

Thibaud, qui n'avait toujours pas lâché l'affaire et qui savait que je venais pour la journée, avait insisté pour qu'on boive un verre.

La journée s'annonçait (trop) bien remplie.

J'arrivai à 9 heures à Orléans, je louai une voiture et conduisis jusqu'à mon ancien chez moi. Arrivée devant cette maison, je me dis clairement qu'elle ne me ressemblait pas : une maison neuve, lisse, sans défaut, sans caractère. Je la détestais, elle représentait tout ce que je n'étais plus et tout ce que je n'avais jamais voulu être.

Je m'assurai que la voiture de Fred n'était pas dans le garage et je rentrai dans la maison. Nous nous étions mis d'accord pour ne pas nous croiser. J'étais arrivée un peu avant le rendez-vous car je me doutais que mon futur ex-mari ne m'aurait pas facilité la vie en me laissant une maison propre et rangée.

Et je ne m'étais pas trompée, tout était sans dessus-dessous. Je m'affairais sans tarder, j'avais une demi-heure devant moi avant la visite.
Le couple arriva, pile à l'heure. J'étais un peu stressée par cette visite qui était la seule programmée. J'espérais qu'elle se passe bien et que le couple soit intéressé par la maison. Fort heureusement, je vis rapidement que notre bien était pour eux un véritable coup de cœur. De plus, j'appris pendant nos échanges qu'il s'agissait environ du vingtième bien qu'ils visitaient et qu'ils n'avaient encore rien trouvé qui leur conviennent. C'était bon signe, ils avaient déjà du recul sur les biens disponibles.
Ils m'expliquèrent que le propriétaire de la maison qu'ils louaient actuellement avait mis en vente le bien et qu'ils avaient 6 mois pour en partir, ne souhaitant pas s'en porter acquéreur.

Très égoïstement, je me dis que cette épée de Damoclès au-dessus de leur tête était une véritable aubaine pour moi.

Le tour des lieux achevé, ils ne mirent pas longtemps à se décider et me proposèrent rapidement un prix négocié de 10 000 euros en dessous du prix affiché dans l'annonce.

Cela m'embêtait un peu car le montant que nous avions indiqué correspondait à un prix « sans plus-value », il s'agissait simplement de l'addition de nos dépenses.

Mais notre avocat nous avait alertés sur le fait que nous allions très probablement perdre de l'argent sur la vente :

-La maison est neuve, vous être pressés, n'espérez en aucun cas une plus-value. Il est même quasiment certain que vous perdrez de l'argent.

Le ton était donné, au moins, nous ne serions pas surpris.

J'acceptai le prix proposé, je savais qu'Fred serait de mon avis. Nous en avions discuté en sortant de chez l'avocat.

Le couple me proposa de nous retrouver dans l'après-midi. Cela leur permettrait de revenir accompagnés de leurs parents. Ils pourraient ainsi leur montrer la maison.

J'acceptais avec enthousiasme. Je leur expliquais que vivant désormais à Paris, j'aurai souhaité pouvoir signer la promesse de vente en même temps, s'ils étaient certains de leur choix. Ils avaient de toute façon 10 jours pour se rétracter. Ils acceptèrent.

Tout était parfait, il ne me restait plus qu'à finaliser la promesse de vente que j'avais commencé à rédiger quelques jours plus tôt, à l'imprimer et à la faire signer à Fred. Heureusement, j'étais quelqu'un d'organisé et j'avais imaginé toutes les éventualités. Le projet de promesse de vente était sur une clef USB et je m'étais mis d'accord avec un ami architecte pour pouvoir imprimer de chez lui en cas de besoin.

Il fallait ensuite que je rencontre Fred pour recueillir sa signature…

Je l'appelai pour lui annoncer la nouvelle.
- Ok, parfait me répondit-il.
- De rien…ne pus-je m'empêcher de répondre. Maintenant, il faut qu'on se voie pour que tu signes la promesse de vente.
- Tu l'as sur toi ?!
- Non, j'ai mis le projet sur une clef USB. Je vais aller chez Jean à Orléans l'imprimer et on se donne rendez-vous ensuite.
- Ok, je suis à la Ferté Saint Aubin cet après-midi.
- Je ne vais sûrement pas aller jusque-là, alors que je dois retourner au Nord d'Orléans pour de nouveau rencontrer les acquéreurs.
- C'est ton problème, pas le mien.
- Fred, écoute-moi bien car je ne me répéterai pas, j'espère donc que tout sera très clair pour toi: je cours partout depuis ce matin, je me débrouille pour que tout

puisse être bouclé aujourd'hui. Je ne sais pas si tu te rends compte, mais c'est la SEULE visite que nous avons eu et coup de bol gigantesque, les gens sont intéressés, alors si je veux être à l'heure au rendez-vous de cet après-midi et ne pas rater la vente, je ne peux pas passer ma journée sur la route. Donc, tu vas te bouger MAINTENANT et tu me rejoins à Orléans, sur les quais de Loire, dans 2 heures. Compris ?!

Je raccrochai. Pas de temps à perdre en négociation. J'appelai Jean pour savoir si je pouvais venir imprimer les documents chez lui, ce qu'il accepta. A peine le téléphone raccroché, je vis que Thibaud avait cherché à me joindre. Pas de temps pour lui. Il attendra.

Je réussis à tout mener de front et à 17 heures pétantes, je contresignais la promesse de vente.

A 19 heures, j'étais dans le train de retour pour Paris. J'avais invité Betty à notre restaurant fétiche de la Butte aux Cailles pour fêter ça. Nous avions rendez-vous à 21 heures chez Gladines.

Confortablement assise dans le train qui, pour une fois était à l'heure, je regardais défiler le paysage. Je me sentais légère. Si le couple ne se rétractait pas, je venais de me débarrasser du seul bien qui faisait barrage au divorce et à ma nouvelle vie.

J'étais en route vers la liberté.

Je regardais mon téléphone, j'avais plusieurs messages. Le premier d'Fred : « Bravo, tu as réussi. Tu vas enfin pouvoir te débarrasser de moi. J'essaie de te détester mais je n'y parviens pas. Je te fais toutes les crasses possibles et je te dis toutes les saloperies qui me passent par la tête juste pour me faire croire que j'ai réussi à tourner la page, mais la vérité c'est que je n'y parviens pas. Je suis malheureux, tout simplement malheureux. Je t'aime encore ».

Je ne trouvai rien à répondre à cela à part : « Je suis désolée, tellement désolée… J'espère que la vie et le temps t'aideront à surmonter tout ça ».

L'autre message était de Thibaud : « Bon, et bien on dirait que tu n'en as clairement plus grand-chose à faire de moi, de nous. Tu n'as même pas daigné répondre à mes appels ou venir au rendez-vous que je t'ai proposé…
C'est donc par texto que je t'annonce que je pars vivre dans le Sud. Ma femme a trouvé du boulot dans la région où vivent ses parents. Je pars avec elle, je la suis… Nous serons partis dans 3 mois. J'aurais préféré te dire tout cela de vive voix. Mais c'est peut-être finalement mieux ainsi. Je t'embrasse. »

Je dus relire le message à plusieurs reprises, je ne voulais pas croire à son contenu. Après la quatrième relecture, je m'effondrais. Je venais de comprendre que je le perdais définitivement. Naïvement, je n'avais jamais cessé de penser qu'il ouvrirait les yeux sur notre histoire et qu'il quitterait sa femme. Je m'étais souvent représentée ma vie à ses côtés.

Une heure après, j'arrivais à Paris. Betty m'attendait sur le quai de la Gare. Elle était prête à faire la fête. Je m'effondrai dans ses bras.

Je passai un week-end au fond du gouffre. C'est en arrivant au bureau le lundi matin que je me souvins que j'avais un 3è message à lire. Il était d'Alexandre, un collègue de bureau : « Salut Daph, ça te tente un verre tous les deux lundi soir ? ».

Je pénétrai dans l'ascenseur qui venait d'ouvrir ses portes quand Alexandre me rejoignit en courant. Je le regardais, gênée :
- Salut Alex,
- Salut Daph. Bon, je ne vais pas y aller par 4 chemins, on est assez gênés tous les deux. Tu n'as pas répondu à mon message, donc je suppose que c'est mort pour le verre ce soir.
- Non, non, pas du tout... Enfin, si...
- Hm... pas bien claire ta réponse, dit-il en riant.
- Désolée, j'ai eu un weekend...mouvementé et je viens de découvrir ton message à l'instant.
- Ah ! Ok ! et donc... ?
- Donc, ce soir c'est compliqué, mais demain, si tu es dispo, ce sera avec plaisir.
- Allez ! Va pour demain ! On se tient au jus !

L'ascenseur était arrivé à l'étage d'Alexandre. Il descendit. Je fis de même deux étages plus haut et je regagnai mon bureau.

Je partageais mon bureau avec une collègue qui m'était particulièrement proche : Mylène. Mylène sortait tout juste d'un cancer du sein qui avait été assez virulent. Elle avait repris le travail depuis 2 semaines. Quadragénaire belle, énergique, rigolote, maman de deux enfants et…en plein divorce, elle aussi, elle m'était d'un grand soutien en ces temps compliqués !

C'était avec elle que je devais boire un verre le soir même.

Elle me vit arriver :

- Wouh là là, sale tête !
- Ne m'en parle pas ! Ce soir, je te préviens, je picole et je couche avec le premier venu.
- Hm… ça ne va pas beaucoup te changer !
- Connasse !
- Oui, moi aussi je t'aime. Bon, en attendant bouge-toi, on a réunion avec le boss et l'ingénierie financière.
- Oh la vache, dès le lundi matin, on va parler swap, cap, floor et tout le toutim là, maintenant !?
- Yes ! Allez bouge.

Le service de l'ingénierie financière calculait les taux auxquels nous pouvions faire les prêts à nos clients. En pleine crise des subprimes, nos réunions avec eux s'étaient soudain multipliées. Accessoirement, il s'agissait aussi du service d'Alexandre.

La réunion débuta à 9 heures et se termina presque 3 heures plus tard. La période s'annonçait compliquée. Mon job, et celui de Mylène, consistait à financer les opérations immobilières des promoteurs privés et des bailleurs sociaux.
L'immobilier courait droit vers une crise sans précédent. Les promoteurs, même les plus importants, ne pourraient bientôt plus commercialiser leurs biens. Les bailleurs sociaux allaient être appelés à la rescousse, comme à chaque crise du bâtiment. L'Etat commençait à leur faire comprendre qu'ils allaient devoir se porter acquéreurs des biens que les privés n'arriveraient pas à vendre. La VEFA (Vente en l'Etat Futur d'Achèvement) allait devenir la nouvelle règle d'acquisition pour les bailleurs sociaux : ils allaient devoir se porter acquéreurs de programmes immobiliers entiers dont ils ne seraient pas les constructeurs et, CQFD, dont les coûts allaient s'avérer plus élevés que leurs programmes habituels.

Il s'agissait de sauver le BTP et par là même, l'économie.

Il était demandé aux Banques de travailler sur des enveloppes de prêts massives, sur des périodes allongées et avec des montages de taux permettant aux bailleurs sociaux de souscrire les prêts dans les meilleures conditions possibles.

Voilà ce sur quoi nous allions travailler dans les mois à venir. L'activité serait dense et le service d'ingénierie financière serait dorénavant un partenaire quotidien afin de répondre à la demande dans les meilleures conditions.

Mylène et moi sortîmes du bureau assez tard ce soir-là. Je me sentais complètement vidée. J'avais bien besoin de ce moment entre filles. Je lui racontai mes mésaventures du week-end et elle me raconta les siennes. Son divorce ne se passait pas beaucoup mieux que le mien, son mari étant tout aussi peu coopératif. La difficulté supplémentaire la concernant était qu'il fallait protéger au maximum les enfants. Et là-dessus également, son mari se montrait insupportable. Il essayait de la rendre coupable de leur séparation à leurs yeux.

La soirée s'écoula doucement, ce qui ne nous empêcha pas de forcer un peu trop sur les cocktails et le vin blanc. L'heure du dernier métro étant passée, je décidai d'aller dormir chez Mylène. De plus, cela laisserait la fin de soirée libre à Betty qui avait réussi à ramener son doc à l'appart' après un dîner romantique.

Le lendemain, je fus absorbée par ma journée. Les minutes passaient comme des secondes et les dossiers s'empilaient sur mon bureau. A 20 heures, Mylène et moi n'avions pas encore tout bouclé qu'il nous fallait encore répondre aux mails et aux appels téléphoniques. Je décidai de reporter ma soirée avec Alexandre. Je n'avais pas la tête à batifoler. Trop de choses à penser ces derniers temps, personnellement et professionnellement, j'avais besoin de me poser.

Et puis, je n'étais pas sans le croiser. Il était devenu mon binôme de « l'ingé fi », m'informant régulièrement sur les taux et l'évolution des marchés. J'avais besoin de ces éléments pour conseiller mes clients sur le type de prêts à souscrire mais également pour leur proposer des placements rentables et adaptés.

J'aimais vraiment bosser avec Alex, il était carré, posé et efficace. Il m'envoyait régulièrement des messages pour prendre de mes nouvelles ou juste me dire qu'il pensait à moi, et je dois avouer que c'était assez plaisant… Il parvenait à me faire oublier Thibaud, mon divorce et tous mes ennuis du moment… Il était attentionné, sans trop en faire. Nous n'étions toujours pas allés boire un verre. Je n'avais pas envie de sauter le pas avec lui, pas envie de prendre le risque que tout s'arrête.

Et puis un matin Mylène arriva, l'air défait. Elle m'apprit que depuis déjà presque un mois, elle ressentait de fortes douleurs à l'estomac et depuis quelques jours, elle était sujette à des vomissements et des maux de tête. Elle avait appelé son cancérologue pour lui expliquer sa situation et ce dernier lui avait donné rendez-vous l'après-midi même en urgence. Elle me demanda de l'accompagner.

Elle n'y était pas retournée depuis presque un an, son rendez-vous de contrôle étant programmé quelques semaines plus tard.

Elle décrivit ses symptômes au médecin : fatigue, perte de poids, nausées, vertiges…et elle sentait comme une boule au niveau de son estomac.

Le docteur l'envoya directement à l'hôpital et lui fit passer de nombreux examens : prise de sang, scanner, IRM… et le verdict tomba. Le cancer était de retour. Il s'était généralisé et métastasé à de nombreux endroits. Le médecin lui expliqua qu'il était déjà trop tard pour des traitements médicamenteux basiques et qu'il fallait démarrer la chimio au plus vite.

Ce diagnostic fut un véritable choc. Après des années de lutte contre son cancer du sein, je ne savais pas si Mylène trouverait de nouveau la force de se battre. A l'annonce du médecin, elle accusa courageusement le choc. Elle pâlit à l'extrême mais elle ne s'effondra pas. Elle posa des questions sur le traitement à venir, sur les effets secondaires… Je compris rapidement qu'elle s'inquiétait surtout pour ses enfants.
Comment leur expliquer que maman était de nouveau malade ? Qu'elle allait de nouveau devoir retourner à l'hôpital, qu'elle allait de nouveau perdre ses cheveux, maigrir, s'affaiblir… Elle savait exactement ce qui l'attendait.

Je la revis quelques mois plus tôt, à l'annonce de sa guérison. Elle était si belle, si joyeuse, si forte. Comment pouvions-nous revenir à ce point en arrière ?

La semaine suivante Mylène débuta la chimio. Les séances la laissaient complètement abattue. Le moral était très bas et elle avait dû laisser la garde de ses enfants à son ex, ce qui la déprimait encore plus.

J'essayais d'être au maximum présente pour elle, mais le travail me laissait peu de temps. Mylène absente, j'avais récupéré la gestion de son portefeuille clients. Je traitais urgence sur urgence et je ne savais plus où donner de la tête.

Je restais régulièrement au bureau jusqu'à 22 ou 23 heures et j'arrivais le matin à l'aube. L'activité prêt devenait de plus en plus importante et de plus en plus complexe : les montants s'étaient envolés, tout comme les durées et il fallait trouver des montages intéressants pour les clients. Et ces montages s'avéraient de plus en plus complexes : je validais des prêts flowrés, capés, des tunnels… Je n'avais que deux ans d'ancienneté sur le poste et je mourais de peur de commettre une erreur. Heureusement, Alexandre était là, il m'aidait beaucoup, n'hésitant pas à rester avec moi aux heures les plus tardives.

Les semaines passaient à une vitesse hallucinante. Les acheteurs de la maison n'étaient pas revenus sur leur décision ce qui signifiait que j'allais pouvoir divorcer. Ce seul évènement suffisait à me rendre mon sourire lorsque j'y pensais.

Un après-midi alors que je me trouvais avec Alexandre, je reçus un appel de mon avocat. Il me donnait une date pour la validation de notre dossier devant le juge.

- Bonjour, Maître Capdeville à l'appareil.
- Bonjour Maître.
- Je vous appelle pour vous donner la date d'audience, ce sera le 04 juin. Présentez-vous ce jour-là avec Monsieur au Tribunal d'Orléans. La maison étant vendue, j'ai pu finaliser la convention et la présenter au juge. Il vous entendra tous les deux le 04 juin afin d'être certain que le divorce est bien ce que vous souhaitez et il homologuera la convention.
- Et ce sera terminé ?
- Oui terminé. Vous serez ensuite officiellement divorcés.

Je raccrochai et fondis en larme. Ça y est, je voyais le bout du tunnel. J'avais réussi à vendre la maison et bientôt je réussirais à aller au bout de ce divorce. J'avais réussi tout cela seule, envers et contre tous.

Je m'effondrai, de fatigue ou de joie... Je n'aurais su le dire.

Alexandre s'approcha et me serra dans ses bras.

- Ça y est, tu as réussi.
- Oui, ça y est.

Et nous restâmes ainsi quelques minutes, le temps s'était arrêté ; jusqu'à ce que la femme de ménage arrive signalant par sa présence qu'encore une fois, nous avions largement dépassé l'heure de départ des bureaux.

- Est-ce que ce soir, tu vas finir par accepter mon invitation à dîner ?
- Je te suis.

Nos bureaux étaient installés dans le quartier du Louvre, ce qui était pour moi une vraie source de plaisir. Tous les matins, en sortant du métro, je pouvais admirer ce bel édifice. Je me sentais privilégiée.

Alexandre avait une moto, plus facile pour se déplacer dans Paris. Et moi, j'adorais me déplacer dans Paris en deux roues, je me sentais tellement libre dans ces moments-là. J'avais l'impression de m'évader.

- Où veux-tu aller, me demanda-t-il avant de m'aider à enfiler mon casque ?
- Fais-moi partir loin…
- Ok !

Et c'est ainsi que nous arrivâmes dans la cour de l'Hôtel Amour, endroit totalement hors du temps. Nous étions début mai, la journée avait été magnifique et la soirée s'annonçait elle aussi très douce.

Alexandre nous commanda deux coupes.

Il leva son verre, me regarda et me dit :

- A la fille la plus têtue et avec le plus mauvais caractère que j'ai jamais rencontrée !

J'éclatais de rire !

- Et bien, c'est une façon très particulière de trinquer à ma santé ! Mais j'accepte le « compliment » ?!
- Oui, c'est bien un compliment. Je pense que sans ces qualités, tu n'en serais pas là aujourd'hui. Ni personnellement, ni professionnellement d'ailleurs.
- Pourquoi dis-tu cela ?
- Il faut être honnête, tu es encore débutante dans le métier et tu récupères le poste de Mylène qui, elle, était sénior et avait un portefeuille en conséquence.
- Oui, clairement, je galère avec ses clients. Les montants des prêts ou des placements sont importants et c'est… flippant. J'ai peur de commettre une erreur dans le montage, dans le calcul du taux…
- Je te rassure, ça ne se voit pas. Tu es très pro avec les clients, très rassurante, très autoritaire voire même parfois…mais tu as raison, c'est nécessaire quand on est une femme dans ce monde de machos !
- Ah oui ! ça j'avais bien remarqué !

Et la soirée s'écoula ainsi. Alexandre me posa beaucoup de questions, sur moi, sur ma vie…et à la fin de la soirée, je me rendis compte que nous n'avions fait que parler de moi.

- Il est temps que je rentre, lui annonçai-je lorsque je vis que les serveurs autour de nous s'affairaient pour la fermeture.
- Oui, il semble que l'heure de fermeture se rapproche. Je te raccompagne chez toi ?

J'étais persuadée qu'il allait me proposer un dernier verre chez lui, voire même de profiter de cet endroit atypique pour y passer la nuit. Et cela m'aurait déçue. J'avais envie d'autre chose avec lui.

- Oui, avec plaisir ! Je ne dis jamais non à une promenade en deux roues dans Paris !
- C'est vrai ? Tu aimes ?
- Bien sûr ! Qui n'aimerait pas ?!
- Plus de personnes que tu ne le penses…

Il me raccompagna ainsi chez moi. En me déposant devant mon immeuble, il ne fit rien, ne chercha pas à m'embrasser ou me proposer de passer la nuit ensemble. Il me serra simplement contre lui. J'appréciais. Je n'avais pas envie que les choses aillent trop vite. J'avais l'impression d'être tombé sur quelqu'un de bien et je voulais prendre mon temps.

Et le temps, nous le prîmes… peut-être un peu trop à mon goût d'ailleurs. Les semaines s'écoulaient et avec elle, une sorte de routine. Nous commencions nos journées ensemble et il n'était pas rare que nous les finissions également tous les deux au bureau.

Environ 3 fois par semaine, nous passions la soirée ensemble.

Le printemps était magnifique et nous profitions d'endroits magiques : Montmartre, le parc de la Villette…et de tables réputées : le Restaurant les Ombres, au Ciel de Paris, le Restaurant dans le Noir…

Nous étions proches, très proches. Il ne s'était pourtant encore rien passé entre nous. Je tenais à ce qu'Alexandre fasse le premier pas. Cela peut sembler un peu vieux jeu mais il était important pour moi que les évènements se déroulent ainsi.

Début juin, par un beau matin ensoleillé, je pris le train pour Orléans et me rendis d'un pas léger au Tribunal.

Quand je repense à cet épisode de ma vie, je m'en souviens de manière très floue, très abstraite, comme si je n'avais fait que le survoler, et qu'un autre moi avait pris le relais durant quelques heures. Je me souviens d'une salle d'attente, sombre, petite, en sous-sol me semble-t-il même, où notre avocat, Fred et moi avions dû patienter jusqu'à ce que le juge nous appelle.

Le juge nous avait alors reçu tous les 3, puis chacun séparément, toujours en présence de notre Conseil afin de s'assurer de notre « consentement éclairé ».

Et puis très vite, il avait signé l'ordonnance de divorce et nous aussi. C'était terminé.

En sortant du bureau, notre avocat nous avait dit qu'il recevrait la Grosse dans quelques jours et qu'il nous la ferait parvenir.

Fred était parti vite, sans même me dire aurevoir. Je trouvais triste de se quitter de cette façon, dans la colère, mais je savais qu'il s'agissait là d'une étape nécessaire à son deuil.

Je sortis à mon tour du tribunal. J'étais HEUREUSE, LIBRE. Le soleil au zénith, je levai la tête vers lui et je remerciai l'univers de son aide. J'étais reconnaissante à la vie.

Je jetai un œil à mon téléphone pour regarder l'heure. Je ne voulais pas rater mon train retour.

J'avais un message. Alexandre probablement, il n'ignorait rien de la matinée qui m'attendait…

Bingo, c'était lui.
« Regarde devant toi ».

Bizarre, que voulait-il dire ? Le message venait tout juste de m'être envoyé.

Je levai la tête et je le vis. Il était là, devant moi, sur sa moto. Je m'approchai aussi surprise qu'heureuse.

- Mais enfin, qu'est-ce que tu fais là ?
- J'ai pris ma journée, j'ai roulé…et… me voici !
- Tu plaisantes ?
- Non ! Absolument pas ! Et maintenant pour une fois, tu te laisses faire et tu ne dis rien ! On part en week-end !
- Quoi ? Mais où ? Et puis, je n'ai pris aucune tenue de rechange… Je ne peux pas partir comme…
- Laisse-toi faire, je te dis ! Grimpe !

Je m'exécutai de bonne grâce.

3h30 plus tard, nous étions à la Rochelle.

Je n'en revenais pas… J'avais eu ma dose de sensations fortes durant les 3 heures de moto sur l'autoroute, de quoi assouvir largement toutes mes envies de liberté…et maintenant Alexandre m'offrait l'océan.

- Il fallait que ce jour reste inoubliable pour toi.
- Je t'assure qu'il le restera.

Nous rejoignîmes le port et Alexandre me montra au loin un bateau.

- Et voici notre lieu de villégiature pour les 2 prochaines nuits.
- Tu plaisantes ?
- Non ! Pas du tout ! Ce bateau est à mes parents. Et je suis très bon navigateur, je pratique depuis tout petit.
- Tu sais que ça, ça s'appelle clairement un plan drague !
- Oui, je le sais bien ! Tu m'as pris pour un débutant !?

Et c'est ainsi que débuta notre histoire. Histoire qu'Alexandre tenait absolument à maintenir secrète. Il m'avait fait promettre de n'en rien dire, et surtout pas à Mylène. Il pensait que les histoires d'amour entre collègues étaient particulièrement mal vues au siège et que nous pouvions nous attirer des ennuis.

Ça ne me dérangeait pas de ne rien dire (pour l'instant). C'était même plutôt amusant, ce côté « aimons-nous secrètement ».

J'avais effectivement remarqué qu'Alexandre avait toujours été très discret lorsque nous étions au bureau. Par pudeur, pensais-je. J'étais naïve…

*****

J'en étais donc là de mon histoire amoureuse lors de notre départ pour le Sénégal.

J'appelai Mylène la veille de mon départ. Les visites n'étaient plus autorisées, en effet, depuis 24 heures, mon amie présentait des symptômes similaires à ceux de la méningite. Elle avait été placée en isolement dans l'attente d'un diagnostic.

J'avais peur de partir et de ne jamais la revoir.

Elle sut trouver les mots, comme à chaque fois, malgré la fatigue, malgré ses propres maux et malgré ses propres peurs.

- Profite ma belle ! Ce n'est rien du tout, je serai encore là quand tu rentreras.

Je partis donc, quelque peu apaisée. J'aurais tellement voulu lui raconter tout ce qu'il m'était arrivé ces dernières semaines… Je me promis de le faire dès qu'elle récupèrerait ses forces.

 Le 15 juin au matin, Betty et moi décollions pour Barcelone. J'adorais la capitale Catalane qui alliait les qualités de la ville aux plaisirs de la plage et du Sud.

Arrivées à l'aéroport, Betty et moi décidâmes de flâner un peu dans les boutiques. Nous rejoignîmes donc le hall central en sortant de l'avion, ce qui nous obligea à passer devant les portes d'embarquement. Je m'amusais alors à regarder toutes les destinations vers lesquelles tous ces gens dans les files d'attente allaient bientôt s'envoler : Istanbul, Casablanca, Düsseledorf (pas glop celle-ci), Madrid, Rome, Venise… ah… Venise ! La destination des amoureux… J'observai les couples dans la file d'attente en me disant qu'ils devaient tous être jeunes, beaux, follement amoureux et insouciants...

La réalité fut qu'ils n'étaient pas tous jeunes, ni tous beaux, ni même a priori tous amoureux... L'un d'eux attira particulièrement mon attention. Ils étaient assis l'un à côté de l'autre et paraissaient pourtant très distants l'un de l'autre. Ce fut surtout l'attitude du garçon qui me choqua. Il semblait en proie à une sorte de malaise. Il se balançait sur sa chaise, d'avant en arrière puis de gauche à droite, il était transpirant, il se frottait les yeux, le front. Il se leva d'un bond et se dirigea vers les baies vitrées de l'aéroport qui offraient la vue sur la piste de décollage. On aurait pu croire qu'il avait soudain envie de s'enfuir. A ce moment, son regard croisa celui le mien. Nous restâmes figés une fraction de seconde. J'eus l'impression de le connaître alors que, paradoxalement, j'étais persuadée de n'avoir jamais croisé la route de cet homme. Je m'en serais souvenue. Il était excessivement beau. Puis, la magie s'arrêta nette. L'homme fut rejoint par sa compagne.

Je passais alors mon chemin. La Capitale Catalane m'attendait et après elle, le Sénégal !

Chapitre 11

Xavier et Sandrine : juin 2010

Un mois et demi qu'il était rentré d'Inde, et il n'avait pas eu la force d'annoncer sa décision à Sandrine. En ce 15 juin, le voici donc coincé à l'aéroport de Barcelone en partance pour Venise pour un long week-end en « amoureux », un très long wek-end assurément...

A sa décharge, il est à noter que le mois de mai qui venait de s'écouler n'avait pas été de tout repos pour lui. La commande prise aux Indiens avait entraîné un important surcroît de travail pour toute l'usine et particulièrement pour lui. En effet, les missions de son poste allaient bien au-delà du simple développement commercial puisqu'il avait également en charge toute la partie production de l'usine. Il lui avait donc fallut travailler sur cet aspect pour que la commande puisse être livrée dans les temps.

Il lui avait également fallu superviser le côté juridique de la livraison, et notamment les droits de douane. Et la tâche s'était avérée particulièrement complexe : quels droits de douane appliquer à des matériaux fabriqués en Allemagne, arrivant en France par train pour y être transformés, devant repartir pour un assemblage dans une usine à Denver et dont la destination finale était l'Inde ? Vous avez 2 heures. Il n'avait pas compté ses heures ces derniers temps. Ce qui n'était d'ailleurs pas pour lui déplaire.

Pour couronner le tout, le mois de mai avec ses jours fériés à répétition, l'arrivée du printemps, des beaux jours…était généralement synonyme de débarquement de Bibou dans le Sud, et par conséquent, chez lui.

 A son retour d'Inde, les choses n'avaient d'ailleurs pas traîné. Seulement deux jours après son retour, Bibou avait appelé Xavier pour prendre de ses nouvelles. Elle lui avait alors glissé dans la conversation :
- Ton père et moi, on chercher une location pour venir en Mai.
- Très bien.
- Oui, ce n'est pas comme si on avait de la famille dans le Sud qui pourrait nous héberger gratuitement…

Xavier savait très bien pourquoi sa mère lui faisait cette remarque. L'année dernière, après avoir passé 4 semaines chez lui, elle lui avait annoncé qu'elle ne voulait pas repartir vivre avec Gérard à Lyon et qu'elle avait décidé de rester dans le Sud et de trouver du travail.

- Par conséquent, je vais rester chez toi le temps de trouver du travail et un appartement.
- Hors de question que tu restes. Tu cherches du boulot depuis Lyon et quand tu en auras trouvé, tu te prendras un appartement.
- Comment ça ? Tu me mets dehors ?
- Tu le prends comme tu veux mais ton départ est prévu demain, et je peux t'affirmer que tu partiras. Ça fait des

semaines que tu es là, avec tes exigences et tes colères à répétition...
- Ça ne m'étonne pas, je n'ai jamais pu m'installer dans le Sud car personne ne m'y a jamais aidé, et tu ne fais pas exception à la règle.
- Arrête ton cirque… ça fait 4 semaines que tu es là, à ne rien faire hormis aller à la plage et enquiquiner le monde. Si tu avais vraiment voulu t'installer à la rentrée, tu aurais déjà commencé à chercher du boulot et un appartement. C'est comme d'habitude, tu joues les victimes, tu te plains et tu rejettes sur les autres l'échec de ta vie.

La conversation s'était terminée rapidement et le lendemain Bibou était partie en clamant haut et fort dans la rue que plus jamais elle ne reviendrait puisqu'elle n'était pas désirée.

Puis, elle était revenue aux vacances d'automne… et toujours le même scénario : elle annonçait qu'elle allait se prendre une location, puis, finalement, elle allait passer quelques jours chez ses parents qui disposaient d'un appartement indépendant de leur maison, et 3 jours plus tard (grand maximum), elle débarquait chez Xavier car elle n'avait plus nulle part où aller, s'étant comme d'habitude fâchée avec ses parents.

Et c'est exactement ce schéma qui se répétait en ce mois de mai, au début d'un week-end prolongé de 4 jours.

Bibou avait débarqué le jeudi soir chez ses parents : le vendredi après-midi, Xavier recevait un coup de fil :

- Je me suis fâchée avec ta grand-mère, elle a piqué sa crise comme d'habitude, du coup, je suis partie. Je prends le train pour Perpignan, tu peux venir me chercher à la gare, je n'ai nulle part où aller ce soir.
- Qu'est-ce qu'il s'est passé ?
- On venait juste de terminer de dîner et ta grand-mère m'a demandé si je pouvais passer un coup de balai et si je pouvais laver le sol…. !!
- Oui…et donc ?
- Je ne suis pas femme de ménage moi ! Je lui ai dit qu'elle n'avait qu'à demander ça à la nana de l'ADMR quand elle viendrait après le pont. Et elle s'est fâchée, en m'expliquant que le pont prenait fin dans 3 jours et qu'il était hors de question que sa maison reste dans cet état tout ce temps ! Tu te rends compte de comment elle me traite !?
- Je me rends surtout compte que tes parents de 90 ans passés t'ont demandé de l'aide pour mettre un peu d'ordre dans leur maison. Il n'y a pas vraiment de sujet. On est d'accord ?
- Forcément, de toute façon, tu es toujours du côté de ta grand-mère… C'est normal, elle t'a volé à moi. Elle s'est toujours prise pour ta mère !

Xavier avait toujours été un sujet de discorde entre les deux femmes. Bibou avait eu Xavier très jeune et il semble qu'elle n'ait jamais vraiment réussi à s'en occuper seule, et si elle le faisait, cela avait soulevé quelques inquiétudes pour son entourage.

La sœur du père de Xavier, Mireille, nous a avoué, il y a quelque temps, que son frère l'avait un jour appelée, alors que Xavier n'avait que quelques mois, pour lui demander si elle pouvait se libérer du temps pour aider Bibou à s'occuper de leur fils. Elle nous a expliqué que son frère paraissait inquiet pour lui.

A l'époque, Mireille était propriétaire d'une boucherie avec son mari. Ils venaient juste de s'installer en tant que « patrons » et ils étaient également parents d'une petite fille âgée d'un peu plus d'un an. En toute logique donc, Mireille avait alors envoyé gentiment Gérard sur les roses, suite à sa demande, en lui expliquant qu'elle était passablement occupée entre son métier et sa fille, alors même que sa femme à lui ne travaillait plus, et qu'en plus de toutes ces bonnes raisons, se rajoutait un très faible capital sympathie pour Bibou.

En effet, au dernier repas de Noël où elle les avait conviés, alors même qu'elle et son mari avaient des journées au-delà du raisonnable en cette période, Mireille avait « juste » eu le temps de cuisiner une poularde aux morilles. Elle avait tenu à inviter son frère et sa famille afin de passer cette soirée avec eux et les enfants.

Pendant tout le repas, Bibou s'était lamentée de l'absence de foie gras ou de chapon farci...en répétant que si elle était venue jusque-là pour manger « une simple poule », cela n'en valait vraiment pas la peine.

Mireille avait été écœurée du comportement de sa belle-sœur mais aussi de celle de son frère qui n'avait pas pris la peine de faire taire sa compagne ou de s'excuser.
Depuis cette période, ils s'étaient tous deux beaucoup éloignés.

La grand-mère de Xavier qui avait passé une grande partie de sa vie à Lyon avant de venir s'installer dans le Sud, s'était toujours beaucoup occupée de son petit-fils, à tel point qu'une rivalité s'était installée entre les deux femmes, rivalité qui s'était transformée en jalousie maladive pour Bibou.

Paradoxalement, les deux s'entendaient très bien lorsqu'il s'agissait de se liguer contre Xavier. Si par malheur ce dernier n'avait pas appelé sa grand-mère depuis 2 jours, et alors même que sa mère était partie fâchée de chez ses parents, cette dernière harcelait son fils pour qu'il appelle sa grand-mère et lui donne des nouvelles d'elle de manière interposée. Et l'inverse était vrai également.

Il était pris au milieu d'une sorte de triangle infernal dont il était le rouage.

C'est donc pour toutes ces raisons que sa mère lui reprochait très régulièrement de préférer sa grand-mère. Ce qui ne l'empêcha pas de débarquer, encore une fois, chez son fils par le premier train.

Sachant cela, Sandrine avait préféré partir passer le week-end chez ses parents.

Le lendemain de l'arrivée de Bibou, Xavier avait invité l'un de ses amis à boire l'apéritif : Grégoire. Grégoire s'était installé dans la région depuis 2 ans. Ancien directeur artistique pour de grands magazines, il avait quitté Paris pour s'installer à Perpignan et monter sa propre agence de publicité. Il y avait rencontré la mère de sa fille, puis s'en était séparée, puis s'était remise avec elle et l'avait encore quittée. Xavier avait un peu de mal à comprendre ses choix car il était clair que cette femme était son double au féminin...mais cela ne le regardait pas. Il voulait juste être là pour son ami.

Il avait donc profité de l'absence de Sandrine pour l'inviter à boire une bière. Il se disait que sa mère ferait sa vie, elle n'avait pas besoin de lui, et la maison était assez grande pour que chacun évolue comme il l'entendait. La maison disposant même de deux cuisines, cela rendait encore plus simple l'indépendance de chacun !

Mais Bibou ne l'entendait pas de cette oreille. Elle ne faisait aucune différence entre être invitée chez son fils ou être chez elle.

Ainsi, une heure après l'arrivée de Grégoire, en ayant assez d'être seule et voyant l'heure du dîner approcher, elle décida de s'incruster à l'apéritif des deux hommes.

Cinq minutes après les avoir rejoints, elle commença à émettre de longs et sonores soupirs signifiant par là même que la conversation l'ennuyait profondément.

Dix minutes après s'être assise, elle dit à Grégoire :
- Bon, nous on va dîner alors ce serait peut-être bien de partir maintenant. Je n'ai pas préparé à manger pour 3.

Grégoire ne s'était pas attendu à cette remarque, il connaissait la mère de Xavier par le peu que ce dernier lui en avait dit mais il était loin de se douter qu'elle était capable d'un tel manque de politesse.

Il y eut un blanc, personne ne réagit. Xavier buvait sa bière tranquillement, en attendant la suite des évènements.

Bibou s'impatienta :

- Alors… Enfin, Xavier dit quelque chose ! C'est l'heure de dîner, j'ai faim moi !

Xavier fit un clin d'œil à Grégoire qui prit ses affaires et partit. Xavier le raccompagna et lui dit, je te rejoins dans 5 minutes, Rue de la Soif à Canet.

Il rentra chez lui et alla retrouver sa mère, n'oubliant pas au passage de placer devant la porte la valise qu'elle n'avait pas encore eu le temps de défaire.

Bibou regarda Xavier :

- Et bah… il ne comprend pas vite ton copain quand il dérange, dis donc ! Il a bien vu quand même que c'était l'heure de dîner et qu'on n'allait pas l'inviter ! De toute façon, je n'ai jamais aimé les arabes PD !
- Alors… pour ton information Grégoire n'est ni arabe, ni PD…et quand bien même, j'ai un peu de mal à comprendre en quoi cela te poserait un souci. Je ne sais pas ce qui est le moins choquant dans tout ce qui vient de se passer… Tu te rends compte que personne ne se comporte jamais comme tu viens de le faire… ?
- Comment ça ? Je suis ta mère enfin…
- Oui, tu as raison, une mère ne se comporte pas ainsi quand elle est invitée.
- Mais ! N'importe quoi, je fais ce que je veux quand même, je suis libre !
- Effectivement, libre de partir. Ta valise t'attend devant la porte. J'ai envie de te dire : comme d'habitude. Sauf que cette fois, tu n'as pas eu le temps de la défaire. Un record presque !
- Comment ça ? Tu me mets dehors ?
- Oui parfaitement ! Je te laisse appeler un taxi. Je pars rejoindre l'arabe PD. Bonne soirée, essaye de réfléchir à ce que tu viens de faire, si tu en es capable…

Et il lui tourna le dos, la laissant seule dans la rue. Volontairement, il ne prit pas son téléphone.

Quand il rentra, il avait une bonne demi-douzaine d'appels en absence et autant de messages. Sa grand-mère tout d'abord :
- Xavier, j'ai eu Bibou au téléphone, elle m'a dit que tu l'avais mise dehors. Du coup, elle reprend un train et elle revient chez nous. On a passé l'éponge, tu sais, il ne faut pas y faire cas à ce qu'elle dit ta mère…. Rappelle-là. Elle nous a dit qu'elle allait doubler la dose d'antidépresseurs à cause de toi et de ton comportement…

Puis ce fut au tour de son grand-père de lui laisser un message à peu près sur le même ton.

Et enfin, il avait un message de son père. Il était furieux, il n'y avait pas d'autre mot :
- Je t'interdis de traiter ta mère ainsi… Elle est ta mère, tu lui dois …

Xavier ne chercha pas à en entendre plus et effaça tous les messages vocaux. Son père arrivait dans 15 jours, ce serait l'occasion de lui mettre les points sur les i.

Pendant la nuit, en se remémorant cette soirée, il se dit qu'il n'était guère étonnant qu'il fasse des crises d'angoisse à répétitions

La mauvaise ambiance familiale se confirma tout au long du mois de mai. Bibou partie, Sandrine avait regagné la maison. Gérard avait fermé quelques jours son cabinet à Lyon pour venir rejoindre Bibou dans l'appartement qu'elle avait fini par louer, s'étant de nouveau fâchée avec ses parents.

Xavier, sous la pression familiale, avait fait l'effort d'inviter ses parents à déjeuner. Sandrine avait accepté de s'occuper de la préparation du repas. En effet, depuis quelques semaines, le rythme des crises d'angoisse s'était accéléré, ce qui laissait Xavier très fatigué.

Ses parents arrivèrent à 13 heures, les mains dans les poches, sans s'excuser de la demi-heure de retard. Xavier comprit rapidement que l'ambiance n'était pas au beau fixe, ils avaient leur tête des mauvais jours. Que du bonheur en prespective !

Gérard et Bibou s'installèrent donc à table sans échanger un mot. Xavier interrogea son père pour savoir si tout se passait bien en ce moment au cabinet. Il essayait toujours de s'intéresser au travail de son père, une façon de conserver un lien entre eux, de ne pas devenir totalement étrangers l'un pour l'autre. Son père lui expliqua que depuis quelques jours, il avait une danseuse de l'Opéra de Lyon comme patiente. Il raconta que cette dernière lui avait expliqué comment se déroulaient les répétitions, les castings, et à quel stress régulier les danseurs étaient soumis… Gérard expliqua à Xavier qu'il était impressionné par la rigueur, le travail et la force de caractère que cette profession demandait.

Les deux hommes et Sandrine échangeaient depuis quelques minutes sur le sujet, Xavier expliquant qu'il avait une amie que ce métier avait détruit, de par ses exigences et de par la nécessité de contrôler son poids et son corps quotidiennement. Xavier expliquait que son amie souffrait d'une grave dépression depuis quelques années doublée d'un début d'anorexie mentale.

Puis, sa mère le coupa :

- Oh là là …. Franchement, on s'en fout de cette fille, on la connaît même pas.

Xavier ne répondit pas, il regarda son père. Un regard qui signifiait qu'il avait plutôt intérêt à intervenir cette fois et à ne pas laisser passer cette réflexion.

Gérard comprit le message, il émit un timide :

- Oh, ça va…
- De quoi ça va ?
- Tu n'as pas besoin de réagir comme ça…
- Je réagis comme je veux ! C'est vrai, on s'en fout de cette bonne femme ! Moi aussi, je fais une dépression, et personne n'en parle.
- Ça fait 30 ans que tu fais une dépression, renchérit Gérard sur un ton où perçait la lassitude, ce qui eut pour conséquence directe de faire monter Bibou dans les aigüs.
- Ouiiiii forcément ça fait 30 ans !! Tout le monde s'en fout de ma dépression ! Et toi, tout particulièrement. Tu n'as

jamais tenu compte de moi dans ta vie ! Tu as toujours cru que tu pouvais m'acheter avec ton pognon !

- Mais qu'est-ce que tu racontes encore… ?
- La vérité ! Tu crois que tu peux m'acheter parce que tu payes tout ? Notre loyer à Lyon, mon logement ici et toutes nos dépenses ?!
- Mais cela n'a rien à voir avec acheter quelqu'un, ma pauvre… Je subviens juste à nos besoins ! Et si tu ne veux pas que je te t'entretienne, tu as le droit de trouver un vrai travail qui permet vraiment de gagner ta vie !
- Mais j'ai un vrai travail !! Je suis nounou je te rappelle !
- Arrête deux minutes… tu sers de chauffeur 3 soirs par semaine à un gamin de 11 ans que tu conduis de l'école, au foot, et du foot à chez lui. Et le peu de temps où tu restes avec lui pour l'aider à faire ses devoirs, tu déblatères sur sa mère qui selon toi travaille trop et ferait mieux de rentrer plus tôt pour s'occuper de son fils… ça lui est revenu aux oreilles et elle a déjà failli te virer 2 fois à cause de cela !
- Oui ! Bah ce n'est pas de ma faute si c'est une connasse celle-là aussi !
- Qu'est-ce que tu veux dire par « celle-là aussi » ?
- Je parlais de toi, tu n'es vraiment qu'un sale con ! Je te quitte Gérard ! Je me casse !
- Oui…bah…alors là bon débarras !! Moi, je…

Mais Gérard n'eut pas le temps de finir… Xavier se mêla de la conversation en leur intimant l'ordre de quitter sur le champ sa maison.

- Vous allez me faire le plaisir de partir immédiatement. J'ai fait l'effort de vous inviter malgré le comportement inadmissible de ma mère d'il y a quelques jours. Vous vous pointez les mains dans les poches avec une demi-heure de retard et vous osez en plus nous jouer une scène de couple qui se sépare ? Vous dégagez tous les deux, sur le champ. Je ne veux plus vous voir chez moi jusqu'à nouvel ordre.

Il en fallait plus pour faire taire la mère de Xavier, qui renchérit en le toisant de haut en bas :

- Toi, de toute façon, tu n'as jamais été là pour moi. Je veux venir m'installer dans le Sud et tu ne m'offres même pas l'hébergement, ton père me traite comme une moins que rien et tu ne dis rien ! J'aurai mieux fait d'élever des chèvres…
- Bonne idée ! Et comme il n'est jamais trop tard, tu pourrais t'y mettre maintenant. Au revoir !

Et il leur claqua la porte au nez.

Il se sentait tellement seul dans ces moments. Il aurait aimé avoir un frère, une sœur…quelqu'un avec qui partager tout ce qu'il ressentait, quelqu'un qui le comprendrait et qui lui dirait simplement : « Tu as raison, ce n'est pas normal, tes parents n'ont pas à se comporter ainsi, ta mère n'a pas à te culpabiliser de la sorte ».

Mais il n'avait personne. Ou plutôt si, il y avait du monde, mais tous lui faisaient comprendre qu'il devait accepter le comportement de sa mère, « qu'il ne fallait pas y faire cas », que sa mère « était malade et que ce n'était pas la peine d'en rajouter ».

Il aurait pu accepter beaucoup de choses mais ce que les autres ne comprenaient pas, c'est qu'au-delà de la dépression et de la bêtise, cette femme était méchante et aigrie. Et que toute cette méchanceté, elle le reportait sur lui depuis qu'il avait quitté le nid familial.

Alors sûrement qu'il était trop sensible, qu'il aurait dû prendre plus de recul voire même s'en moquer complètement, mais il savait d'où il venait et comment il avait été élevé.

Sa mère n'avait jamais travaillé ou très peu. Il avait donc grandi dans ses jupes, il n'avait jamais fréquenté les crèches, les garderies ou la cantine, ce qui a toujours été LA grande fierté de Bibou. Alors qu'elle passait sa vie à lui cuisiner de « bons petits plats », lui, a été anorexique jusqu'à l'âge de 6 ans, jusqu'à ce que Bibou se décide à reprendre une activité professionnelle et qu'il aille enfin à la cantine.

Elle l'a toujours couvé plus que de raison. Elle l'a étouffé. Elle n'a jamais voulu le partager avec personne, même pas avec son père. Quand il partait en vacances chez ses grands-parents, elle accusait sa propre mère de vouloir lui voler son fils. Voir son fils heureux loin d'elle, c'était trop dur à supporter… Elle a toujours considéré Xavier comme son faire valoir, celui par qui son existence se justifiait. Il a grandi ainsi, en sachant qu'il se devait d'être gentil avec sa mère, de faire en sorte qu'elle se sente bien, qu'elle ne soit pas triste, qu'elle ne s'ennuie pas. Depuis tout petit, il a cette charge sur ses épaules, c'est SA responsabilité.

J'ai un jour pu visionner des vidéos en noir et blanc tournées par Gérard alors que Xavier était encore tout petit. Et j'ai été choquée à double titre : d'une part, parce que je n'ai vu Xavier rire ou ne serait-ce que sourire sur aucune image, il avait toujours un air triste et absent, et, d'autre part, parce que j'ai été la seule à me faire cette remarque. Lorsque sa mère a vu les images, elle a simplement dit qu'à cette époque, il était gentil et que les choses avaient bien changé depuis… Son père n'a quant à lui parlé que de la caméra qui lui avait servie à tourner les images car elle lui avait coûté très cher…

Alors maintenant qu'il est adulte, bien évidemment qu'il voit que le comportement de sa mère est inacceptable, qu'elle agit comme une adolescente attardée mais il voit aussi son mal être, ce mal être qu'elle lui reproche depuis tant d'années. Il a été programmé depuis tout petit à rendre sa mère heureuse et là, il faillit à sa tâche. Il culpabilise, il s'en veut et en même temps, qu'est-il censé faire ? Il aurait dû rester bloqué à l'âge de 6 ans ?

Il se sent pris au piège et il est clair que ses angoisses viennent de là. Il ne sait pas se sortir de cette situation et personne ne lui tend la main, au contraire.

Et lui-même s'est mis dans une situation amoureuse intenable. Il le sait. Mais quitter Sandrine aujourd'hui, c'est la rendre malheureuse. Une autre personne qui va souffrir par sa faute. Il ne se sent pas à la hauteur des personnes qui l'aiment.

C'est à cela qu'il pense alors qu'il part en voyage avec elle pour Venise. Et c'est ce qui provoque cette énième crise d'angoisse qui le conduit à se lever de son siège alors qu'ils sont prêts à embarquer.

C'est à ce moment qu'il croise le regard compatissant de cette jeune femme blonde. Elle a l'air heureux, épanoui. Il l'envie : la vie doit être facile pour elle.

Chapitre 12

Daphnée – été/automne 2010

Prendre l'avion a cette faculté de m'apaiser, de me calmer. Je sais que grâce à lui, je m'évade et que pendant un certain laps de temps, personne ne peut m'atteindre, aucune mauvaise nouvelle ne peut me parvenir.

Ce sont ces pensées qui me traversent alors que je me trouve avec Betty dans le vol retour du Sénégal. Les vacances se sont révélées éprouvantes car la vie vous rattrape toujours, où que vous soyez.

Tout avait pourtant magnifiquement commencé.

Betty et moi avions passé un week-end festif dans la capitale Catalane, entre tapas, bord de mer et sangria. J'enviais beaucoup les Barcelonais qui bénéficiaient des avantages d'une grande ville, tout en pouvant profiter des joies de la plage, le tout, sans parler de la richesse culturelle de leur ville !

Nous avions décidé de mettre Gaudi à l'honneur de notre séjour. Objectifs : visiter la Sagrada Familia et le Parc Güell.

Mais la longueur interminable de la file d'attente avant de pouvoir rentrer dans la Sagrada avait vite eu raison de nos plans ! Nous avions alors préféré découvrir la ville en la parcourant à pieds, laissant ses richesses venir à nous, au gré de nos errances. Nos pas nous ont alors menées à l'Hôpital San Pau.

Un site étonnant dont je n'avais jusqu'alors jamais entendu parler. Cet hôpital de style Art Nouveau, bâti au début du XXè siècle et aujourd'hui transformé en musée, est constitué d'une multitude de bâtiments qui vous donnent l'impression d'être dans un village. Il y règne une atmosphère particulière, une atmosphère d'un autre siècle, qui n'a pas cessé de nous surprendre tout au long de la visite. J'ai adoré me perdre dans ses jardins où se mêlent orangers, palmiers et pieds de lavandes qui concourent à vous transporter loin…

C'est donc déjà dans un bel esprit de détente que nous avions pris notre vol 2 jours plus tard en direction de Dakar.

Je me sentais légère, j'avais envie de profiter et de tout vivre à 1000%. J'avais réussi à régler la plupart de mes problèmes, en tous les cas, j'avais mis un terme à toutes les questions matérielles et administratives. Tout était moins simple côté cœur, le départ de Thibaud m'était toujours difficilement supportable. Et il fallait bien avouer que le fait que mes parents refusent toujours de me parler constituait une véritable épreuve.

Mais je voulais voir le bon côté des choses, ma rencontre avec Alexandre m'aidait à passer le cap de ma déception amoureuse encore trop fraîche. Je culpabilisais un peu. J'avais l'impression de me servir de lui. En même temps, il n'ignorait rien de mon passé et de mes souffrances. Il avait donc sauté le pas en toute connaissance de cause !

Quant à mes parents, ils m'avaient beaucoup déçue. Mais je décidai de faire un pas vers eux lors de mon arrivée au Sénégal. J'appelai mon père pour lui donner des nouvelles. L'échange fut assez bref mais c'était tout de même un premier pas. Je savais qu'il leur faudrait du temps ; et à moi aussi d'ailleurs.

Au club de vacances où nous nous trouvions, nous avions retrouvé Guillaume.

Guillaume était mon ami d'enfance. Nous nous connaissions depuis l'âge de 6 ans et nous avions grandi ensemble. Il avait toujours eu un parcours très hétéroclite ! Après avoir fait des études en sport étude du côté d'Orléans, il avait intégré les Pompiers de Paris, gros challenge qu'il avait relevé haut la main. Puis, une fois ce défi réussi, il avait décidé de prendre le large. Mais pas n'importe comment ! Il était devenu animateur pour un voyagiste bien connu, ce qui l'avait conduit aux 4 coins du monde et l'avait amené à développer encore un peu plus ses talents de séducteur.

Il était donc en ce moment au Sénégal où il effectuait ses derniers jours comme animateur. Il devait rentrer avec nous à Paris après notre séjour, et repartir pour d'autres aventures...

Je lui sautai dans les bras dès que je le vis arriver dans le hall du club :

- Guillaume, comme tu es beau… Tu n'as pas changé !
- Toi, non plus ma Daph ! Comment tu vas ?
- Ça va… J'ai pas mal de choses à te raconter. Je te présente Betty, ma cousine chez qui je loge actuellement !
- Enchantée Betty ! Bon, alors bienvenue les filles ! Vous allez voir le Club est génial et le Sénégal est vraiment un pays magique.

Le village de la Somone, où se trouvait le club, était à environ 2 heures de route de Dakar, la capitale du pays, où nous avions atterri. Le vol s'était passé sans encombre pour moi puisque je n'avais pris aucun somnifère ni autre tranquillisant !

Lors du transfert en bus qui nous avait conduites à la Somone, Betty et moi avions été émerveillées par le spectacle de couleurs qui s'offrait à nous : les maisons, les tenues des femmes et des hommes, tout cela surplombé d'un magnifique ciel bleu…

Nous nous étions très vite senties en vacances ! Et encore plus après que Guillaume nous ait fait visiter le club.

- Quelle chance tu as de travailler dans un tel cadre ! lui dit Betty
- Grave ! C'est un petit paradis sur terre, renchéris-je à sa suite.

- Carrément, je suis dans ce club depuis 2 ans maintenant et je n'ai pas vu le temps passer.
- Alors pourquoi tu veux rentrer à Paris ?, lui demanda Betty.
- J'ai envie de commencer une nouvelle vie. Je voudrais reprendre les cours de théâtre que j'ai arrêtés en quittant Paris et me lancer dans le métier d'acteur.
- Ah ouais, bah ce n'est pas gagné ton truc ! Il y a du monde sur le marché… lui dit Betty, toujours très terre à terre !
- Oui, je sais mais avec beaucoup de travail, je suis certain que je peux percer, répondit Guillaume, un peu refroidi.
- Bah t'as intérêt de bosser…et d'être bon ! Terminé de jouer les jolis cœurs au bord de la piscine, rigola Betty.

Betty n'avait jamais été du genre à mâcher ses mots ni à ménager les susceptibilités. J'avais bien remarqué que Guillaume s'était un peu vexé des derniers propos de ma cousine, mais il n'était pas du genre susceptible d'autant qu'il n'y avait aucune arrière-pensée dans ce que disait Betty.

- Et tu vas loger où en rentrant à Paris, demandais-je à Guillaume.
- Pour l'instant je ne sais pas, je pense que j'irai quelques temps chez mes parents à Orléans, le temps de me retourner.
- Oui, ça te laissera effectivement le temps de voir venir.
- Allez fini de parler de moi, allez poser vos affaires dans votre bungalow car le cours d'aquagym commence dans 1 heure. Vous avez juste le temps d'enfiler vos maillots.

Nous rejoignîmes notre bungalow. Nous avions réservé une maisonnette « les pieds dans l'eau » avec vue directe sur la mer (j'avais décidé que j'avais bien droit à ce petit luxe après cette année difficile) et en arrivant dans notre chambre, je ne regrettai pas mon choix : voir la mer de son lit ou de sa terrasse vous faisait de suite vous sentir au paradis.

Notre bungalow était un peu loin du centre névralgique du club, ce qui n'était pas pour nous déplaire. Betty et moi n'étions pas des fêtardes invétérées et nous préférions le calme des nuits étoilées à la musique des night-clubs.

Le temps de quitter Guillaume et de rejoindre notre bungalow, nous avions été accompagnées par rien moins que 3 membres du personnel du club : porteur, jardinier et homme de ménage. Betty avait un succès fou, tous les hommes sénégalais lui faisaient des sourires jusqu'aux oreilles et l'aidaient dans tous ses faits et gestes.

Nous comprîmes rapidement que cette fois, ce serait elle qui aurait la mission d'aller chercher les cocktails au bar !

Nous défîmes rapidement nos bagages et enfilâmes nos plus beaux maillots.

C'était parti pour des vacances farniente entre filles !

Nous profitâmes à fond des 3 premiers jours : visite de la ville de la Somone et de son marché local, sorties à la station balnéaire de Sali (qui ne m'avait pas plu du tout, beaucoup trop machine à touristes, visite de la réserve naturelle de la Somone en pirogue, tout cela couplé à la vie tranquille au club ou dans notre bungalow.

Puis la bulle de bonheur s'arrêta nette lorsque je reçus un coup de fil de Mylène :
- Coucou ma belle, je t'appelle pour te donner des nouvelles car ça ne va pas fort…

En effet, elle avait la voix éteinte, je ressentais sa faiblesse à travers le téléphone.

- Mylène… tu as l'air si faible… Comment se passent les traitements ?
- Mal.

Elle s'arrêta. Je l'entendais pleurer à l'autre bout du fil. Elle reprit, la voix tremblante :

- Tu te souviens que quand tu es partie, j'étais testée pour une méningite ?
- Oui.

Ma voix s'étrangla. Je redoutais ce qui allait suivre.
- Eh bien, les tests se sont révélés positifs. Je souffre d'une méningite à pneumocoques.

Je ne sus quoi répondre, j'étais anesthésiée par le choc de la nouvelle : au cancer généralisé de mon amie venait

s'ajouter une méningite. Je n'y connaissais pas grand-chose en méningite mais je savais que les virales constituaient des formes non graves.
- Une méningite à pneumocoques, c'est une méningite virale ? Une forme non grave, c'est ça.
- Malheureusement, non...

Je ne sus pas de suite quoi répondre, j'avais peur de tout ce que Mylène pourrait me dire désormais.

- Mais... du coup... Comment ça se passe avec le cancer ?
- J'ai dû arrêter le traitement. Les deux ne sont pas compatibles.

Je sentis le sol se dérober sous mes pieds. Je savais ce que cela voulait dire. Son cancer généralisé était à un stade avancé, si elle arrêtait la chimio, cela signifiait forcément qu'elle était condamnée.

Nous nous tûmes quelques secondes. J'avais besoin d'accuser le coup, d'encaisser la nouvelle.

J'étais sur la terrasse du bungalow, lorsque le téléphone avait sonné quelques minutes plus tôt, Betty et moi partions petit déjeuner au restaurant du club. En voyant que Mylène cherchait à me joindre, j'avais dit à Betty de partir devant, que je la rejoindrais. Je n'avais pas voulu prendre le risque de ne pas décrocher. L'histoire de Mandy me poursuivait.

Et maintenant, j'étais là, seule sur cette terrasse dans ce cadre paradisiaque. Mon amie était en train de m'annoncer qu'elle s'éteignait tout doucement, et je ne trouvais pas les mots. Je ne savais pas quoi dire. Tout ce que je parvenais à faire, c'était d'observer des fourmis aller et venir sur une ligne droite. Je les suivis du regard et compris qu'elles s'affairaient à transporter des miettes d'un gâteau aux pommes que nous avions mangé la veille. Certaines fourmis transportaient des morceaux au moins 5 fois plus gros qu'elles, alors que d'autres transportaient de minuscules miettes.

Leur balai semblait désordonné, et pourtant, je savais qu'il répondait à un plan très organisé. Les fourmis sont des exécutantes, elles obéissent aux règles. Il n'y a pas de place pour la réflexion, les sentiments, la peine... Je les enviais presque.

La voix de Mylène à l'autre bout du fil me sortit de ma torpeur.

- Daph, tu es là ?
- Oui, répondis-je d'une voix éteinte.
- Daph', comment tu te sens ?
- Et c'est toi qui me demande ça ? rigolais-je amèrement.
- Oui, j'appelle ceux que j'aime. Je veux leur dire au revoir, je ne sais pas encore combien de temps je vais tenir...
- Et tes enfants ?
- Je les vois tous les jours, à travers la vitre de la chambre. Et je leur écris des lettres... ils les liront quand ils seront

grands. Je serai toujours un peu à leurs côtés de cette façon.
- Tu es tellement forte. Tu l'as toujours été...
Je ne savais pas combien de temps j'arriverai à retenir mes larmes.
- Toi aussi, tu es forte, plus que tu ne penses. Change moi un peu les idées, parle-moi de toi.

J'hésitai quelques secondes. Je ne me sentais pas vraiment capable de lui dire que je passais de superbes vacances au soleil... Et puis, après quelques secondes, je changeai d'avis. Elle avait le droit d'avoir de belles images en tête. Je décidai alors de lui raconter nos trois jours passés ici : les sorties, le paysage, les rencontres...

- Je suis contente pour toi ma Daph', tu avais bien besoin de décompresser. Ton année a été bien chargée... Et Thibaud ? Tu as des nouvelles ?
- Non, aucune. Il doit être parti dans le Sud désormais, j'imagine.
- Pas trop dur ?
- Si. Franchement, j'ai cru devenir folle de douleur. C'est encore difficile aujourd'hui, même si l'arrivée d'Alexandre dans ma vie m'a permis de passer un cap.
- Alexandre ? Le Alexandre du bureau ?
- Oui... je te le dis à toi mais personne n'est au courant au taf. Il préfère qu'on reste discret sur notre relation au travail...
- Oh, ma Daph'..., dit-elle sur un ton soudain affligé.
- Quoi ?

- Ma Daph'… peu de personnes au bureau sont au courant de ce que je vais te dire … Je le sais car je connais très bien la Présidente du Groupe, c'est une amie. Si j'avais su que tu t'intéressais à Alexandre, bien évidemment je t'en aurai parlé, mais…

Elle se tut quelques secondes. Je ne comprenais pas ce qu'elle était en train de me dire. Je me demandais si les médicaments ne la faisaient pas délirer.

- Mylène, je comprends mal ce que tu cherches à me dire.
- Daph', ce que je veux te dire, c'est qu'Alexandre est fiancé à la fille de la Présidente du Groupe. Ils doivent se marier cet été.

Mon cœur manqua un battement. J'avais forcément mal entendu.

- Pardon ? Qu'est-ce que tu viens de dire ?
- Alexandre va se marier. Je ne sais pas à quoi il joue, mais fais attention à toi.

Je ne sus quoi répondre, je manquais de mot. Et Mylène se fatiguait, je le sentais.

- Daph', je vais devoir te laisser. Mais avant, je veux que tu me promettes une chose.
- Quoi ? J'arrivais à peine à articuler. Mes larmes coulaient sans que je m'en rende compte.
- Tu vas me promettre de choisir ta vie, toujours.

- Oui, je te le promets Mylène. C'est promis.
- Je dois te laisser Daphnée, je t'embrasse ma belle.
- Je t'aime Mylène, je pense à toi.
- Moi aussi.

Ce fut les derniers mots que nous échangeâmes, Mylène s'éteignit le soir même. Elle fut enterrée deux jours plus tard. Je ne pus donc être présente à son enterrement. Je lui souhaitai un bon voyage à ma façon : à la nuit tombée, je bus une coupe de champagne en son honneur. Je ne pouvais être plus fidèle à sa mémoire.

J'avais tellement besoin de ce moment de solitude.

Suite au décès de Mylène et à l'annonce qu'elle m'avait faite au sujet d'Alexandre, j'avais tenté de faire bonne figure. Je ne voulais pas gâcher les vacances de Betty ni mes retrouvailles avec Guillaume. Après de premiers échanges un peu froids, ces deux-là s'entendaient finalement plutôt bien. Betty avait même proposé que Guillaume vienne habiter chez elle en rentrant à Paris, afin de pouvoir commencer à prendre ses cours de théâtre et débuter les castings.
Nous allions donc nous retrouver tous les trois à la coloc. Le seul hic, c'est que l'appartement de Betty ne comptait qu'une seule chambre. Guillaume et moi allions donc nous partager le clic-clac. Heureusement que j'avais le sommeil lourd !

Mais ce soir, je n'avais plus envie de donner le change. J'étais effondrée, et je laissais mes larmes couler en regardant la mer. J'en avais besoin. La mort de Mylène me ramenait à celle de Mandy, et je les pleurais toutes les deux. Je pensais à leurs enfants, qui se retrouvaient aujourd'hui privés de leur maman. La vie pouvait être tellement cruelle. Comment ces gamins arriveraient-ils à se reconstruire ? A être heureux ?

Et puis j'étais en colère. En colère contre Alexandre et aussi contre moi-même. J'avais été tellement naïve. Et tellement faible. Je l'avais laissé rentrer dans ma vie juste pour pouvoir oublier Thibaud. Quelle idiote je faisais.

Alexandre n'avait pas cessé de m'envoyer des messages durant le séjour : « je pense à toi », « je t'embrasse »…
J'avais répondu les 3 premiers jours, heureuse de pouvoir partager avec lui mes bons moments. Mais depuis l'annonce de Mylène, c'était silence radio. Je ne répondais plus à rien. J'attendais mon retour pour lui régler son compte.

 Tellement de choses s'étaient éclairées après ce coup de téléphone : pourquoi il était si important pour lui de rester discrets sur notre relation, pourquoi il était si compliqué de s'organiser des soirées ou des week-ends à deux (il était soit disant très pris par des compétitions de moto auxquelles il participait), pourquoi j'avais tant de mal à le joindre parfois…

Je m'en voulais de l'avoir laissé à ce point rentrer dans ma vie. J'avais besoin que quelqu'un me fasse oublier Thibaud. Mais ce n'était pas la solution, je devais faire ce travail seule.

Je passai le reste de la soirée à envisager l'avenir, à me dire qu'il fallait que je cesse de courir partout, que je me pose, que je prenne le temps de me reconstruire après ces mois difficiles.
Je décidai donc qu'une fois rentrée, je mettrais les points sur les i à Alexandre et je me chercherais un appartement rien qu'à moi. Il était temps de prendre ma vie en mains.

*****

Et j'eus bien raison de prendre cette décision. Une fois rentrés du Sénégal, nous nous installâmes Betty, Guillaume et moi. Et je peux vous dire que la colocation à 3 dans un appartement d'une quarantaine de mètres carrés n'a rien d'une villégiature !

Betty qui travaillait en horaires décalés commençait parfois ses journées très tôt le matin. Elle se levait donc aux aurores et rejoignait la salle de bains en passant par le salon, où Guillaume et moi dormions dans le clic-clac.

Le parquet grinçait et le chauffe-eau faisait un bruit d'enfer, ce qui me réveillait systématiquement.

Avant l'arrivée de Guillaume, cela ne m'avait jamais posé de souci. Ayant toujours été du genre couche tôt, ce n'était pas un problème pour moi d'être réveillée à une heure matinale. Au contraire, cela me laissait le temps de faire du sport et d'arriver tôt le matin au bureau (ce qui n'était pas un luxe étant donnée ma charge de travail).

Mais depuis l'arrivée de Guillaume à l'appart', les choses avaient passablement changé. Guillaume sortait beaucoup et rentrait tard. C'était un oiseau de nuit...

Lorsqu'il rentrait, il venait se coucher dans le clic-clac à côté de moi, ce qui obligatoirement me réveillait. Et lorsque je me levais pour aller travailler, lui dormait encore à poings fermés, rien ne semblait l'atteindre... C'était déconcertant ! J'avoue qu'à plusieurs reprises, j'avais fait exprès de faire un peu plus de bruit que d'habitude pour qu'il comprenne l'effet que cela faisait d'être réveillé inopinément, mais rien n'y faisait ! Il n'entendait rien !

Mes nuits étaient donc de beaucoup moins bonne qualité et j'étais plutôt fatiguée.

Hormis cela, à la coloc, les choses se passaient bien. Betty et moi avions conservé nos petites habitudes et Guillaume était finalement très peu présent. Je crois que nos kiffes de jeunes femmes trentenaires célibataires ne correspondaient pas vraiment aux siens. Nous avions des vies très différentes, malgré tout, de temps en temps, nous passions une soirée tous les 3. Nous refaisions alors le monde en nous racontant nos vies.

Guillaume avait déposé plusieurs books dans des agences de mannequinat et avait été rappelé pour quelques shootings, principalement pour des photos de sous-vêtements, ce qui ne manquait pas de beaucoup nous amuser. Il faisait notamment des photos pour des chaussettes « made in France ».

Il s'était également inscrit dans une école de théâtre, proche des Champs Elysées. Il s'agissait d'une formation diplômante pour laquelle il avait débuté les cours dès la rentrée de septembre. Parallèlement, il jouait dans quelques pièces amateurs. C'était toujours un plaisir de le voir sur scène. Il adorait cela, même si son objectif final était le cinéma. C'était un rêve qui me paraissait tellement inaccessible… Mais il y croyait dur comme fer et je l'admirais encore plus pour cela.

Le soir, il sortait pas mal et retrouvait ses potes pour jouer dans des casinos. Il gagnait peu et perdait beaucoup. Il avait la passion du jeu…

Entre les soirées au casino et les cours de théâtre, Guillaume enchaînait les conquêtes…et pas n'importe lesquelles, des purs canons !
Il était égal à lui-même : il bossait, s'amusait et jouait au séducteur.

Betty quant à elle essayait tant bien que mal d'oublier son doc. Ce dernier avait voulu quitter sa femme quelques mois plus tôt mais la séparation s'était très mal passée.

Celle-ci, après lui avoir mené une vie d'enfer pendant plusieurs jours, en le menaçant de lui enlever les enfants, de le ruiner en pension alimentaire et en prestation compensatoire, avait fini par faire une tentative de suicide.

Doc n'avait pas supporté de voir la mère de ses enfants dans cet état.

Betty et lui en avaient longuement discuté et ils avaient décidé de se séparer. Il n'était pas envisageable pour l'un comme pour l'autre de bâtir une relation durable dans ce contexte. Doc était retourné auprès de sa femme, même si l'amour n'était plus là, il se faisait un devoir de protéger la mère de ses enfants.

Cela avait été encore un coup dur pour ma Betty, qui avait encaissé, encore… Elle était d'une force incroyable. Elle ne me montrait rien mais je la savais triste et malheureuse. Doc et elle, c'était comme une évidence.

Le plus dur dans tout cela était qu'elle était amenée à le voir tous les jours à l'hôpital et à travailler quotidiennement avec lui…

Nous étions d'ailleurs toutes les deux dans la même situation, car je croisais également Alexandre quotidiennement. Après notre retour du Sénégal, j'avais choisi de ne pas tout de suite lui demander des explications. C'était à mon tour de jouer un peu…

Je lui avais offert des retrouvailles dignes de ce nom. Je voulais qu'il me regrette.

Je lui avais fait passer une semaine ponctuée de soirées de folie… Nous nous étions retrouvés chez moi, au bureau, à l'hôtel…chaque jour un endroit différent au milieu ou à la fin des heures de bureau pour accentuer l'attente, l'impatience. Et puis le vendredi soir, avant de partir du bureau, alors que nous n'étions plus que tous les deux, je lui ai proposé que nous passions le weekend end ensemble :

- Ce serait sympa ! Betty n'est pas là ce week-end. Viens à l'appart', on va se faire un petit week-end tranquillou en amoureux.
- Je suis désolé, j'ai une compétition de moto ce week-end, je pars de bonne heure demain matin pour Compiègne.
- Ah super ! J'adorerais te voir lors d'une compétition de moto. Et Compiègne est une ville magnifique. Je vais venir avec toi, répondis-je faussement enthousiaste.
- Oui…mais non, tu sais, les potes aiment pas trop quand on vient avec nos copines… ça fout un peu le bordel.
- Ah…tiens, c'est bizarre ça. Pourquoi ça fout le bordel ?
- Bah tu sais… répondit Alexandre.
- Non, justement, je ne sais pas. Explique-moi, j'ai tout mon temps.

Je pris une chaise. Je m'y assis en croisant les jambes, indiquant par là même que je ne renoncerais pas à mes explications. J'avais durci le ton, sans m'en apercevoir.

Je le voyais chercher des raisons plausibles. Mais le jeu ne m'amusait plus :

- Tu vois, j'avais prévu de te laisser galérer un certain temps… et puis, finalement, ce n'est même pas drôle.
- Qu'est-ce que tu veux dire ? s'alarma-t-il.
- Je sais Alexandre : tes fiançailles avec la fille de la Présidente du Groupe, votre mariage à venir… Oui, je sais tout tu vois.

Le silence se fit. Je m'efforçais de maîtriser ma colère et de ne pas lui sauter à la gorge.

Il eut soudain l'air triste et il reprit :

- Non, tu ne sais pas tout.
- Ah… et qu'est-ce que j'ignore encore alors ? Elle est enceinte peut-être… ?
- Je ne t'avais pas prévu…
- Tu ne m'avais pas prévu… Qu'est-ce que tu veux dire par là ? Tu n'avais pas prévu de tromper ta future femme juste avant votre mariage ? AH !!! Me voilà rassurée…

La moutarde commençait à me monter sérieusement au nez.

- Non, tu ne comprends pas. Si je t'avais rencontré avant... Avant de m'engager, avant que le mariage ne soit en route... J'aurais pu revenir en arrière, mais là, c'est trop tard.

 J'éclatai de rire.

- Et tu oses me dire ça ? A MOI ? Après tout ce que je viens de vivre et de traverser suite à mon divorce ? Tu te fous de moi !
- Non, tu ne comprends pas...
- Effectivement, je ne comprends pas. Mais vas-y, explique moi, je t'en prie.
- Si je romps mes fiançailles avec Marine maintenant... je suis... grillé, tu comprends ?
- J'en ai bien peur, mais vas-y développe. J'ai hâte d'entendre ce que tu vas me dire. Enfin... je ne sais pas si j'ai hâte ou si je le redoute en fait.
- Si je romps mes fiançailles avec Marine, je suis grillé dans le milieu de la finance. Sa mère connaît tout le monde dans ce secteur. Il lui sera très facile de stopper net ma carrière...
- Oui, alors que si tu te maries avec sa fille, il lui sera très facile de booster ta carrière. CQFD.
- Daphnée, tu dois comprendre que ça été compliqué pour moi d'arriver jusqu'ici. J'ai financé mes études seule, je me suis démené pour trouver ce job, la finance c'est mon truc et je veux pouvoir y évoluer. Si tu ne connais personne dans le milieu, tu stagnes pendant des années avant de pouvoir vraiment faire carrière.

- Tu sais, je peux globalement tout entendre. Je peux pratiquement tout comprendre aussi. Mais je suis loin de pouvoir tout accepter. Et là, tu es en train de me dire que tu vas épouser cette fille parce que sa mère peut booster ta carrière… Si encore tu l'aimais vraiment …. mais tu l'as trompée quelques semaines avant votre mariage, on ne peut pas dire que tu sois fou amoureux non plus… Enfin, Alexandre, tu te rends compte de ce que tu fais ?
- Mais tu ne comprends rien merde ! Je suis tombé fou amoureux de toi. J'ai tout remis en question à cause de toi !
- Vas-y, développe.
- J'ai pensé mille fois à rompre mes fiançailles pour débuter une histoire avec toi, mais…
- Mais, quoi ?
- Mais, je ne suis absolument pas certain que tu aies oublié Thibaud et de ne pas servir de simple pansement ! Et si dans un an, je m'aperçois que je n'étais que le sparadrap qui a servi à soigner tes blessures et que je ne suis pas l'homme de ta vie ? Si dans un an, tu me jettes ? J'aurai tout foutu en l'air pour rien.
- Mon pauvre ami…Tu es pathétique ! Et quand bien même, tu n'aurais servi que de pansement. Il n'y a rien qui te choque dans le fait de te marier avec une nana que tu as déjà trompée ? Tu ne te dis pas qu'il y a peut-être un petit souci dans ton couple ? ça ne fait pas tilt un peu dans ta tête ?
- Ah oui… ta fameuse théorie de l'harmonie parfaite entre ton ressenti et tes actions…
- C'est loin d'être une simple théorie…

- Si, c'est une théorie ! Parce que dans la vraie vie, ce n'est pas aussi simple. Tu ne peux pas toujours être dans une telle harmonie. Car tes actions ont forcément des conséquences, des conséquences parfois difficiles à assumer.
- Tu crois que je ne le sais pas ? ça demande du courage. Et du courage, tu n'en as pas. Tu es un lâche doublé d'un salaud. Mais comment ai-je pu être aussi naïve ?
- JE T'INTERDIS DE DIRE CA ! JE REFUSE QUE TU ME VOIES AINSI !
- Je te vois tel que tes actions te présentent à moi. Et essayer de m'expliquer que tu n'as pu rompre avec ta femme parce que tu n'étais pas certain que j'aie oublié Thibaud... C'est tellement...Grrr... Je n'ai pas de mots tellement c'est lâche. Inutile donc de te dire que notre histoire s'arrête ici. Inutile de te préciser également qu'il va être primordial que nous nous comportions comme deux adultes raisonnables afin de conserver de bonnes relations de travail.
- Daphnée, je ne veux pas qu'on se quitte. Ces derniers jours étaient magiques. Je te promets de reconsidérer la question...
- « Reconsidérer la question » ? Voyez-vous cela ?! Mais c'est trop d'honneur... Laisse-moi t'expliquer un truc : tu ne vas rien reconsidérer du tout car j'ai moi-même clos le dossier. Il n'y a plus de nous.

Sur ces derniers mots, je tournai les talons. Et puis, j'ai erré longtemps dans les rues de Paris. J'ai toujours aimé marcher sans but dans les rues de la capitale : j'admirais ses lumières, ses rues toujours vivantes, ses terrasses de café toujours bondées malgré la pluie, le mauvais temps ou le froid. Je trouvais rassurant de voir que malgré toutes les épreuves que nous pouvions traverser, la vie continuait. Plus belle, plus forte.

J'avais eu besoin de repenser aux propos d'Alexandre. Force était de constater qu'il avait raison et que je n'avais pas réussi à oublier Thibaud et passer à autre chose. Je ne m'étais pas laissée assez de temps. Ceci étant dit, cela n'empêchait pas ce type d'être un beau salaud.

Il fallait désormais que j'avance, je me le devais. J'avais dès le lendemain intensifié les recherches pour me trouver mon propre appartement.

Et j'avais d'ailleurs fini par trouver un joli 2 pièces meublé, Rue Broca, dans le Vè arrondissement, non loin de la rue Mouffetard. J'adorais ce quartier et j'avais hâte d'y emménager.

Je profitai donc de l'une de nos soirées à 3 pour annoncer mon futur départ à mes deux compères. Personne n'en avait été étonné ; tous les deux savaient que je cherchais un logement depuis quelques temps. L'appartement étant meublé et libre, j'avais décidé d'emménager le week-end suivant mon annonce. Nous passâmes donc la soirée à faire le bilan des quelques semaines passées ensemble et à penser l'organisation de ma pendaison de crémaillère.

Et puis j'avais emménagé ; les premiers soirs où je m'étais retrouvée seule chez moi avaient été euphoriques. Et puis les soirs d'après un peu moins. Je n'avais jamais vécu seule. Je me rendais compte que se retrouver face à soi-même était une véritable épreuve. Mais, paraît-il, une épreuve nécessaire afin de pouvoir avancer. J'avais alors l'impression qu'il était nécessaire de passer par ces moments un peu difficiles pour trouver son équilibre.

La semaine suivante, j'organisai ma pendaison de crémaillère et ce fut un joyeux n'importe quoi ! J'y croisai des personnes que je ne connaissais même pas. Des amis de mes amis, sûrement… Ou des voisins ? Peut-être…

Je fis la connaissance de l'un de ces inconnus. Une fois tout le monde parti, vers 00h30 pour attraper le dernier métro, je restai seule avec l'inconnu. Je débutai ma nuit avec lui. J'avais décidé d'enchaîner les plans sans lendemain. J'avais envie de m'amuser un peu…

A 3 heures pétantes, je lui demandais de quitter mon lit et de bien vouloir regagner ses pénates.

- Mais il n'y a plus de métro !? me sortit-il comme seul argument.
- Ouais dommage… Claque bien la porte en sortant s'il te plaît, lui répondis-je en me tournant sur le côté gauche afin de me rendormir.

Et c'est ainsi que je débutai ma nouvelle vie de célibataire. J'avais quelques années de folie à rattraper.

Côté pro, je bossais toujours autant et sur des dossiers de plus en plus complexes. J'avais récupéré le portefeuille de Mylène dans sa totalité et laissé le mien à une nana qui venait d'arriver.

J'étais toujours obligée de travailler en étroite collaboration avec Alexandre. Je me faisais un plaisir de faire ressortir mes atouts chics et charmes en sa présence afin de le voir dépérir à chaque minute. Il était hors de question que je remette le couvert avec lui, j'avais déjà donné dans ce domaine, mais c'était bon de le voir souffrir !

Et puis, dernier challenge : il me fallait oublier Thibaud, ce qui s'avérait finalement plus compliqué que je ne l'aurais pensé. Je n'avais jamais eu de nouvelles de lui depuis son départ et je n'en avais jamais cherchées. Je le supposais de retour dans le Sud, dans la ville qui l'avait vu naître : Marseille. Il m'avait informé que sa femme avait trouvé un job là où vivaient ses parents, mais j'ignorais où vivaient les parents de Jessica. D'où mes suppositions...

C'était plutôt difficile de l'imaginer heureux au soleil, de retour chez lui, et prêt à fonder une famille avec une autre que moi.

J'avais souvent lu des livres ou vu des films dans lesquels la morale de l'histoire était que l'amoureux éconduit se

réjouissait du bonheur de l'être aimé : c'était à priori à cela que se reconnaissait le véritable amour. Il était bon de souhaiter tout le bonheur du monde à l'être aimé, en toute circonstance, même quand il se tirait avec une autre.
Eh bien, soyons clair, je n'étais absolument pas comme cela. Personnellement, je ne lui souhaitais pas le meilleur, c'était même tout l'inverse : je lui souhaitais de se rendre compte un jour qu'il avait fait la plus grosse connerie de sa vie et je lui souhaitais de morfler grave !
Peut-être que je ne l'aimais pas vraiment finalement... et tant mieux, il n'en serait que plus facile à oublier !

Ceci étant dit, la partie n'était pas vraiment gagnée...

Un jour, je reçus une demande d'ami d'un type sur Facebook. J'avais mis une photo de profil plutôt aguicheuse et je recevais souvent des demandes de contact de gars célibataires. Je n'y répondais que rarement, peu attirée par ce type de rencontre. Moi, j'avais simplement envie que Thibaud voie ma photo et se dise que j'étais quand même beaucoup plus jolie que sa nana.

Seulement, cette fois ci, le type à l'origine du message habitait Marseille.

Je ne sais pas pourquoi, j'acceptai sa demande en ami et nous commençâmes à discuter. Une semaine, puis 2, puis 3, s'écoulèrent et il me proposa de venir lui rendre visite à Marseille. Nous étions en août, je n'avais pas vu l'été passer et je n'étais pas contre une petite pause dans ma vie parisienne.

Inconsciemment, je pense d'ailleurs que je n'étais pas contre l'idée de me rapprocher de Thibaud : me trouver dans la ville qui l'avait vu grandir, visiter les endroits dont il m'avait si souvent parlé.

J'étais persuadée qu'il était revenu vivre dans sa région. Le croiserai-je inopinément à un coin de rue ? Peu probable au vu de la densité de population.

Mais nous nous sommes toutes surprises, nous les filles, à rêver de croiser par hasard un ex au coin de la rue. Juste pour lui montrer qu'on est toujours aussi jolie, drôle, parfaite, et qu'il comprenne qu'il a franchement raté sa vie. Dans ces cas-là, c'est encore mieux si nous sommes accompagnées d'un mec tout aussi canon que nous !

Betty m'avait déconseillé ce voyage : pour elle, je le faisais pour les mauvaises raisons et en plus : « *tu ne connaissais pas ce type, c'était peut-être un taré !* » m'avait-elle prévenue.

Et j'avoue que sur ce coup-là, elle n'avait pas complètement tort...

En arrivant à l'aéroport, Marc était donc venu me chercher. Très gentleman, il était physiquement conforme à mes attentes : beau brun ténébreux, je n'aurais pas été mécontente que Thibaud me croise à son bras, histoire de voir sa tête !

J'avais réservé une chambre d'hôtel proche du parc Borély, non loin de la plage du Prado. Il m'y accompagna afin de déposer mes affaires et me proposa ensuite une session plage dans les calanques.

J'acceptai avec plaisir. Je n'avais jamais vu les Calanques de Marseille et j'avais hâte de découvrir ces paysages magnifiques.

Une fois garés sur le parking, j'ouvris ma portière en faisant attention de ne pas taper celle de la voiture stationnée à côté, les places de parking étant plutôt étroites.

Marc le remarqua et me lança sur un ton grave : « J'aime bien les femmes qui sont soigneuses et qui respectent les biens des autres ».

Je ne sais pas pourquoi, cette phrase me parut bizarre, non pas seulement à cause de son contenu, mais plus simplement parce que j'eus l'impression que mes faits et gestes étaient observés de près.

Pour arriver sur la crique, il nous fallait traverser une route départementale un peu large et visiblement assez passante. Rien de bien extraordinaire, il ne fallait juste pas se louper sur le timing du passage. Marc décida de prendre les choses en main. Il se plaça devant moi, au bord de la

route, mis un bras tendu vers moi afin de me maintenir en arrière, comme on le ferait à un enfant et me dit :
- Après la blanche, on y va.
- Ok.
- Surtout tu ne traînes pas hein, et tu me suis.
- Oui, oui, ça va. On va traverser une route, on ne va pas grimper l'Everest, détends- toi.

Il se retourna et me jeta un regard désapprobateur.

Nous finîmes par traverser et après 10 minutes de marche atteindre la crique.

Je fus éblouie par la vue qui s'offrait à moi. Une plage de sable blanc, une mer à la couleur translucide entourée de falaises toutes plus hautes les unes que les autres. Le tout surplombé par un magnifique ciel bleu totalement dépourvu de nuage. On se serait cru au paradis.

- C'est beau n'est-ce pas ?

J'étais partie tellement loin dans mes pensées que je fus presque surprise d'entendre la voix de Marc derrière moi. Je lui répondis par un vague sourire, ce qui sembla le décevoir.

Nous avançâmes sur le sable afin d'installer nos serviettes. Je sortis ma crème solaire, Marc me proposa de m'en mettre dans le dos, ce que j'acceptai.

Je m'allongeai sur le ventre. Du coin de l'œil, je le vis sortir un bon paquet de crème du tube et me l'étaler sur le dos. Quelques minutes plus tard, je m'aperçus que j'avais le dos totalement blanc. On ne voyait plus un centimètre de peau.
- Mais enfin ! Pourquoi est-ce que tu as mis autant de crème ?
- Tu n'as pas vu le soleil depuis des mois et tu as une peau de blonde. Il faut te protéger, sinon tu vas prendre des coups de soleil… C'est très mauvais les coups de soleil. Quand tu viendras vivre ici, tu verras qu'au bout d'un moment ta peau s'habituera au soleil et sera moins blanche.
- Comment ça « quand je viendrai ici ? »
- Je plaisante…dit-il en rigolant à moitié.

Je ne sus pas trop quoi penser de cette « plaisanterie ». Son attitude me dérangeait mais je décidai de profiter de cette après-midi *farniente* : baignades, lecture, bronzette marquèrent le rythme de la journée.

Marc me proposa ensuite de dîner au restaurant avec lui. J'acceptais sans plus de plaisir. Sa compagnie ne me plaisait pas outre mesure : je le trouvais sans grande conversation mais avec des avis sur tout et des opinions bien (trop) tranchées.

Ceci étant dit, je ne connaissais pas la ville et il fallait bien que je dîne. Et puis peut-être que j'avais de mauvais a priori et que le dîner me permettrait de mieux le connaître.

Je décidai donc d'accepter. Il me proposa, avant de retourner en ville, de nous doucher chez ses parents qui vivaient à proximité des Calanques et qui, actuellement, n'étaient pas chez eux.

J'acceptai et quelques minutes après, nous arrivâmes dans une villa plutôt sympathique. Il me montra la salle de bains du bas en m'indiquant que lui se doucherait dans celle de l'étage.
L'espace de quelques minutes, je me traitais de folle de venir seule, ici, avec ce type que je connaissais à peine dans une maison vide.
J'avais toujours eu ce petit côté inconscient et j'avais jusqu'à présent toujours eu de la chance. Encore une fois, je comptais sur elle.

Après la douche, je le retrouvai dans la cuisine. Une cuisine flambant neuve qui s'ouvrait sur un magnifique jardin d'hiver, lui-même donnant sur une très jolie piscine.
- La maison de tes parents est vraiment splendide. A deux pas des Calanques en plus, ça laisse rêveur.
- Oui, j'adore cette maison. Et tu as vu, on vient de refaire la cuisine.

Je me retournai et jetai un œil assez distrait. Je détestais cuisiner…alors je ne m'intéressais que de très loin aux cuisines, fours, plaques de cuisson etc… Mais je voulus paraître polie :

- Ah oui… ouh là là, magnifique cette cuisine !

J'eus un doute sur le fait d'avoir un peu sur joué le truc… mais bon.

- Ecoute, je suis content qu'elle te plaise ! Car c'est exactement celle-ci que je voudrais offrir à ma future femme quand nous serons mariés !!

Oh merde !! Je n'étais pas tombée sur un détraqué sexuel comme j'aurais pu le redouter mais plutôt sur un type qui était resté bloqué au début du XXè siècle… C'était la loose totale.

Je répondis à sa dernière phrase par une moue dubitative et par un :

- Ton cadeau pour ta future femme serait une cuisine ? Tu ne trouves pas que c'est un peu…dépassé ! C'est comme si tu lui achetais un fer à repasser ou un aspirateur… pas terrible comme cadeau…
- Comment ça pas terrible ? Ma mère rêvait de cette cuisine. Elle a été la plus heureuse quand mon père a accepté de l'acheter. Elle la lui demandait depuis tellement longtemps.
- Oui, mais nos parents, c'est différent. C'est une autre génération. Je ne pense pas que les femmes d'aujourd'hui soient emballées par le fait qu'on leur offre une cuisine, tu vois.

Marc ne répondit rien. Un silence s'installa que je rompis par un :

- On va dîner ?

Une heure plus tard, nous étions installés à une très jolie table avec la vue sur la mer. J'avais des papillons dans les yeux… Un ciel magnifique, la mer, la chaleur…si j'avais été seule, j'aurais été au paradis. C'est ce que je me surpris à penser lorsque le serveur nous proposa de prendre un apéritif.

J'avais commandé un mojito et lui un coca. Mon Dieu… Un coca pour un apéro un samedi soir… Ce mec était d'une lourdeur…
Les mecs qui ne buvaient pas d'alcool, clairement, me gonflaient au plus haut point. Je détestais boire seule et je trouvais qu'après quelques verres, les barrières tombaient toujours plus facilement. C'était assez pratique, surtout pour un premier rendez-vous.

Ceci étant dit Marc n'avait pas besoin d'alcool pour parler de lui, de sa vie, de ses expériences et de ses envies. Il avait passé la soirée à ça … Je connaissais tout de sa vie, qui n'avait rien de bien passionnant d'ailleurs. Je ne m'étonnais pas que ses nanas soient parties en courant, je ne comprenais d'ailleurs même pas comment elles avaient pu passer plus de 48 heures auprès de lui.

Plus je l'écoutais parler et plus j'essayais de trouver des solutions pour abréger la soirée et ne plus le revoir du week-end. Je n'avais jamais rencontré quelqu'un d'aussi axé sur lui-même. Ce type ne savait parler que de lui et il avait une idée bien précise du type de femme avec qui il voulait faire sa vie : bonne cuisinière, sachant tenir une maison et surtout prête à faire des enfants. Si elle ne travaillait pas, c'était encore mieux...

Mon Dieu... Il fallait que je fuie ce type à tout prix. Je simulai une migraine naissante pour abréger la soirée. Il me proposa de m'accompagner à mon hôtel, ce que j'acceptai, n'apercevant pas de taxi aux alentours. Marc allait s'imaginer que nous finirions la nuit ensemble, forcément... Il allait être déçu.

Arrivés dans le hall de l'hôtel, je le remerciai en lui souhaitant bonne nuit.

- Je vais t'accompagner jusqu'à ta chambre.
- C'est inutile, je te remercie.
- J'insiste, tu n'es pas bien, je ne veux pas te laisser rentrer seule.
- Non, mais... On est arrivés là, je peux retrouver ma chambre sans toi. Je t'assure.
- J'insiste, allez viens.

Et je n'eus pas le temps de réagir qu'il me prenait la main pour m'accompagner au 1er étage. Arrivé devant la porte de ma chambre, il tenta de déposer un baiser sur ma bouche.

Je reculai :

- On ne s'est pas bien compris. Je n'ai pas d'attirance pour toi. Ni physique, ni intellectuelle. Je pense qu'on peut se dire qu'on ne se reverra pas toi et moi.
- Comment ça ? On a passé une superbe journée, tu t'es régalée aujourd'hui.
- Oui, j'ai beaucoup aimé découvrir ta région. Elle est magnifique, vraiment. Mais toi et moi… Ce n'est pas possible. Je n'accroche pas.
- Mais, enfin… C'est l'anniversaire de ma mère demain… J'avais déjà prévu de te présenter à tout le monde…
- Pardon ?!
- Oui, il y aura même ma grand-mère.
- Marc, tu vois, ton problème, c'est que tu ne tiens pas compte des gens qui t'entourent… Enfin, qu'est ce qui peut te faire croire que j'ai envie de rencontrer ta famille demain ? Quand bien même nous nous serions bien entendus, tu ne crois pas que cela aurait été un peu tôt ?
- Mais, enfin… Maman va être déçue…
- Ok, salut Marc, bonne nuit.

J'étais fatiguée et je n'avais pas envie de me lancer dans ce genre de débat avec cet idiot. Je refermai la porte sans autre protocole et m'allongeai sur mon lit.

Ce dernier était surplombé d'une verrière qui offrait une magnifique vue sur le ciel étoilé. J'activai le mécanisme permettant d'ouvrir la fenêtre. Les bruits de la ville s'allièrent alors au calme du ciel étoilé.

Qu'étais je venue faire ici ? Franchement, j'avais tout de suite vu au travers de mes échanges avec Marc que ça ne collerait pas avec lui. Peut-être avais-je simplement envie de découvrir un peu mieux la ville qui avait vu grandir Thibaud… Peut-être était-ce une façon de me rapprocher de lui ? Peut-être espérais-je le croiser à un coin de rue ou l'apercevoir à une terrasse de café ?

Il me manquait. Je ne pouvais pas le nier. Nous étions très proches. Il me connaissait bien, très bien même, peut-être même mieux que mon ex-mari que je connaissais depuis l'âge de 16 ans.

Fred et moi avions grandi ensemble. J'avais accepté l'homme qu'il était devenu mais lui n'avait pas voulu voir et encore moins accepter la femme que je devenais. Thibaud, lui, m'avait tout de suite comprise, mise à l'aise. Il me devinait.

Depuis son départ, j'étais persuadée que je ne retrouverais pas quelqu'un qui me comprenne, qui me complète à ce point. Je me sentais seule, dans mes décisions et dans mes réflexions et je n'aimais pas ça.

J'avais quitté le domicile familial pour m'installer avec Fred, je n'avais jamais connu la solitude et elle m'effrayait.

Je ne m'en étais d'ailleurs jamais mieux rendue compte que depuis ces dernières semaines où j'avais emménagé Rue Broca. Souvent, en quittant le bureau, je surprenais des conversations téléphoniques de mes collègues à leur conjoint :
- Tu veux que je m'arrête acheter une pizza ?
Ou :
- Ça te dit un resto ce soir ? Je n'ai pas envie de cuisiner.

J'aurais aimé moi aussi avoir quelqu'un à appeler pour demander si on se faisait plutôt resto ou pizza devant la télé. J'avais toujours eu quelqu'un à appeler pour ce genre de question… Mais maintenant, j'étais seule. Dès ma séparation, j'avais recherché cette compagnie qui me manquait tant. J'avais fondé beaucoup d'espoirs sur ma relation avec Thibaud et puis j'avais voulu me rabattre sur Alexandre.

Ce soir, en regardant ce ciel, je compris que j'avais fait totalement fausse route. Cette solitude que je redoutais tant, je devais l'accepter, vivre avec. Elle serait mon salut.

Le lendemain, je rentrai à Paris. Le moral bien en berne et le cœur lourd.

Les mois qui suivirent ne m'apportèrent rien de bon. Nous venions d'entrer dans l'hiver et nous étions en train de déménager les bureaux. Nous quittions le Louvre pour de nouveaux bureaux flambant neufs situés non loin de la Bibliothèque François Mitterrand.

J'adorais le quartier du Louvre : aller déjeuner l'été place Carrée, m'amuser à observer tous ces Chinois se prendre en photo dès qu'ils bougeaient un petit doigt (mais combien de centaines de photos pouvaient-ils rapporter de vacances… ??) et tout simplement profiter de cette ambiance alliant culture, tourisme et vieilles pierres.

Le quartier BFM ne me plaisait pas du tout, je ne lui trouvais aucune âme. C'était impersonnel au possible. Qui plus est, je devais désormais marcher 10 minutes pour rejoindre la ligne 6, changer de ligne pour la ligne 14, et après cela j'avais encore 10 bonnes minutes de marche pour rejoindre mon bureau ! Quand il pleuvait, j'arrivais avec le bas de pantalon systématiquement détrempé. La classe !

Je décidai donc d'utiliser le vélib' au lieu du métro. J'avais pas mal grossi ces derniers mois et cela ne me ferait pas de mal de faire un peu de sport.

Ces journées d'hiver furent tristes à mourir. La routine du métro/boulot/dodo prenait tout son sens. Je rentrais dans mon petit appartement à la nuit tombée et je piochais dans le peu de courses dont je disposais au frigo.

Betty et moi nous voyons beaucoup moins, avec ses horaires décalés, c'était toujours un peu difficile. Guillaume avait la clef de chez moi, il venait donc parfois passer la nuit et dormir sur le canapé de temps à autre. Il était ma bouffée d'air frais. Il prenait la vie avec désinvolture, se disait que tout arrivait pour une raison et surtout il croyait en lui, en ses talents… Il croyait en la vie et c'était bon.

Avec lui, j'ai souvent parlé de la réaction de mes parents face à mon divorce. Je souffrais toujours de leur attitude. Je n'avais pas compris leur soutien sans faille à Fred et le rejet de leur fille unique. J'avais toujours eu des parents aimants, présents. Ils prenaient mes choix de vie contre eux alors que je les avais juste faits pour moi.

Depuis mon divorce, ils étaient enfermés dans une sorte de sinistrose. Nous avions quelques peu repris contact depuis mon emménagement et le peu d'échanges que nous avions étaient toujours empreints d'un négativisme ambiant : il faisait trop chaud ou pas assez, le voisin était trop bruyant, l'essence était trop chère… J'avais également droit à des :

- Ton père ne va pas bien depuis quelques mois…

- Qu'est-ce qu'il a ?

- Des sortes de vertiges. On ne sait pas trop.

- Je suppose qu'il a été voir le médecin. Quel a été le diagnostic ?

- Il a osé lui dire que c'était dans sa tête… Tu te rends compte ?! Il ne lui a même pas fait passer un quelconque examen !

Je me retins de dire qu'il avait passé une IRM l'année dernière pour des maux de tête et que cette dernière n'avait rien donné. Que l'année d'avant, il avait passé un scanner pour des problèmes au cou et que ce dernier non plus n'avait rien donné, ou bien qu'il demandait une prise de sang complète tous les 6 mois pour s'assurer qu'il n'avait pas de cancer et que ces dernières non plus ne donnaient jamais rien.

Vous l'aurez compris, mon père était hypocondriaque. A la moindre petite douleur, il s'imaginait déjà au stade terminal d'un cancer. Son médecin traitant le voyait toutes les semaines et je crois qu'il était arrivé au bout de ce qu'il pouvait supporter... le pauvre !

Avant mon divorce, j'avais toujours été compatissante, essayant d'aider, de comprendre, d'accompagner.

Depuis mon divorce, je dois dire que leur attitude m'avait aidée à prendre du recul. Beaucoup de recul même. Je n'hésitais plus à donner le fond de ma pensée :
- Papa n'a strictement rien, si ce n'est dans sa tête.
- Comment peux-tu dire ça ? Ton père ne se sent vraiment pas bien.
- Ah oui ! ça je n'en doute pas ! Mais je ne doute pas non plus qu'il n'ait physiquement rien et que tout soit produit par son cerveau torturé !
- Daphnée, enfin... tu as changé Daphnée, tu sais.

Oui, c'est vrai, j'avais changé. Terminé la Daphnée compatissante et compréhensive. Maintenant, j'allais donner le fond de ma pensée. Pas question que j'épargne qui que ce soit, personne ne m'avait épargnée, moi !

Ma mère quant à elle, c'était une autre histoire. Elle était toujours malade, mais... pour de vrai !

Connaissez-vous la chanson : « Je N'suis pas bien portant » de Gaston OUVRARD ?
Les paroles donnent à peu près ça :
« J'ai la rate qui se dilate,
J'ai le foie qu'est pas droit,
J'ai le ventre qui se rentre,
J'ai le pylore qui se colore,
J'ai le gosier anémié… »
Cela résumait pas mal la vie de ma mère.

D'aussi loin que je me souvienne, ma mère avait toujours eu des problèmes de santé. Pas forcément très graves, mais plutôt handicapants : épines calcanéennes, bézoard (je vous laisse quelques minutes pour aller rechercher la définition sur internet), acouphènes, une vésicule malade ayant dû être retirée…et j'en passe…

Ces problèmes auraient facilement pu être réglés si ma mère n'avait pas été intolérante à tous les traitements proposés.

Ainsi, alors que les douleurs causées par la présence d'épines calcanéennes peuvent être soignées avec le port de chaussures adaptées, par des étirements effectués chez un kiné ou par la prise d'anti-inflammatoires, aucun de ces remèdes n'avait réussi à la soulager, même pire, la prise des anti-inflammatoires lui avait entraîné une gastrite…

Parlons du bézoard : ça y est vous avez eu le temps d'aller chercher la définition sur le net ? Sinon, je vous explique :

pour un humain, un bézoard est une accumulation au niveau de l'estomac de matières non digérées, fibres végétales par exemple, qui ne peuvent s'éliminer naturellement et qui forment un amas compact faisant obstacle au transit. Dream, dream, dream… Ne me remerciez pas, c'est cadeau ! ☺

Son bézoard revêtant donc une taille assez importante, les médecins avaient dû avoir recours à la solution chirurgicale. L'opération en elle-même s'était très bien passée, malheureusement pour ma mère, elle avait attrapé un staphylocoque doré… Elle avait dû rester à l'hôpital une bonne semaine de plus en subissant des complications non prévues.

Puis, était venu le temps des acouphènes. Attrapés lors d'un concert auquel mon père tenait absolument à assister, les acouphènes ne quittaient plus ma mère depuis plusieurs années. Ils avaient entraîné son isolement le plus total.
Mon père, se sentant coupable de l'état de santé de ma mère, avait remué ciel et terre pour qu'elle rencontre les meilleurs spécialistes. Tous s'accordaient à dire qu'avec un suivi adapté et des protections, les acouphènes pourraient diminuer et ma mère retrouver une vie sociale à peu près normale.
L'un d'eux lui avait recommandé le port d'un casque permettant de limiter les émissions sonores : ma mère avait développé un eczéma aux oreilles suite au port de ce casque.

Un autre avait préconisé l'écoute de musiques douces régulièrement en compagnie d'un sophrologue afin de réaclimater le cerveau à entendre du bruit. Ma mère n'avait pas supporté et avait arrêté les séances après le deuxième rendez-vous.

Depuis ce fameux concert, mes parents vivaient dans un silence d'Eglise et ma mère refusait toute sortie. Le médecin lui avait expliqué que ce n'était pas la solution et qu'elle devait essayer de se réaclimater doucement au bruit. Il avait été très clair : si elle se cloîtrait trop longtemps dans le silence, le moindre bruit serait vécu comme une agression.

J'avais moi-même essayé de l'aider, j'avais trouvé l'adresse d'un spécialiste des acouphènes à Montpellier. J'avais pris un rendez-vous et elle s'y était rendue à contre cœur.

A l'époque, je nous avais réservé une chambre d'hôtel à côté de la clinique où exerçait le Professeur. Dès la première heure du réveil, j'entendis pleuvoir les complaintes de ma mère :
- Il y a eu du bruit toute la nuit, j'ai très mal ce matin.
- Ah bon ? Quel bruit ? Je n'ai rien entendu de particulier.
- Tu plaisantes ? On a entendu les portes des autres chambres claquées, le bruit des douches et des chasses d'eau, sans compter le bruit des voitures et des klaxons en ville.
- Maman…enfin, ce sont des bruits normaux. Des bruits auxquels nous sommes tous soumis.

- MAIS ENFIN !! TU NE COMPRENDS PAS QUE JE NE SUPPORTE PAS !!

J'avais tendance à oublier que ma mère s'était complètement repliée sur elle-même. Elle ne sortait plus de chez elle. Mes parents avaient une maison à la campagne dotée d'un grand terrain. Quand elle devait sortir de la maison, ne serait-ce que pour aller dans son potager, ma mère se munissait du casque qu'elle s'était procuré, les oreillettes recouvertes de coton pour que l'eczéma ne revienne pas. Quand il y avait du soleil, étant donné qu'elle ne le supportait pas, elle portait de très grandes lunettes noires et un bonnet qui lui recouvrait toute la tête, y compris le front (ce que ne faisait pas un chapeau classique). Je ne vous explique pas le tableau…
Et tout ça, c'était seulement pour sortir de chez elle et n'aller que dans son potager.

A la maison, toutes les pendules s'étaient vues retirer leurs piles : le tic-tac était trop bruyant. Le four avait été déplacé dans le garage et seul mon père s'en servait, trop bruyant également. La sonnette avait été débranchée, la sonnerie du téléphone coupée. La télévision du salon avait, elle aussi, été débranchée. N'était tolérée que la petite télévision de la cuisine et encore, si mon père la regardait sans le son…

Nous étions donc allées voir le Professeur de Montpellier qui globalement avait rejoint le diagnostic de ses confrères : il était important de ne pas se couper du

« bruit » et de ne pas s'enfermer dans le silence, sinon, chaque son serait vécu comme une agression par le cerveau (bon, là déjà on était mal barré). Il nous apprit que ma mère souffrait d'hyperacousie, elle entendait les sons de manière démultipliée, d'où la survenue des acouphènes suite au concert. Il lui expliqua alors qu'il était possible de se faire appareiller. Il s'agissait d'un appareillage similaire à celui des personnes malentendantes sauf qu'il produisait les effets inverses. Cet appareillage permettrait de diminuer les agressions sonores. Ce traitement couplé à une sophrologie douce réintroduisant la musique et les petits bruits permettraient à ma mère de retrouver peu à peu une vie sociale.

Lorsque nous fûmes sorties du rendez-vous, je ne cachai pas mon enthousiasme :
- C'est super ce que t'a dit le Professeur. On aperçoit enfin une lueur d'espoir. Viens, je t'emmène à l'adresse qu'il nous a donnée pour l'appareillage.
- Non.
- Ah… Oui, tu dois être fatiguée. Allons-nous reposer un peu à l'hôtel. Nous irons ensuite.
- Il est hors de question que j'y aille. Et il est hors de question que je retourne à l'hôtel. Je veux rentrer chez moi. Partons.
- Quoi… ? Mais enfin…pourquoi ? Et puis, on ne peut pas partir maintenant, on a plus de 5 heures de route pour rentrer à Orléans.
- Je veux rentrer, je te dis !

- Mais enfin ! Explique-moi ! Pourquoi tu ne veux pas aller à la boutique pour l'appareillage ?! On est à côté !
- Parce que ça ne marchera pas !
- Mais tu n'en sais rien voyons !
- Si je le sais. C'est le troisième soit disant spécialiste que je vois. Ils m'ont tous donné des conseils, des remèdes, des solutions. Mais rien n'a fonctionné et bien souvent cela m'a fait plus de mal que de bien !
- Parce que tu as joué de malchance… et puis aucun d'eux ne t'a dit que ce serait facile ! Il faut accepter de se battre.
- Je te dis que c'est non, n'insiste pas. Rentrons maintenant.

Et c'est sur ces dernières phrases que nous avions repris la route pour Orléans. Nous n'avions pas échangé un mot de tout le trajet. Je ne comprenais pas sa décision, son refus d'essayer, de se battre.

C'est Guillaume, qui connaissait bien mon histoire et celle de mes parents, qui un jour m'avait ouvert les yeux :
- Il faut que tu acceptes le schéma de vie de ta mère.
- Que veux-tu dire ?
- Tu te rends compte que ta mère a eu toute sa vie des problèmes de santé qui l'ont empêchée soit de manger correctement, soit de dormir, ou bien encore de sortir, marcher, courir…vivre en fait.
Je me remémorai les épines calcanéennes, le bézoard, les acouphènes, l'hyperacousie et tous les maux qu'elle avait eus et que j'avais oubliés : ablation de la vésicule, glaucome lui ayant entraîné une perte du champ visuel…

- Oui, tu as raison. Toutes ces maladies ont fait qu'elle a considérablement réduit ses activités : ses épines calcanéennes lui ont fait arrêter les grandes sorties, l'ablation de la vésicule a eu pour conséquence qu'elle ne digérait quasiment plus aucun aliment, le glaucome lui a fait craindre la lumière et notamment le soleil, l'hyperacousie la maintient désormais enfermée, déjà qu'elle avait considérablement réduit…

- Et je ne sais pas si tu as remarqué mais pour tous ces problèmes de santé qui ne sont pas en eux-mêmes gravissimes, soit ta mère ne supporte pas le traitement, soit le traitement lui fait plus de mal que la maladie en elle-même…

- Oui, c'est exact. Le staphylocoque doré qu'elle avait attrapé suite à une opération chirurgicale l'a maintenue hospitalisée un certain temps.

- Il faut que tu acceptes que c'est son schéma de vie.

- Comment ça ?

- Et bien pour certaines personnes, toi par exemple, le schéma de vie se présente de la façon suivante : tu règles les problèmes, tu ne restes pas passive devant les obstacles et tu es en quête du bonheur. Ta mère, c'est un peu l'inverse : elle ne cherche pas à régler les problèmes. Les difficultés sont son repère, son schéma de vie. Si demain, par un coup de baguette magique, tu lui supprimes tous les obstacles, elle sera complètement perdue. Elle ne sait pas être heureuse.

Je trouvais ce raisonnement très juste. J'allais même un peu au-delà, je soupçonnais même ma mère d'être inconsciemment heureuse de tout ce qui lui arrivait.

En effet, elle avait toujours été casanière : elle n'avait jamais aimé partir de chez elle, ne serait-ce que pour aller au restaurant ou en vacances. D'ailleurs, je n'ai aucun souvenir de repas au restaurant avec mes parents autrement que lors de nos vacances d'été où nous logions tous les 3 dans une chambre d'hôtel et où il nous était donc impossible de cuisiner.
J'avais toujours mis cela sur le manque de moyen. Ma mère était aide-soignante dans un établissement de rééducation professionnelle et mon père était tourneur fraiseur dans une usine d'armement. Nous ne roulions pas sur l'or et je me souviens des comptes qui étaient faits au centime près chaque mois.

Mais maintenant que j'étais indépendante financièrement, que mes parents avaient terminé de payer l'emprunt de leur maison, il leur était tout à fait possible de sortir plus : restaurants, voyages, théâtres…
Ma mère venait tout juste de prendre sa retraite, et mon père se voyait déjà en train d'arpenter les routes de France pour profiter du bon temps qu'ils n'avaient jamais eu.

Et c'est pile à ce moment-là, lors d'un concert donné par un petit groupe local dans un restaurant où mon père avait tenu à emmener ma mère pour fêter sa retraite (lui y était déjà depuis 2 ans) que le début de leur nouvelle vie s'était arrêté net.

Ma mère n'était plus sortie de chez elle et les rêves de retraite farniente de mon père avaient volé en éclats.

Pour compléter le tableau, ma mère ne se gênait pas pour répéter à tour de bras que s'ils n'étaient pas allés à cette soirée, aujourd'hui, elle n'en serait pas là, à souffrir le martyr et être bloquée chez elle, faisant ainsi souffler sur mon père un petit vent de culpabilité. C'était plutôt bien joué de la part de ma mère, ainsi si mon père venait un jour à lui reprocher leur sédentarité, elle saurait lui rappeler de qui tout cela était la faute.

Ce soir-là, Guillaume m'avait aidée à comprendre beaucoup de choses. Il m'avait aidée à ouvrir les yeux. Je compris aussi que ce serait désormais à mon père de se battre s'il voulait parvenir à les sortir de ce schéma d'échec. Je doutais qu'il ait les capacités pour se révolter ainsi et affronter ma mère. L'avenir me donnera d'ailleurs raison.

Je me promis de mon côté de faire part à ma mère du fond de ma pensée lorsque l'occasion se présenterait. Car oui, j'avais changé, j'étais moins conciliante. Je ne cherchais plus le compromis. Je vivais pour moi désormais, selon mes envies et en accord avec mes pensées.

Et il me fallait prendre une décision. La vie de célibataire à Paris ne me convenait finalement pas des masses.

Même mon corps en continuant d'enfler comme un ballon de baudruche sans que rien ne le justifie tirait la sonnette d'alarme.

Un soir, seule dans mon appartement, je fis le point : j'avais atteint mes objectifs, j'avais démontré que je pouvais me débrouiller seule, sans l'aide de personne.

Cependant, la vie que j'avais aujourd'hui me correspondait-elle vraiment ? Je ne sortais que très peu, le moindre verre à Paris coûtait une blinde. J'assumais seule un loyer de 1200 euros et il ne me restait que très peu d'argent pour m'offrir des restos ou des sorties quelconques ! Je pouvais encore moins m'acheter des billets de train pour aller rendre visite à mes amis d'Orléans. Et ils me manquaient beaucoup.
En résumé, la vie parisienne c'est bien, mais il faut avoir de l'argent !

Ensuite, mon boulot. J'occupais mon poste de chargée d'affaires depuis 4 ans maintenant. Le décès de Mylène m'avait obligée à rapidement entrer dans la cour des grands et je devais bien reconnaître que j'avais fait le tour du sujet. Et puis les directives de la boîte me plaisaient de moins en moins. Nous, les chargés d'affaires dans le secteur des professionnels, étions jusqu'à présent préservés des exigences auxquelles devaient par exemple répondre les conseillers en agence, dont le planning de la journée était millimétré : à telle heure c'était prospection phoning, puis rendez-vous clientèle, puis travail administratif... Et à chaque fin de semaine, il leur fallait vérifier que leurs objectifs de prospection ou de vente de produits étaient bien atteints.

Nous avions nous aussi des objectifs chiffrés, en terme de placements ou de prêts. Mais, il s'agissait d'objectifs annuels tout à fait raisonnables et il nous appartenait d'organiser notre planning.

Depuis plusieurs semaines néanmoins, on nous demandait des reportings mensuels, on nous demandait d'essayer de vendre tel ou tel produit lors des rendez-vous clientèle. Je n'avais jamais été une commerciale dans l'âme et les aspects les moins plaisants du métier commençaient à être un peu trop prépondérants pour moi.

Et puis j'étais toujours amenée à croiser Alexandre, qui depuis quelques semaines portait une alliance...

Tous ces arguments mis bout à bout m'ont donc conduit à comprendre que je n'étais pas particulièrement heureuse et bien dans ma vie parisienne.

Je décidai donc de quitter Paris et de retourner vivre chez moi, à Orléans.

Chapitre 13

Xavier, septembre 2010

Xavier était arrivé la veille en Corse. Sur un coup de tête, il avait posé un mois de vacances et avait sauté dans le premier avion pour Bonifacio. Lui qui avait des congés à prendre, c'était l'occasion. Et il avait bien besoin de changer d'air.

Sa séparation d'avec Sandrine était enfin terminée. Elle lui avait coûté beaucoup d'énergie et aussi pas mal d'argent.

Quand Sandrine avait compris que Xavier ne changerait pas d'avis et que leur histoire était terminée, elle avait joué sur la corde sensible de la culpabilisation.

- Je n'ai pas les moyens de déménager de nouveau. Tu ne te rends pas compte, toi, forcément, tu n'as pas de problème d'argent… Mais en venant vivre ici, je me suis séparée d'une partie de mes meubles. Comment je fais maintenant pour sortir le montant de la caution, le mois de loyer d'avance et en même temps l'argent pour me remeubler ? Je te signale que j'élève seule un enfant et que je ne roule pas sur l'or !

Xavier n'avait pas voulu la laisser partir en se disant que, parce qu'il n'avait jamais eu le courage d'être honnête avec lui-même et avec elle en la laissant s'installer chez lui alors qu'il ne le voulait pas, Sandrine et son fils risquaient de se retrouver aujourd'hui en difficulté.

Il avait donc lui-même payé la caution ainsi que le mois de loyer du nouvel appartement que Sandrine avait trouvé, et il leur avait également acheté quelques meubles qu'elle et son fils s'étaient choisis.

Et, puis après tout cela, il avait eu besoin de partir, loin… Il avait besoin de se retrouver, seul.

Il avait choisi la Corse pour ses spots de planche à voile, parmi les plus beaux de France. Il voulait se sentir libre d'aller et venir, de faire ses choix quand il le voulait, au moment où il le voulait, il n'avait donc pas réservé d'hôtel et avait préféré aménager son vieux break Peugeot de manière à pouvoir aller d'un point à un autre de l'Ile de Beauté. Les sièges arrière avaient été rabattus : à droite de la voiture étaient installées les planches à voile et à gauche, se trouvait un petit matelas une place qui lui servirait de lit. Il se laverait au bord des rivières qui croiseraient sa route. Il avait toujours aimé la vie de bohème !

Tout le matériel de planche était donc chargé malgré les doutes qui l'habitaient quant à sa capacité à pouvoir naviguer. Il n'avait pas refait de crise d'angoisse depuis un certain temps mais il n'était pas retourné naviguer non plus… Impossible de savoir donc quelle serait sa réaction sur l'eau.

Une fois arrivé sur l'Ile, la première chose qu'il fit, fut de vérifier la météo. La journée du lendemain s'annonçait sans vent. Il n'aurait donc pas l'occasion d'aller naviguer tout de suite. Il décida de s'offrir une jolie randonnée.

Xavier n'en était pas à sa première visite en Corse et il avait déjà une idée des endroits qu'il voulait visiter. Le village de Vezzani en Haute Corse en faisait partie. Cet endroit était en effet connu pour être un des plus beaux villages de l'île. Le guide des randonnées qui le suivait partout quand il venait ici lui avait également indiqué qu'une jolie randonnée était possible au départ de ce même village.

Il décida donc de s'y rendre, et ne fut pas déçu par ce qu'il découvrit. Le lendemain de son arrivée, il parcourait déjà les ruelles du village sous un soleil naissant et il eut l'impression d'être immergé dans une autre époque, dans une autre vie. Il découvrit la fontaine des Trois Grâces, inscrite à l'inventaire général du patrimoine culturel, ainsi que l'Eglise du village. Il n'était pas croyant, mais, sans s'expliquer pourquoi, il eut envie de pénétrer à l'intérieur. Il pensait se heurter à une porte fermée mais à sa grande surprise, malgré l'heure matinale, la porte latérale était ouverte et il put entrer sans difficulté.

Il en comprit rapidement la raison, le prêtre de la paroisse se trouvait à l'intérieur. Ce dernier fut surpris par l'entrée d'un visiteur aussi matinal et se retourna brusquement.

Xavier s'excusa de son intrusion.

- Bonjour, mon … Père, finit-il par dire après avoir hésité sur le mot à employer.
- Bonjour, mon fils. Qu'est ce qui t'amène ici ? Il ne me semble pas d'avoir déjà vu en ces lieux, ni même dans notre joli village.
- Vous avez raison, je suis en vacances sur l'Ile. Je suis venu à Vezzani pour faire une randonnée et j'ai décidé de m'arrêter dans votre Eglise quelques minutes pour en découvrir l'intérieur.
- Et tu as très bien fait. Tu es le bienvenu ici.
- Merci à vous.

Xavier prit quelques minutes pour admirer l'intérieur de l'Eglise, réhabilité quelques années plus tôt.

Puis il entendit la voix du prêtre :
- Le plus bel endroit de cette église, selon moi, est cette chapelle que tu aperçois là-bas. Elle se nomme la Chapelle « Notre Dame des Grâces ». Viens, allons la voir ensemble.
- Avec plaisir.

En se dirigeant vers la Chapelle, le Prête interrogea Xavier.
- Je connais bien la randonnée que tu t'apprêtes à faire. Elle n'est pas des plus faciles. Le balisage est très mauvais. Il faudra faire attention à ne pas te perdre. Es-tu bien équipé ?
- Je suis loin d'être un professionnel de la randonnée mais j'ai fait attention à prendre tout ce qu'il fallait, dont ma boussole, plaisanta-t-il.
- Parfait, répondit le prêtre.

Les deux hommes s'approchèrent de la Chapelle. Cette dernière avait également été restaurée il y avait quelques années de cela. Xavier y découvrit un très bel hôtel en marbre où trônait une toile représentant Caïn assassinant Abel. Xavier s'étonnait toujours de voir des tableaux d'une telle violence au sein de lieux de cultes sensés apporter la paix de l'âme et des esprits.

Il fit part de sa réflexion au prêtre.

- Oui, c'est une réflexion assez juste, mon fils. Ceci étant dit, ne faut-il parfois pas achever ses démons pour trouver sa paix intérieure ?

Cette phrase trouva un écho tout particulier chez Xavier : sa paix intérieure ne serait possible que lorsqu'il aurait tué le démon à l'origine de ses angoisses. Comment parvenir à cela ? Comment faire en sorte de tuer la culpabilité que faisait peser sur lui depuis des années sa famille, et tout particulièrement sa mère ?
Il craignit de ne jamais trouver la solution à cette équation. Il se sentait pris au piège de sa propre vie. Sentant l'angoisse monter, il préféra alors répondre au prêtre sur le ton de l'humour avant de trouver une excuse pour retrouver l'air libre :

- Bien tenté mon père, le coup de tuer le démon pour trouver la paix intérieure… Mais ce tableau représente juste un homme en train d'assassiner son frère par pure jalousie…. On est loin de la quête pour la tranquillité de

l'âme… Je suis désolé, je dois vous laisser, je voudrais démarrer ma randonnée avant que la chaleur ne se fasse trop lourde.
- Oui, je t'en prie et sois prudent surtout.

Xavier se retourna avant de sortir et lui répondit par un signe de tête rassurant. Il partit en direction du stade du village afin de rejoindre la piste sur laquelle débutait la randonnée. Il faisait déjà très chaud malgré l'heure matinale, heureusement, il avait prévu de l'eau en conséquence.

Il s'agissait maintenant d'atteindre le Col de Foce, point culminant de la randonnée. Le chemin s'annonçait effectivement difficile, Xavier se rendit rapidement compte que le prêtre avait eu raison de le mettre en garde. Une fois le stade contourné, il se trouva de suite sur un chemin à la montée abrupte, encombré de ronces et de feuillages.

Il s'y engagea malgré tout et se rendit rapidement compte qu'il n'y avait aucun balisage. A plusieurs reprises, il dut choisir entre plusieurs itinéraires et il se trompa souvent. Heureusement, il savait qu'il devait se diriger vers le sud pour atteindre le col. Mais toutes ces erreurs de trajectoire lui avait fait perdre du temps et il commençait à faire vraiment très chaud. Il avait déjà pas mal tapé dans ses réserves d'eau et de nourriture. Le chemin continuait à grimper, le dénivelé était de plus en plus important. Il était très difficile d'avancer, des branchages et des pommes de pin jonchaient le sol. C'est à ce moment que Xavier commença à sentir venir la crise d'angoisse.

Les premiers symptômes ne le trompèrent pas : difficulté à respirer, transpiration, nœud au ventre… Il fut pris de panique. Il était seul au monde ici, personne ne pourrait lui venir en aide. Les téléphones portables tels que nous les connaissons aujourd'hui n'avaient pas encore fait leur apparition dans notre quotidien.

Il essaya de se calmer, de respirer plus lentement, de prendre de grandes inspirations et d'expirer doucement… Il regarda autour de lui et vit en contre bas le lit d'une rivière. Il essaya tant bien que mal d'y descendre en se disant qu'il y trouverait peut-être un peu d'eau pour se rafraîchir et s'apaiser.

Ses jambes flageolantes le portaient à peine. Il trébucha à plusieurs reprises, s'égratigna les jambes dans les ronces, tomba, s'écorcha les mains et les coudes. Il se releva à chaque fois et finit par arriver à la rivière. Il longea le cour d'eau sur plusieurs mètres espérant trouver un peu d'eau pour se rafraîchir, mais il ne trouva rien. Le lit était totalement asséché. Lorsqu'il le comprit son cœur recommença à s'emballer, il fut pris de sueurs froides. Heureusement, cette descente lui avait au moins permis de trouver de l'ombre. Il décida de s'assoir le long d'un arbre puis, il ferma les yeux.

Contre toute attente, la présence de cet arbre l'apaisa. Il ressentait sa force à travers ses écorces. Il retira son t-shirt et s'y appuya de nouveau, ainsi, il le sentirait encore mieux. Les battements de son cœur s'apaisèrent. Il ferma les yeux et repensa aux paroles du prêtre : « Ne faut-il pas parvenir à tuer ses démons pour trouver sa paix intérieure ? ».

Quels étaient ses démons à lui ? Ceux qui l'empêchaient d'avancer, d'être heureux. Depuis le départ de Sandrine, il avait beaucoup réfléchi à ses relations amoureuses. Il avait touché du doigt le bonheur avec 2 femmes, la première lorsqu'il avait 18 ans, Maryline, et ensuite avec Lola à l'âge de 26 ans.

Maryline l'avait quitté en lui disant qu'elle ne pouvait pas continuer son histoire avec lui, qu'il avait trop de problèmes à régler.

Effectivement, pendant les quelques années où ils étaient ensemble, la mère de Xavier n'avait cessé de s'immiscer dans leur relation et dans leur quotidien. Maryline travaillait et vivait à Lyon. Xavier quant à lui venait de trouver son premier emploi ainsi que son premier appartement à Saint Etienne. Ils se retrouvaient les week-ends à Lyon, chez Maryline. Mais dès le vendredi soir Xavier était harcelé par sa mère pour qu'il vienne les voir, elle et son père, et ce, dès son arrivée à Lyon. Quand il lui expliquait que lui et Maryline avaient prévu quelque chose pour le vendredi soir, elle se lamentait et demandait quand elle le verrait. Il se sentait obligé d'aller y manger le week-end et d'y passer quelques heures, mais ce n'était jamais assez pour Bibou qui l'aurait souhaité avec elle pendant tout le week-end. Elle ne cessait donc de se plaindre de sa solitude en expliquant qu'elle était très malheureuse d'être ainsi abandonnée. Ainsi, quand Xavier retrouvait Maryline, il culpabilisait d'avoir laissé sa mère et cela venait franchement nuire à l'ambiance du couple.

Maryline n'avait pas accepté de supporter cette situation longtemps et était partie.

Après de nombreuses histoires sans lendemain avec des filles toutes plus tourmentées les unes que les autres (une danseuse anorexique, une notaire mythomane, une vendeuse nymphomane…), Xavier avait rencontré Lola. Lola était une très belle femme, sensible et fragile. Elle avait, elle aussi, des problèmes à régler avec ses parents. Elle et ses sœurs avaient eu une enfance un peu compliquée, tellement compliquée que l'une de ses sœurs avait même tenté de suicider alors qu'elle n'avait que 24 ans.

Xavier et Lola se comprenaient sur beaucoup de points. Ils avaient les mêmes goûts, les mêmes passions. Ils auraient pu se reconstruire ensemble si Xavier était parvenu à accepter le bonheur. Mais le bonheur le culpabilisait. Il ne le supportait pas, il ne savait comment le vivre alors que sa propre mère ne cessait d'augmenter les doses d'antidépresseurs et de Lexomyl. Sa famille : ses grands-parents, son père, ne l'avait d'ailleurs jamais aidé à aller de l'avant. Au contraire, plus il était heureux et plus, eux aussi, lui reprochaient le malheur de sa mère. Ce n'est que quand ils le voyaient malheureux qu'ils le laissaient un peu en paix.

Les gens malheureux étaient respectables. L'inverse n'était pas vrai.

Tout cela l'avait conduit à ces différentes ruptures puis à son histoire avec Sandrine. Avec elle, il n'était pas vraiment heureux et cela convenait bien à tout le monde. Après tout, pourquoi serait-il heureux alors que personne dans sa famille ne l'était vraiment, tous souffrant à leur niveau des colères et des reproches de Bibou ? Il se devait d'être solidaire de leur malheur et lui aussi porter sa croix.

Ce fut comme une révélation. Alors qu'il avait toujours pensé que seule sa mère était « son démon », il comprit que ce démon était en réalité sa famille complète.

Tous par leurs silences, par leurs sous-entendus, par le fait de ne jamais s'opposer à Bibou pour prendre sa défense à lui étaient complices de sa mère et de ce qu'elle lui faisait subir. Ce n'était pas seulement le démon de Bibou qu'il devait tuer, c'était aussi celui de ses grands-parents ainsi que celui de son père.

Mais comment parvenir à cela ? Comment trouver le courage ? Autant de questions auxquelles il n'avait pas de réponse. Mais il venait de faire un grand pas, un pas qui lui permettrait de se sauver lui-même.

Ces vacances seraient salutaires, il le sentait.

En attendant, il lui fallait parvenir à se sortir de ce guêpier et retrouver son véhicule. Inutile d'essayer de rejoindre le Col, la crise l'avait épuisé et il faisait bien trop chaud désormais. Il se releva se pensant encore un peu faible. A son grand étonnement, ses jambes le portaient sans trop de difficulté. Il se sentait même plus léger, plus libre.

Il revint sur ses pas et 3 heures après, il était arrivé à sa voiture. Il décida de prendre la route et de se rendre au Nord de l'Ile. Les conditions météo n'avaient pas évolué, elles lui permettraient vraisemblablement de naviguer dans de belles conditions dès le lendemain. Il ignorait s'il en serait capable, mais il se devait d'essayer.

Il jeta un dernier regard au village de Vezzani et à son Eglise. Il n'oublierait pas cet endroit, c'est ici que sa vie avait pris un nouveau virage.

****

Il arriva à Algajola en fin de soirée. Il repéra un peu les différents spots afin de voir où il lui serait possible se mettre à l'eau le lendemain. Ne connaissant pas les lieux, il lui fallait essayer de prévoir dès ce soir l'endroit où il irait naviguer afin de ne rien rater des conditions à venir qui s'annonçaient idylliques.

Une fois l'endroit repéré, il alla s'acheter de quoi pique-niquer et s'installa sur la plage. Il profita du coucher de soleil et de la relative fraîcheur de la nuit tombante.

Il regagna ensuite sa voiture pour aller se coucher et profiter d'un repos bien mérité. Il s'était stationné sur un chemin menant à une paillote de plage, ce qui lui éviterait comme la veille d'être réveillé par les gendarmes en pleine nuit car il se trouvait sur la route. Il avait alors dû aller chercher un camping pour y passer la nuit.

Le lendemain matin, il rejoignit la plage. Les premiers windsurfers étaient déjà là. Tant mieux, cela lui permettrait d'appréhender un peu le spot et la force du vent. Il pourrait ainsi mieux cibler le matériel à gréer.

Quelques minutes plus tard, il se mettait à l'eau en 4,2 avec une planche de vagues. La mer n'était encore pas trop grosse, les vagues devant avoisiner les 80 centimètres.

Il se mit donc à l'eau sous l'œil curieux des locaux présents.

Xavier craignit la montée d'une crise d'angoisse, cela faisait des mois qu'il ne parvenait plus à naviguer normalement.

Mais, il n'avait jamais connu de telles conditions : un vent parfaitement orienté, une mer turquoise, une eau à la température idéale… Bref, un cadre magique. Il ne pouvait se priver de cette nav' à cause de ses angoisses qui lui pourrissaient bien trop la vie depuis des mois. En plus, depuis la veille, il le sentait, quelque chose avait changé. Il se sentait plus libre, plus léger. Il était libéré d'un poids.

Il fit un bord, puis deux, puis trois… et à sa grande surprise, il constata que tout allait bien. Il ressentait la peur de voir l'angoisse arriver certes, il guettait les symptômes bien évidemment, mais rien ne se profilait à l'horizon. Il navigua presqu'une heure trente sans s'arrêter. Et puis, il s'aperçut qu'il était seul à l'eau avec un autre windsurfer et que la dizaine de personnes qui était présente au début, patientait désormais sur la plage.

Effectivement, en y prêtant attention, il s'aperçut que la mer avait bien grossi ce qui rendait les conditions de navigation plus difficiles. Il décida de sortir de l'eau et de rejoindre le groupe sur la plage.

L'un des windsurfers présents, un grand blond, la cinquantaine passée, à la peau brûlée par le soleil, s'approcha et lui dit :

- Tu viens d'où ?
- Perpignan, répondit Xavier.

L'homme se retourna, regarda le groupe et dit :

- Ah. C'est pour ça.

Et après quelques minutes de silence, il reprit :

- Le spot est en train de saturer. La mer va devenir trop grosse. On va tous partir ailleurs, sur un autre spot, là où ça passe. Tu as le niveau. C'est rare pour un touriste. Si tu veux, tu nous suis et tu viens.
- Avec plaisir, oui.
- Par contre, je te préviens. Il n'y a que les locaux qui connaissent cet endroit. Donc jamais tu n'en parles et jamais tu ne reviens avec des étrangers.
- Pas de problème, reprit Xavier.

L'homme était peu loquace. Il rajouta cependant :

- C'est toi qui as dormi dans ta voiture cette nuit.
- Oui.
- Tu as dormi derrière ma paillotte, sur mon chemin.
- Pardon, je l'ignorais. J'irai ailleurs ce soir.
- Non, tu ne me déranges pas. Tu peux rester le temps que tu veux à partir du moment où tu respectes.
- Sans problème, merci.
- Allez, viens, on y va.

Et c'est ainsi que Xavier avec sa Peugeot break se mit à suivre la petite dizaine de planchistes entassée dans deux pick-up.

Il est certain qu'il n'aurait jamais trouvé ce spot sans les locaux. Il fallait prendre des chemins privés, soulever des barrières, enlever des chaînes qui barraient la route… Il était curieux de découvrir l'endroit car les locaux avaient vu juste : quelques minutes après qu'il soit sorti de l'eau, le spot où ils se trouvaient avait saturé. Les vagues avaient formé un mur de mousse et c'était devenu impraticable.

Une fois arrivés, Xavier fut de nouveau ébloui par la beauté de l'endroit : une mer turquoise avec les montagnes en fond de décor. Il resta pendant quelques minutes admiratif du cadre et il observa les autres se mettre à l'eau. Il comprit vite pourquoi l'homme lui avait dit qu'il fallait du niveau. Effectivement… Pour naviguer, il vous fallait tout d'abord marcher avec tout le matériel sur des rochers afin de pouvoir se mettre à l'eau. Une fois à l'eau, il fallait nager un peu pour aller trouver le vent qui ne rentrait pas au bord mais seulement un peu plus au large. Les conditions ensuite étaient vraiment exceptionnelles.

Xavier espéra juste qu'une crise d'angoisse ne viendrait pas le tétaniser alors qu'il était au large et qu'il lui faudrait nager pour sortir de l'eau. Il se demanda s'il devait y aller. Mais c'était trop tentant…Et puis, après tout, il venait de naviguer sans aucun problème pendant presque 2 heures.

Il décida donc de se mettre à l'eau. Une chance comme celle-ci ne se représenterait pas deux fois. Et il eut raison de le faire, aucune crise ne vint s'immiscer entre lui et sa planche. Pour la première fois depuis des années, il réussit à profiter pleinement d'une session. Il se sentait renaître, il se sentait…bien. Et cela ne lui était pas arrivé depuis de nombreuses années.

La session finie, l'homme qui l'avait invité à les suivre, il s'appelait Andria, lui proposa de les rejoindre à sa paillotte pour dîner.

Xavier accepta avec plaisir et c'est ainsi qu'après deux belles sessions de navigation, il passa une soirée à manger des fruits de mer sur la plage.

Xavier passa le mois de ses vacances chez Andria. Il en profita pour renouer avec lui-même. Au cours de la deuxième semaine, il fit la connaissance d'un jeune étudiant en dernière année de psychiatrie. Grégoire vivait à Toulouse et avait décidé de s'offrir un road trip un peu basé sur le même modèle que Xavier.

Les deux hommes sympathisèrent rapidement et passèrent la moitié du séjour ensemble. Ce fut l'occasion pour Xavier de s'épancher un peu sur sa vie, ses difficultés, ses combats. Et il fut un bon sujet d'analyse pour Grégoire !

A force de discussions, d'échanges et d'écoutes, Xavier comprit qu'il venait de faire un grand pas vers le bonheur. Néanmoins, il restait beaucoup de chemin à parcourir et d'obstacles à franchir. Il s'en rendrait très vite compte.

En attendant, il n'aurait pu faire de meilleurs choix que ceux de ces dernières semaines. Il ne faut jamais minimiser les avancées et les combats gagnés.

Chapitre 14

Xavier et Daphnée, l'épilogue, janvier 2012

Cela faisait maintenant bientôt un an que je dirigeais le service urbanisme et développement urbain d'une petite commune voisine d'Orléans.

Tout avait été très vite une fois la décision prise de quitter Paris. J'avais trouvé ce travail où je m'éclatais et j'avais loué un appartement en plein centre d'Orléans, proche de la Place du Martroi, pour les connaisseurs. J'avais eu un véritable coup de cœur pour ce logement dès la première visite : un endroit simple, lumineux, paisible... Je m'y étais tout de suite sentie chez moi. Mais, venant de débuter un nouvel emploi et étant par conséquent encore en période d'essai, j'avais dû batailler ferme afin de pouvoir signer le bail, mes parents ayant bien évidemment refusé de se porter garant.

La vie en région Centre me ressemblait plus que la vie effrénée de la région parisienne. Elle était également plus adaptée à mon budget.

J'avais retrouvé mes amis. Ma meilleure amie, notamment : Marion, qui était d'ailleurs venue vivre avec moi. Marion avait un peu connu les mêmes déboires que moi quelques années plus tôt : elle se retrouvait en pleine procédure de divorce seulement quelques mois après son mariage.

Le contexte était malgré tout un peu différent : ce n'est pas Marion qui avait quitté son mari mais l'inverse.

Après lui avoir fait vivre pendant plusieurs mois un véritable enfer : reproches, disputes, silences pesants et durables, il lui avait finalement avoué être amoureux d'une autre, et ce, depuis des années. Il n'avait jamais voulu se l'avouer car cette femme était mariée et mère de famille.

Marion connaissait parfaitement la femme en question. Elle s'appelait Agnès. Son mari, Maxime, la connaissait depuis environ 10 ans, ils avaient été collègues de bureau. Agnès était mariée à un militaire avec qui elle avait eu 3 enfants. A priori, tout se passait bien dans leur couple tant que ce dernier était 9 mois sur 12 en mission à l'étranger.

Mais, quand ce dernier lui avait fait part de sa décision de ne plus aller sur le terrain et d'avoir un poste fixe à la caserne, Agnès avait pris peur et l'avait quitté. Elle savait pertinemment qu'ils ne pourraient jamais se supporter 12 mois de l'année.

Elle avait divorcé de son mari seulement quelques semaines après le mariage de Marion et de Maxime. Cela avait été un véritable choc pour Maxime qui, du jour au lendemain, s'était renfermé sur lui-même et avait eu un comportement très agressif avec Marion, comme s'il lui en voulait d'exister.

Leur relation s'était dégradée au point même que je m'étais permis d'intervenir pour suggérer à ma meilleure amie de partir. Je ne supportais pas la façon dont Maxime la traitait, même en la présence de ses amis.

Un soir où j'étais invitée à dîner chez eux, Maxime était arrivé à une heure très tardive, aux alentours de 21h30. Marion ayant insisté pour l'attendre avait donc patienté pour finaliser la préparation du repas. En s'apercevant que le dîner n'était pas prêt, Maxime s'était mis dans une colère noire, accusant Marion « *d'être vraiment bonne à rien* ».

J'étais outrée par ce comportement et choquée. Je connaissais Maxime depuis des années, c'était un homme adorable et drôle. Je ne comprenais pas ce qu'il lui arrivait. Et je voyais ma meilleure amie si malheureuse… C'était un crève-cœur pour moi.

Le jour où il lui avoua toute la vérité, je compris mieux le mal-être qu'il avait pu ressentir. Mais son comportement restait parfaitement inexcusable.

Marion était donc venue vivre chez moi pendant quelques mois avant de trouver un nouveau chez elle.

J'avais été très heureuse de vivre avec elle. Nous avions passé des mois magiques entre copines. Alors qu'elle se remettait difficilement de sa séparation, je me reconstruisais tout doucement de mon côté.

J'avais fait plusieurs rencontres, mais je ne tombais que sur des boulets. Je commençais à me dire que les trentenaires mâles qui me convenaient étaient tous déjà pris et qu'il ne restait sur le « marché du célibat » que ceux dont les autres n'avaient pas voulu.

Avec Marion, nous en avions déduit qu'il nous restait une fenêtre de tir pour trouver l'homme de notre vie : arriver à choper la perle rare qui venait d'arriver sur le marché suite à une séparation.

Et c'est ce qui m'arriva avec Xavier. J'étais inscrite depuis quelques semaines sur un site de rencontres. Je n'avais rencontré que des hommes qui m'avaient conforté dans la doctrine : « le célibat, c'est mieux ».

Et un jour, j'ai eu ce message d'un type qui habitait Perpignan. Son message m'avait tout de suite plu : bien écrit, pas de faute d'orthographe et bourré d'humour au second degré.

Sa photo de profil n'était en plus pas pour me déplaire, il était plutôt beau gosse.

Et pour être totalement franche, je n'avais rien contre lier une amitié (car pour moi cela ne pourrait jamais aller plus loin étant donnée la distance) avec un sudiste. C'était la promesse de passer des vacances au soleil !

Nous engageâmes donc ainsi la conversation. Et de semaines en semaines, je m'aperçus que nous étions devenus très proches. Cela m'effrayait, et en même temps, je ne voyais plus ma vie sans ses messages, ses appels, ses textos du matin…

J'étais tombée dans le piège des relations virtuelles : j'étais en train de tomber amoureuse d'un homme que je n'avais jamais vu.

Un matin je me réveillai et je décidai de faire un choix : tout arrêter ou le rencontrer.

 Le samedi d'après, nous nous rencontrions pour la première fois lors d'un week end à Paris. Et mon coup de foudre se confirma. Je passai un week-end magique en sa compagnie, il était simple, beau, pas compliqué. Tout était simple, fluide, tout coulait de source.

Je ne m'étais jamais sentie autant en phase avec quelqu'un.

Et c'est ainsi qu'a débuté notre histoire. La suite, vous la connaissez, jusqu'à ce jour où je décidai de le quitter définitivement. Depuis un an que durait notre relation, j'étais au bout de ce que je pouvais supporter. J'étais sans arrêt au bord des larmes, je me sentais fragile, nerveuse...

Ce week-end-là, nous nous dîmes au revoir une dernière fois. Puis, il retourna chez lui.

Pendant des semaines, j'essayais de survivre sans lui. Tant bien que mal. Je pleurais sans arrêt, je ne parvenais plus à manger, ni même à picoler lors de nos apéros entre filles !

Et c'est ce qui mit la puce à l'oreille de mes amies, un soir alors que nous étions toutes attablées autour d'un camembert rôti et d'un verre de vin :

- Bah tu ne manges pas Daph ?, me demande Céline, une amie et collègue de travail, alors que je ne parviens ni à avaler un peu de fromage, ni à goûter au verre de vin que j'ai devant moi.
- Non, ça ne me dit rien… Je ne suis pas dans mon assiette ce soir.
- Encore ? Mais déjà la semaine dernière ! reprend Marion.
- Oui, je sais bien. Je ne sais pas ce qu'il m'arrive.
- C'est encore ta séparation d'avec Xavier qui te met dans cet état ? Faudrait passer à autre chose maintenant, ça va faire presque 2 mois, s'énerve gentiment Céline.
- Oui, je sais bien… Je ne sais pas si c'est réellement ça qui me met dans cet état. J'ai vraiment l'impression d'être malade.
- T'es pas enceinte ? s'inquiète alors Marion.
- Mais, non, n'importe quoi !
- Tu as eu tes règles quand la dernière fois ? me demande Céline.
- Arrêtez les filles, vous savez bien que ce n'est pas un critère chez moi !

J'avais été diagnostiquée à l'âge de 20 ans d'une endométriose. J'avais subi entre 20 et 27 ans, 3 opérations afin de retirer les nodules qui s'amoncelaient un peu partout sur mes organes génitaux. Après la troisième opération, le gynécologue m'avait dit :

- Vous êtes mariée ?
- Non, je viens de divorcer.
- Hum…
- Hum…quoi ?
- En opérant et en grattant pour retirer les nodules, nous avons endommagé certaines parties de votre appareil génital. Il ne faudrait pas trop tarder à essayer d'avoir des enfants car la situation risque de se compliquer au fur et à mesure où vous avancez dans l'âge.

Alors que je venais de divorcer, mon gynéco m'annonçait qu'il serait bien que je ne tarde pas trop à tomber enceinte, faute de le pouvoir dans les années à venir !

Pour éviter que l'endométriose ne revienne, je prenais une pilule oestroprogéstative en continu. Ainsi, je n'avais jamais mes règles puisque le principe de cette pilule est de ne pas marquer l'arrêt de 7 jours dans la prise.

C'est donc pour cette raison que j'avais répondu aux filles que tomber enceinte ne m'était pas possible. Avec cette pilule, tomber enceinte nécessitait de l'arrêter complètement.

En me couchant ce soir-là, j'étais tout de même moyennement sereine. Car en y réfléchissant lors du trajet retour jusqu'à mon appartement, je me souvins que j'avais tout de même vraiment tendance à oublier régulièrement cette fichue pilule...

Le lendemain matin, en me réveillant, je vis un message de Xavier sur mon téléphone : « Appelle-moi ».

Mon cœur manqua un battement. J'étais heureuse de voir son nom s'afficher sur mon téléphone...cela faisait tellement longtemps et en même temps ce message si laconique me fit peur.

Je rappelais immédiatement.

- Xav', c'est moi. Tout va bien ?
- Non.
- Qu'est-ce qu'il y a ?
- Tu me manques, c'est tout.

J'étais soulagée. Il ne lui était rien arrivé.

- A moi aussi. Je doute tous les jours de ma décision, tu sais.
- J'ai bien réfléchi, je vais venir te rejoindre à Orléans. Je préfère vivre là-bas plutôt que vivre à Perpignan, sans toi.

J'étais sous le choc. Je savais à quel point cette décision avait dû être difficile à prendre. Mais je savais aussi qu'il ne survivrait pas dans une région comme la mienne et encore moins dans une ville comme Orléans. Xavier avait entre autre quitté Lyon car il ne supportait pas la ville et tout ce qui va avec : le bruit, le bitume, la pollution, l'absence de grands espaces et surtout, ici, on était très loin de la mer.

- Tu ne peux pas faire ça, et tu le sais très bien.
- Oui, mais je ne peux pas non plus vivre sans toi.
- On va trouver une solution. Je pourrai peut-être venir te rejoindre même sans emploi.
- Là, c'est toi qui va tomber folle, ma working girl.

Je ris. Xavier arrivait toujours à me faire rire, même dans les pires circonstances. J'avais fait une terrible erreur en le quittant et je me rendis compte à quel point il m'avait manqué.

Nous restâmes au téléphone quasiment toute la matinée. Je raccrochai en lui promettant de trouver une solution.

Je devais rejoindre une amie, Chrystel, pour le déjeuner. J'étais barbouillée depuis la veille, je n'aurai pas dû boire ce verre de vin alors que je n'en avais pas envie.

L'idée de pouvoir être enceinte me revint à l'esprit. J'irai acheter un test de grossesse dans l'après-midi et le ferai dès le lendemain matin. Je pourrai ainsi mettre fin définitivement à cette hypothèse.

Je me couchai le soir, le cœur léger. J'avais retrouvé Xavier. Cette fois pour de bon, je ne ferai pas deux fois la même erreur. Il était l'homme de ma vie. Je le savais.

Le lendemain matin, je profitai de mon premier réveil, aux alentours de 5 heures du matin, pour faire le test. Il fallait attendre ensuite 5 bonnes minutes afin d'avoir le résultat.

Tellement persuadée qu'il serait négatif, je le laissai dans les toilettes et je retournai me coucher aussi sec. Je me rendormis immdiatement. Ce n'est qu'en me réveillant de nouveau, vers 9 heures, que je me souvins qu'il m'attendait toujours dans les toilettes et qu'il faudrait quand même que j'aille y jeter un œil.

La bandelette faisait apparaître une croix. Mince, ça veut dire quoi la croix déjà ? Dans mon souvenir, le test lorsqu'il était négatif affichait une simple barre. Il n'avait peut-être pas marché.

Je récupérai la boîte que j'avais déjà jetée à la poubelle pour chercher la notice.

Et merde.

La croix signifiait que le test était positif.

Comment ça positif ? Impossible, je prenais la pilule.

Bon, je l'oubliais souvent aussi.

C'était peut-être un faux positif ?

J'enfilais un Jean et je courus à la pharmacie en bas de la rue pour acheter un nouveau test.

- Bonjour, j'aurai voulu un test de grossesse s'il vous plaît.
- Oui, je vais vous chercher ça.
 ….

- Tenez, ce test est à faire au réveil avec les premières urines.
- Oui, je sais merci.

Je te jure, comme si je ne savais pas que ce test était à faire avec les premières urines… J'aurai dû lui demander si les faux positifs étaient courants…

Bon, peu importe. Si ce test était également positif, il n'y aurait plus de place pour le doute.

Je courus aux toilettes, heureusement, j'étais une vessie sur pattes et j'avais toujours envie de faire pipi !

Une fois fait, je posai le test et j'attendis, ce furent les plus longues minutes de ma vie.

J'étais malgré moi déjà en train de passer ma main sur mon ventre. Si j'étais vraiment enceinte, les prochains mois s'annonçaient franchement compliqués mais…quel bonheur d'être maman, et maman de l'enfant de Xavier en plus.

Mais quelle serait la réaction de Xavier ? Je savais ses difficultés à accepter d'être heureux. Serait-il seulement heureux ? Oui, j'en étais persuadée.

J'arrêtai là mes réflexions. Inutiles si le test s'avérait négatif.

Je baissai la tête et regardai le test : positif !

Mon cœur fit un bond ! J'étais enceinte !! Enceinte de l'homme que j'aimais… J'aurai tout le temps de réfléchir aux difficultés, pour l'instant, je voulais juste profiter de mon bonheur.

Je pris mon téléphone pour appeler Xavier, je voulais lui annoncer la bonne nouvelle. J'aurais pu lui apprendre de vive voix ce week-end, j'avais prévu de descendre. Mais je ne pouvais pas attendre. Et puis, je savais que cela risquait de lui faire un choc. Autant qu'il prenne le temps d'y réfléchir à tête reposée avant mon arrivée.

En tous les cas, j'étais certaine d'une chose. Sa première réaction serait celle du cœur. Elle ne serait pas polluée par ses angoisses profondes et ses peurs intestines. Quoiqu'il arrive, je devrais me raccrocher à cette réaction.

- Xavier, c'est Daph'.

- Salut ma belle, j'allais justement t'appeler. On fête un anniversaire aujourd'hui.
- Ah bon ? L'anniversaire de qui ?

J'étais un vrai boulet avec les dates à retenir. J'oubliais toujours toutes les dates d'anniversaire, y compris la mienne !

- C'est l'anniversaire de notre rencontre. Un an que nous nous sommes vus pour la première fois dans ce restaurant à Paris.
- Oui, c'est vrai mon amour…
- Ça va ? Tu as l'air bizarre ?
- Oui, oui… Tout va bien. J'ai quelquechose à te dire…
- Ah non, Daph', non… On a dit qu'on arrêtait de se faire du mal.

Je me mis à rire, un rire de bonheur.

- Enfin, pourquoi tu te marres ?
- Je ris parce que c'est tout l'inverse… La vie vient de nous offrir la possibilité d'être enfin ensemble.
- Ah bon ? Tu as eu des nouvelles pour du boulot ?
- Non, ce n'est pas exactement cela…
- C'est quoi alors ?
- Xavier, tu vas être papa.

Il y eut un blanc.

- Xav', tu es là ?

- Oui…
- Tu pleures ?
- Oui… Tu es enceinte… Je vais être papa… ça veut dire que mon prochain Noël, je le passerai avec MA famille et avec mon bébé… ?
- Oui, c'est ça mon amour… Tu es heureux alors ?
- Si je suis heureux… ? Ce n'est rien de le dire.

Je savais que cette réaction était la réaction du cœur. C'était à ça que je devrais me raccrocher les prochains jours car je savais que la culpabilité viendrait vite gâcher notre bonheur.

En effet, quand je débarquai chez Xavier le week-end suivant, les angoisses avaient eu le temps de remonter à la surface.

Je vis tout de suite que Xavier était au plus mal : yeux cernés, teint blême…

- Qu'est-ce qu'il se passe, lui demandai-je dès que j'eus franchi le pas de la porte.
- On ne peut pas garder cet enfant.
- Pardon ?!?
- Je ne serai jamais à la hauteur, je ne serai pas un bon père. Je ne sais même pas si je serai capable de l'aimer.
- Mais enfin qu'est-ce que tu racontes ?
- Je ne pense qu'à moi, à ma planche. Je rends les gens malheureux. Ce sera pareil avec cet enfant.

- Mais qu'est-ce que c'est que ces conneries ! Tu me rends heureuse moi, je t'aime. On s'aime. Tu étais le plus heureux quand je t'ai annoncé la nouvelle au téléphone. Que s'est-il passé depuis ?
- Je ne dors plus. Quand je dors, je fais des cauchemars terribles. Dans tous mes rêves, à la fin, je me suicide : je saute d'une falaise, je passe sous un train... Je n'en pouvais plus, ça fait 2 nuits que je me force à ne pas fermer l'œil de peur de faire ces putains de cauchemars encore et encore.
- Mais enfin Xavier, c'est n'importe quoi. Il FAUT que tu dormes. Tu vas devenir complètement fou.
- MAIS TU NE COMPRENDS PAS ?! Cette grossesse me rend dingue. JE NE PEUX PAS DEVENIR PAPA, J'EN SUIS INCAPABLE.
- Alors tu vas te calmer tout de suite, parce que moi aussi je sais hurler. Je vais te dire une bonne chose, ce bébé, je le garde. T'as pas le choix, il va naître. Et tu seras papa, tu ne peux rien y changer. Alors, tu as deux solutions : soit tu te bouges et tu fais le nécessaire pour aller mieux, soit tu ne verras jamais ton enfant grandir. Maintenant je te conseille d'aller voir ton médecin et de vite trouver une solution avec lui pour retrouver ton état normal.

Et je lui balançai ses clefs de voiture et son portefeuille pour qu'il sorte.

Je m'effondrai dès qu'il eut franchi la porte. J'avais toujours eu en tête qu'une grossesse serait une véritable étape pour lui, mais j'étais loin de me douter que ce serait aussi dur.

Mais, je connaissais le docteur qui suivait Xavier. J'avais confiance dans le fait qu'il saurait nous aider.

Son médecin traitant connaissait Xavier depuis plus de 20 ans. Il était devenu son ami. Quand il le vit débarquer dans cet état au cabinet, il le reçut entre 2 rendez-vous et ayant rapidement évalué la situation, il appela un ami à lui, psychiatre.

On était samedi mais il demanda à son ami de recevoir Xavier dans l'heure qui suivait :

- Je ne te demande pas souvent quelque chose, si je le fais, crois-moi, c'est que ça urge.

Une heure plus tard, Xavier était chez le psychiatre. Après qu'il lui ait rapidement raconté son histoire, ses angoisses et ses cauchemars à répétition, le psychiatre le regarda et lui :

- Avez-vous regardé vos textos avant de venir me voir ?
- Non, répondit Xavier, surpris.
- Regardez-les s'il vous plaît.

Malgré son étonnement Xavier s'exécuta. Il découvrit un message que je lui avais envoyé une heure avant.

« Courage mon amour, je suis là pour toi. Tu vis des moments difficiles et je sais que tu sauras les combattre. Tu es en train de finir de tuer tes démons. C'est ta bataille finale, tu ne peux que la livrer seul. Mais moi, je suis là, je t'attends, chez nous ».

Xavier avait lu le message à haute voix. Son psy intervint :

- C'est bien ce que je pensais.
- Comment ça ? ça veut dire quoi ?
- Ça veut dire mon vieux que vous n'avez pas de souci à vous faire pour cet enfant à naître et la vie qui vous attend avec cette femme. Arrêtez de vous torturer.
- Désolé, je ne comprends pas où vous voulez en venir.
- Très bien, je vais être plus clair. La situation est celle-ci : Daphnée est enceinte. Elle vous a prévenu que quoiqu'il arrive, elle garderait cet enfant et qu'elle l'élèverait seule ou avec vous. C'est une femme censée, autonome et intelligente. Elle y arrivera avec ou sans vous. C'est un sacré poids en moins, pour vous, vous qui avez toujours été culpabilisé par vos proches.

 Votre famille a fait peser sur vous des responsabilités qui ne vous appartiennent pas. Clairement, vous n'êtes pas le responsable du malheur et de la solitude de votre mère. Vous avez trop l'impression que le bonheur ou le malheur des gens dépend de vous, de votre comportement, de vos choix. Eh bien, moi je vous dis que c'est faux. Nous sommes seuls responsables de nos vies. Alors dédramatisez mon vieux ! Vous venez de rencontrer une femme super, qui vous aime, qui attend un enfant de vous et qui est solide ! Reposez-vous, le poids du monde ne repose plus sur vos seules épaules.

L'échange entre Xavier et le psy dura environ une heure. Ce dernier lui dit finalement ce que Xavier aurait dû entendre de la bouche de son père depuis des années : un enfant, on l'aime et on le protège. On l'élève pour qu'il soit un adulte épanoui et heureux. On ne se sert pas d'un enfant comme faire valoir et on ne fait pas peser sur lui et sur l'adulte qu'il devient l'échec de sa vie. Si sa mère était finalement incapable de le comprendre, son père aurait dû lui le protéger de tout cela. Ses parents étaient tous les deux responsables de ses angoisses actuelles.

Le psy rassura Xavier : il saurait être un bon père, il saurait aimer, protéger, chérir.

*****

Trois mois après l'annonce de ma grossesse, je m'installais chez Xavier après avoir rendu mon appartement à Orléans, quitté mon travail et mes amis.

Je n'ai jamais eu de doute, j'ai toujours su que j'avais fait le bon choix.

*****

Un an après la naissance de notre fille Xavier m'a demandée en mariage. Je me souviendrais toujours de ce moment : c'était un 31 décembre alors que nous étions en vacances à Séville. Allongés dans notre lit, notre fille profondément endormie à côté de nous, nous étions en train d'admirer les feux d'artifice tirés depuis les toits des immeubles de la capitale Andalouse, quand j'ai entendu : « Et si on se mariait ? ».

Je n'ai pas réfléchi.

Notre mariage s'est déroulé dans un contexte idyllique : sur la plage, sous un beau soleil, entouré de tous nos proches. Nous aurions dû avoir le mariage rêvé.

Mais, mes parents avaient fait le déplacement, et je l'ai toujours regretté. Ils m'ont gâché cette journée. Ma mère ne s'est pas rendue à la Mairie : trop bruyant pour elle. Quand les invités ont commencé à arriver chez nous, point de rassemblement avant le départ à l'Eglise, elle a couru se réfugier à l'étage, les mains sur les oreilles et ce, dès qu'elle a vu les premiers invités arriver. Elle ne l'a même pas fait discrètement. Tout le monde l'a vu et s'est étonné de son comportement. Je ne savais pour ma part plus où me mettre.

Mon père est venu à la Mairie. Il en est parti aussitôt la cérémonie terminée pour rejoindre ma mère. Je n'ai aucun de mes parents sur mes photos de mariage.

La cérémonie civile était suivie d'une cérémonie sur la plage où nos amis nous avaient préparé une surprise. Le chemin pour accéder au spot n'étant pas forcément évident, et mes parents étant arrivés une semaine avant le jour J, je leur avais bien demandé de repérer les lieux. Je ne voulais pas avoir à jouer les GPS le jour de mon mariage.

Bien évidemment, ils n'en avaient rien fait et ce que j'avais craint n'avait pas manqué d'arriver : mon père n'ayant pas suivi le cortège à la sortie de la Mairie, puisqu'il était rentré auprès de ma mère, ne parvenait pas à trouver son chemin pour venir.

La cérémonie était sur le point de commencer. Néanmoins, je ne voulais pas qu'elle commence sans lui. Je l'ai alors appelé pour savoir où il était. Il m'a répondu, très agacé :
- Mais je n'en sais rien où je suis ! Je vois un panneau pour sortir au Barcarès.
- Mais enfin Papa, tu es beaucoup trop loin. Il faut faire demi-tour.
- Putain de merde ! ça me fait chier ce mariage à la con !

Voilà, c'était dit. J'ai raccroché aussi sec. Xavier était à côté de moi et avait entendu la conversation, ainsi que mes 2 témoins qui avaient largement contribué à cette magnifique journée.

Je me suis effondrée. Mon meilleur ami m'a conduit à l'autel. Un autel magnifique installé sur la plage. Nous l'avions commandé à un fleuriste : une belle arche couverte de fleurs blanches posées sur le sable. Le décor était magnifique et je ne pouvais quant à moi retenir mes larmes.

Tous nos invités ont pensé que je pleurais de joie. J'étais heureuse, oui, mais les larmes que je versais étaient bien dues au deuil que je venais de faire : je n'avais plus de parents. C'était acquis. Des parents sont des personnes sur qui vous pouvez vous appuyer, avoir confiance, qui vous soutiennent. Moi, non. S'il me manquait encore une preuve pour en être certaine, je venais de l'avoir.

Mais je me mariais avec l'homme de ma vie. Et il m'avait donné la plus belle de toutes les petites filles : ma Perle. Ma vie était avec eux désormais.

****

Quelques mois après la naissance de notre fille, j'ai trouvé un travail, dans le logement social, en tant que responsable d'agence. Je manageais une équipe d'environ 25 personnes. Un gros poste, qui remplissait bien mes journées, d'autant que certaines résidences vivaient particulièrement mal, les locataires subissant au quotidien de nombreux actes d'incivisme.

Dans ce cadre, j'avais donc obtenu un budget pour installer de la videosurveillance afin de sécuriser au mieux le site. Ce matin-là, j'attendais la venue du technicien de l'entreprise en charge de me faire le devis. Et la personne que je vis arriver ne fut autre que Thibaud.

Ce fut un véritable choc, pour moi. J'étais très loin de m'attendre à cela. Il était sorti de ma tête et de mon cœur depuis maintenant de nombreux mois et je n'avais jamais eu la curiosité de savoir ce qu'il était devenu.

Lui, de son côté, ne fut pas surpris. Il avait suivi mon parcours : il savait que j'avais quitté Orléans pour m'installer dans la région, il savait que j'étais mariée et qu'il me trouverait là ce matin. En voyant l'appel d'offres passé sur la plateforme des marchés publics, il avait insisté auprès du technicien qui couvrait normalement mon secteur pour venir lui-même au rendez-vous et le remplacer.

Je m'étais souvent demandé comment je réagirais en le revoyant. Aurais-je le cœur qui bat, les jambes flageolantes… ?
A ma grande surprise, il ne m'arriva rien de tout cela. J'étais juste très étonnée de le trouver ici. Je sus alors que j'avais vraiment tourné la page.

Après avoir échangé quelques politesses, il m'apprit que sa femme et lui avaient eu un enfant. Il m'annonça que suite à la naissance de leur fils, ils étaient séparés.

Je n'en fus pas surprise…

Quelques jours après ce rendez-vous, je recevais un texto où il m'invitait à déjeuner. Je répondis par la négative.

****

La naissance de Perle avait été pour Xavier une révélation. Il avait tout de suite été un super papa, très à l'aise avec le tout petit bébé que j'avais mis au monde : tout juste 2,7 kilos.

Il lui donnait le bain, lui changeait la couche avec une aisance bluffante.

Il était en admiration devant tous ses faits et gestes, sans arrêt en train d'immortaliser les moments passés à ses côtés.

Grâce à elle, il avait compris beaucoup de choses. Il avait vu le comportement de sa grand-mère, de sa mère et de son père avec sa fille. Il savait que ce qu'ils faisaient avec elle, ils l'avaient fait avec lui.

Il voyait désormais comment sa grand-mère donnait son avis sur tout, jugeait chacun de nos faits et gestes de parents.

Un jour, alors que la petite venait d'entrer à l'école et que nous étions au début de l'hiver, nous étions allés leur rendre visite en leur précisant que nous ne resterions pas longtemps car la petite était un peu enrhumée :
- Bien sûr, vous ne la couvrez pas assez cet enfant. C'est normal qu'elle soit malade.

- Mais si on la couvre…. mais elle vient de rentrer à l'école… Il n'y a rien d'étonnant à ce qu'elle soit enrhumée, répondit Xavier.
- Non, vous ne la couvrez pas assez. Vous ne lui achetez pas de la laine. Ta femme l'habille avec les habits des autres…Tu te rends compte quand même !

Pendant ma grossesse, j'avais écumé les vides greniers afin de trouver des vêtements sympas pour les bébés. J'avais réellement trouvé de petits trésors dont j'étais plutôt fière. Mais les grands parents de Xavier m'en avaient grandement tenu rigueur, comme si j'habillais ma fille avec des vêtements trouvés dans les bennes à ordures.

Par conséquent, depuis la naissance de Perle, nous ne cessions d'essuyer réflexion sur réflexion à ce sujet.

Ce jour-là, ma patience avait atteint ses limites. Je n'en avais plus rien à faire de son âge ou du fait qu'elle soit la grand-mère de Xavier, je lui demandai d'arrêter de sans arrêt donner son avis sur tout et tout le temps, d'autant qu'il s'agissait à chaque fois de critiquer nos choix et la manière d'élever notre fille. Je rajoutai qu'il n'y avait qu'à voir ce qu'était devenue sa fille aujourd'hui pour comprendre qu'elle n'avait rien de la mère parfaite.

Depuis ce temps-là, nos relations s'étaient fortement tendues.

Grâce à tout cela, Xavier avait compris beaucoup de choses. Il se souvint que sa grand-mère avait exactement la même attitude avec sa mère lorsqu'il était enfant. Il était soit trop couvert, soit pas assez, soit trop gros (après ses 6 ans), soit trop maigre (avant ses 6 ans) …

Mais sa mère manquait de confiance en elle, elle n'avait pas su se défendre et s'émanciper en tant que femme ou en tant que mère. C'est probablement pour cette raison qu'elle avait toujours été autant sur lui, elle avait besoin de se prouver mais aussi de prouver à sa mère qu'elle s'occupait bien de Xavier. Et elle avait aussi grandement besoin de remplir sa vie.

Bibou avait donc tout naturellement reproduit le schéma de sa mère, à la différence près qu'elle n'avait ni l'intelligence, ni l'instinct de cette dernière. Bernadette savait s'arrêter, elle sentait que parfois elle n'était pas à sa place, qu'elle allait trop loin et qu'il valait mieux pour elle que l'échange s'arrête.

La mère de Xavier quant à elle n'avait pas cette finesse d'esprit. Elle ne comprenait jamais quand elle allait trop loin, qu'elle n'était plus à sa place et personne n'avait jamais eu le courage de le lui dire. Enfin, si, ses parents ou Gérard le lui avaient déjà bien souvent fait remarquer, mais leurs remarques étaient suivies d'une telle crise de nerfs que désormais personne n'osait plus rien lui dire :

Bibou, quand tu nettoies à la Javel chez ton fils à 8h du matin, alors que sa femme n'en supporte pas l'odeur : ça ne se fait pas.

Bibou quand après être restée 5 semaines chez ton fils, tu lui annonces que tu vas encore rester le temps de chercher du travail (alors que tu n'arrives pas à émerger avant 11h) : ça ne se fait pas.

Bibou quand tu fous dehors le meilleur pote de ton fils en le traitant d'arabe PD : ça ne se fait pas.

Bref, personne n'osait plus rien dire à ce tyran sur pattes. Xavier seul s'était toujours opposé fermement à ses caprices et ses exigences mais il n'avait reçu aucun soutien, bien au contraire.

Mais depuis la naissance de Perle et mon arrivée dans sa vie, tout était différent. Ce n'était plus lui que Xavier devait protéger des caprices de sa mère, mais bien sa femme et sa fille.

Et cela avait commencé dès ma grossesse.

J'avais eu une grossesse compliquée, ayant dû rester alitée pendant plusieurs mois. La mère de Xavier avait donc décidé de venir quelques semaines chez nous pour « nous aider ».

Elle n'était restée que quelques jours. Ses journées se déroulaient ainsi : elle se levait à 8h mais n'émergeait pas avant 11h, après 3 cafés. Elle partait ensuite à la plage et déjeunait seule au resto. Elle revenait ensuite vers 16h pour nous préparer un « bon dîner » ! Sauf que ses préparations de dîner nous laissaient la cuisine dans un état catastrophique… Ayant toujours été maniaque sur les bords, j'étais désespérée de voir ma cuisine aussi sale. Je me levais donc dès qu'elle avait terminé pour nettoyer derrière elle, car bien évidemment, une fois le plat achevé, elle se vautrait dans le canapé en soupirant qu'elle était épuisée.

Xavier rentrait du travail et me voyait en train de jouer les Cendrillons, je me faisais aussitôt rappeler à l'ordre. Je remontais donc dans la chambre pour me reposer et j'étais généralement suivie par Bibou :
- Oui, moi aussi je vais aller reposer, tiens !

Xavier, à peine rentré du travail, se coltinait donc une heure de ménage.

La chambre de Bibou étant à côté de la nôtre, je l'entendais ôter son maillot de bain qu'elle n'avait toujours pas retiré depuis la plage. Et là, systématiquement, j'entendais le sable se déverser sur le sol. Lorsqu'elle partait à la douche, je me levais et je comprenais qu'elle nous avait ramené la plage dans la chambre. D'une part, je n'ai jamais su comment elle faisait pour avoir autant de sable dans le maillot (elle devait faire des roulades… ?) mais surtout je n'ai jamais compris comment elle faisait pour le supporter aussi longtemps.

Par conséquent, j'allais chercher Xavier pour qu'il passe a minima un coup de balai derrière elle, afin qu'on ne promène pas du sable partout dans la maison.

Je ne vous détaille pas l'état dans lequel nous retrouvions la salle de bains après son passage… ça aussi, c'était pour Xavier ! Après tout, c'était sa mère.

Une fois que Madame était prête, il était rapidement l'heure de passer à table. Bien évidemment, étant donné qu'elle avait préparé le repas, vous imaginez bien qu'elle n'aidait ni à mettre la table, ni à la débarrasser.

Et le sujet de discussion principal durant le dîner devait être le plat cuisiné, il était absolument nécessaire d'encenser ses prouesses durant tout le repas. Inutile d'essayer de changer de sujet pour demander à Xavier comment s'était passée sa journée et vice versa, Bibou nous coupait systématiquement pour nous rappeler qu'elle était rentrée plus tôt de la plage pour nous faire à manger.

Autant vous dire qu'après 3 jours passés ainsi, nous décidâmes d'un commun accord qu'il fallait que la situation s'améliore rapidement. Non seulement sa présence ne nous aidait pas mais elle nous compliquait même sérieusement la vie.

Le soir suivant alors que Bibou était en train de nous préparer une ratatouille en nous repeignant les murs de cuisine de tomates et de courgettes, Xavier lui dit qu'il serait bien que tant qu'à nous aider en cuisinant, elle pourrait soit faire attention à ne pas tout pourrir, soit nettoyer après son passage et ne pas partir en laissant tout en plan.

Que n'avait-il pas dit là… ? Bibou piqua une colère noire, elle nous reprocha de ne pas lui être reconnaissants pour toute l'aide apportée et termina sa tirade ainsi :
- De toute façon, je vous sers de bouc émissaire !
Bouc émissaire à quoi ? lui demandais-je alors que la moutarde commençait à me monter sérieusement au nez.
- A votre couple qui ne va pas bien, c'est évident ! Votre couple va mal alors vous passez vos nerfs sur moi !
J'en restai bouche bée ! Je ne sus que répondre et je me tournai vers Xavier.

Nous nous comprîmes en moins de 3 secondes, il monta chercher la valise de sa mère tandis que je la raccompagnais vers la porte.

- Vous savez quoi Bibou ? Je pense que quand vous êtes aux côtés de quelqu'un, qui que ce soit, sa vie devient compliquée en moins de temps qu'il n'en faut pour le dire. Le mieux est encore que vous partiez.

C'est ainsi que la minute d'après Bibou se retrouvait dehors, valise en main, fortement invitée à prendre le premier train.

Je savais ce qu'il en coûtait à Xavier à chaque fois qu'il en arrivait à cette extrémité avec sa mère, d'autant que quelques heures plus tard s'en suivait un appel incendiaire de Gérard.

Mais cette fois, ce fut différent. Il avait fait cela pour nous préserver le bébé et moi. Ainsi quand son père appela l'heure d'après et se mit à hurler à l'autre bout du fil, Xavier n'avait plus de doute :
- Quand j'étais seul à devoir supporter cette folle et que ses caprices n'impactaient que moi, j'ai toléré tes remontrances injustifiées. Injustifiées car au lieu de t'écraser devant elle, tu aurais dû voir que ton fils avait besoin de toi, besoin de ton aide. Et ce sera toute la différence entre toi et moi : moi je serai un père et un mari présent. Aujourd'hui, Daphnée a besoin de se reposer et d'être au calme, c'est important pour la santé du bébé. Alors je vais faire ce que j'ai à faire : vous allez nous foutre la paix jusqu'à ce qu'elle accouche, on verra après la place à laquelle vous aurez droit dans nos vies.

Cette mise au point fut la première d'une longue série. Xavier, pour protéger sa fille de l'influence néfaste de sa mère et de l'absence de courage de son père, dut de nombreuses fois rappeler que Perle n'était pas là pour remplir la vie de sa grand-mère qui souhaitait à tout prix jouer les baby sitter. Après tout, elle était nounou de profession comme elle tenait tant à le souligner.

Juste pour l'anecdote, la première fois que la nounou de profession donna des cerises à ma fille d'un an, elle retira bien les noyaux des fruits mais au lieu de les jeter au fur et à mesure, elle les laissa dans le fond du bol…puis elle donna le bol à Perle. Normal quoi ! Quand je le lui fis remarquer, j'eus droit à un : « Oh, ça va…elle va quand même bien se rendre compte que ça se mange pas ! »

Vous comprendrez que dans ces conditions, nous n'avons jamais voulu lui confier notre fille, ce qui valut à Xavier un grand nombre de reproches. Bibou attendait de sa petite fille qu'elle prenne la place de son fils. Xavier ne l'a jamais laissée faire. Il est parvenu à tuer ses démons.

Epilogue

Une journée début novembre en Sardaigne, il fait beau et bon. Nous sommes sur la plage de Tuerradda. C'est un petit havre de paix, surtout en cette saison, même si s'y trouve encore un petit nombre de vacanciers. Nous nous sommes mis à l'abri du vent, tout de même un peu frais à cette saison, derrière des rochers, au bord de l'eau. Cette eau couleur turquoise, dont la température avoisine encore les 20 degrés, donne envie de s'y baigner. Après un petit pique-nique où comme d'habitude mon mari a fait de mauvais choix culinaires (acheter du poulpe en boîte dans un *supermercati* de quartier, ce n'est sûrement pas la meilleure des idées...), c'est l'heure des châteaux de sable. Nous sommes venus en avion alors nous n'avons pas le matériel indispensable : ni seau, ni pelle.

Il faut donc que Xavier fasse preuve d'imagination pour répondre aux exigences de ce petit être qui du haut de ses bientôt 6 ans sait parfaitement ce qu'elle veut : un château fort avec piscine, recouvert d'une toiture faite avec les ardoises trouvées sur la plage. J'adore entendre les *« papa », « paaaapaaaa », « paaaaaaaaaapaaaaaaaaaa, tu m'écoutes »*. Et j'adore entendre mon mari toujours répondre sur le ton de l'humour et revenir inlassablement à la construction souhaitée, construction dont il a eu l'audace de se détourner les 10 dernières secondes pour regarder le paysage.

C'est un bonheur de les regarder et de les entendre se disputer les méthodes de construction. Ce sont des moments magiques que je n'échangerai pour rien au monde. Je l'aime tellement, il me fait tellement rire. C'est un bonheur de l'avoir dans ma vie.